Liebe kämpft nicht

Von Alica H. White

AF176346

Buchbeschreibung:

Das kann keine Liebe sein, erkennt Ela schmerzlich und fällt hart aus Wolke Sieben. Gerade erst hat sie in Mario ihren Traumprinz gefunden, da verlangt er etwas Ungeheuerliches von ihr. All ihre Wünsche und Hoffnungen fallen wie ein Kartenhaus in sich zusammen. Sie hat sich vor lauter Sehnsucht nach Liebe schon wieder nur etwas vorgemacht. Damit muss jetzt Schluss sein. Ela nimmt allen Mut zusammen, entschließt sich zur Trennung, und will endlich ihr Leben selbst in die Hand nehmen. Doch da hat sie die Rechnung ohne Mario gemacht. Der »Traumprinz« denkt nicht daran, sie gehen zu lassen. Er weiß genau, wie er sie unter Druck setzen kann.

Ela ist in der Zwickmühle und sucht verzweifelt nach einem Ausweg. Da ist es nicht besonders hilfreich, dass Luca, der neue Nachbar, ihre Gefühle restlos durcheinanderbringt. Oder ist er das Licht am Horizont? Zögernd lässt sie sich auf ihn ein, denn sie ahnt nichts von Lucas wahrer Motivation ...

Liebe kämpft nicht

von Alica H. White

1. Auflage, 2021
© 2021 Alica H White
Cover: © Kooky Rooster
Unter Verwendung von: Shutterstock Bildmaterial
Lektorat/Korrektorat: Kooky Rooster

Herstellung und Verlag:
BOD – Books on Demand, Norderstedt
ISBN: 9783753406350

Prolog

Oskar drapierte Elas Brüste so in dem Korsett, dass ihr sowieso schon stattlicher Busen noch üppiger aus der Hebe hervorquoll. Danach zog er derart heftig an den rückseitigen Schnüren, dass ihr die Luft wegblieb. Er nahm sie energisch an die Hand und zog sie mit sich. Sie konnte nur schwer atmen, während sie Oskar folgte, der sie grob durch die Räume des Swinger-Clubs zerrte.

Ela fühlte sich unwohl. Sie spürte die begierigen Blicke der überwiegend männlichen Clubmitglieder wie brennende Flammen auf ihrer Haut. Sie war neben dem Korsett nur noch mit Strapsen und groben Netzstrümpfen bekleidet. Kühle Luft umströmte ihr nacktes Hinterteil. Die Schutzlosigkeit bereitete ihr Unbehagen. Um sich von der unangenehmen Situation abzulenken, versuchte sie, an etwas anderes zu denken, und senkte den Kopf, damit ihr niemand in die Augen sehen konnte. Sie wollte nicht so viel von der lüsternen Atmosphäre mitbekommen, denn das gab ihr das Gefühl zu ersticken. Die erotischen Geräusche, wie klatschende Haut, lustvolles Stöhnen und unterdrückte Schreie blendete sie aus, so gut es ging.

Für Oskar würde sie das hier ertragen. Wenn er es mochte, würde sie sicher auch etwas daran finden. Vielleicht müsste sie nur etwas aufgeschlossener sein. Immerhin war er der beste Liebhaber, den sie bisher gehabt hatte. Gekonnt spielte er auf ihrem Körper, wie auf den Tasten eines Klaviers. Unter seiner erfahrenen Hand hatte sie das Gefühl, fliegen zu können.

Doch Sex in der Öffentlichkeit, das hatte bisher noch keiner von ihr verlangt. Insgeheim schämte sie sich manchmal für ihren Hang zu dominanten, erfahrenen Männern, aber nur bei ihnen konnte sie ihre Lust zulassen und ausleben. Es hatte mit ihren schlechten Erfahrungen in frühester Jugend zu tun, das war ihr klar. Leider war so etwas nicht so leicht zu überwinden.

Und wenn ihr die Klientel dieses Clubs auch nicht zusagte, so war sie doch stolz, dass Oskar sie jetzt offiziell als seine Geliebte vorzeigte. Einen Schritt weiter auf der Leiter zur echten Beziehung.

Ela konnte nur ahnen, warum es immer noch nicht mit einem festen Freund geklappt hatte. Es lag auf jeden Fall nicht daran, dass es zu wenig Kandidaten gab. Vielmehr waren die Männer, die sie sich für etwas Ernsthaftes vorstellen konnte, nicht interessiert – oder wollten nur Sex. Und bisher konnte sie denen, die von ihr angetan waren, nicht dieselben Gefühle entgegenbringen.

Wie bei allen Verhältnissen, die sie bisher gehabt hatte, wollte auch Oskar sie nicht wirklich an sich heranlassen. Doch Ela war klar, bei einem gewissen Machtgefälle dauerte es immer länger.

Schließlich musste auch der dominante Teil einer Beziehung erst ein gewisses Vertrauen fassen. Und das konnte er doch nur, wenn sie ihm Sicherheit gab, indem sie ihre Bedürfnisse zurückstellte und auf seine einging.

So hatte sie sich auch zu diesem Besuch im Swinger Club überreden lassen. Was konnte schon passieren? Sie war doch ein freier Mensch und konnte jederzeit gehen.

Oskar würde das akzeptieren, wenn sie es dort nicht ertragen würde, er klammerte wahrlich nicht. Nur so war es auch für sie möglich gewesen, Vertrauen zu ihm zu fassen. Ela wusste, gute Liebhaber waren schwer zu finden. Es waren viele gefühlsarme Egoisten unterwegs – viel zu viele. Denn es gab reichlich Frauen mit einer Schwäche für dominante Männer – mehr als reichlich. Doch nur diese echten Kerle lösten bei ihr dieses unvergleichlich aufregende Kribbeln im ganzen Körper aus.

Mittlerweile erreichten sie eine Bar. Plötzlich stoppte Oskar, packte ihr Kinn fest mit der Hand und zwang sie, ihn anzusehen. Er war ziemlich attraktiv. Mit seinen dunklen, welligen Haaren und dem markanten Gesicht hatte er etwas von Michele Morrone.

»Süße, ich möchte, dass du dich benimmst, wie es sich für eine brave Geliebte gehört«, raunte er.

Sie fragte sich, was er damit wohl meinte, und senkte ergeben die Lider, da sie eingeklemmt war und nicht nicken konnte. Nun wurde ihr doch mulmig, trotzdem nahm sie sich, so gut es ging, zusammen. Sie wollte Oskar auf keinen Fall verärgern.

»Wenn du mich gut behandelst«, flüsterte sie schüchtern.

»Ich will nicht, dass du hier rumzickst, nur weil ich auch mit anderen Frauen ficke. Das macht man hier so.«

Elas Kehle schwoll an und machte das Atmen schwer. »Du verrätst unsere Liebe?«, krächzte sie.

Ihr Liebhaber lachte spöttisch auf. »Liebe? Sag mal, wie alt bist du? Glaubst du auch an Einhörner? Nur weil du einen geilen Arsch hast, bin ich doch nicht verliebt.«

Ela schluckte. »Aber ...«, krächzte sie.

»Ich sage ja nur, dass du dich benehmen sollst. Nichts wäre peinlicher, als deine dämliche Doppelmoral.« Oskar schüttelte den Kopf.

Doppelmoral? Wieso sagte er so etwas? »Liebst du mich nicht? Ich dachte, dass das zwischen uns mehr wäre. Hast du mich denn nie geliebt?«

»Liebe ... Was meinst du, warum wir hier sind? Weil ich so verliebt bin? Nein, du fängst an, mich zu langweilen«, zischte er kalt.

Ela versuchte, gelassen zu wirken und weiter zu atmen. Oskar zeigte gerade eine üble Seite, das hatte sie nicht von ihm erwartet. Hatte sie sich etwa schon wieder alles schön geredet? Was hatte sie nur an sich, dass es immer irgendwann so kam?

So sehr Ela sich auch bemühte, seine Worte an sich abperlen zu lassen, es gelang ihr nicht. Sie trafen zielsicher ihre Achillesferse und lähmten ihren Körper bis ins Mark. Ihr Selbstbewusstsein war eine Maske. Im Alltag unterdrückte sie alle Gefühle, passte sich an. Sie hatte schon früh gelernt, sich zu verstellen und ihrem Umfeld eine heile Welt vorzuspielen.

Sie erinnerte sich an das traumatische Erlebnis ihrer ungewollten und viel zu frühen Schwangerschaft. An die Einsamkeit und all die Selbstzweifel und Unsicherheiten, die bisher ihr ganzes Leben bestimmt hatten. Sie war nicht gut genug, das hatten ihr die Männer immer wieder eingeredet. Es hatte sich eingebrannt. Auch wenn der Verstand etwas anderes sagte, der Kopf war nicht so einfach umzupolen, egal, wie gut ihre Freundinnen und Eltern ihr zuredeten.

Sie verstand selbst nicht, warum die Kerle es immer wieder schafften, jedes aufkeimende Selbstwertgefühl zu zerstören. Sie schien diese Spezies anzulocken, war abhängig davon. Mittlerweile war es sogar so weit, dass jedes Lob, jede Anerkennung in ihren Ohren wie eine Lüge klang.

Es war fast quälend, mit anzusehen, wie glücklich ihre Freundinnen mit ihren Partnern waren. Wenn die ihr Glück finden konnten, dann konnte sie das doch auch! Warum wollte es dann immer noch nicht klappen? Deshalb war sie in der letzten Zeit immer mehr ins Grübeln gekommen.

Sie hatte sich dabei erwischt, sich manchmal schon damit abzufinden, dass sie nur zum Ficken taugte. Dafür war sie begehrt, ließ vieles mit sich machen, was die Kerle aber nur scheinbar zu schätzen wussten. Damit musste Schluss sein.

Eigentlich war sie stolz, nicht zu den störrischen und prüden Weibern zu gehören, denn die gingen oft allein durchs Leben. Das wollte sie nicht. Sie wollte geliebt werden. Dafür war sie bereit, zu investieren. Nur als Schlampe wollte sie nicht gelten, denn sie war sehr treu. In ihren Beziehungen, wenn man sie denn so nennen konnte, hatten immer die Männer Schluss gemacht.

Aber sie wollte sich nicht mehr ausnutzen lassen. Zu dem Entschluss war sie nach reiflicher Überlegung gekommen.

Deshalb wollte sie jetzt kämpfen.

Kämpfen für die wahre Liebe. Eine Beziehung voller Respekt und Vertrauen, in der sich die Partner gegenseitig Halt gaben und wertschätzten. So, wie sie es von ihren Eltern kannte und bei ihren Freundinnen sah. Doch war es für Oskar und sie zu spät? War es nie etwas Ernstes gewesen?

Wenn sie ihrem Traumprinzen bisher auch nicht begegnet war, so hatte sie die Hoffnung immer noch nicht ganz begraben. Sie glaubte, dass er eines Tages da sein würde, um sie zu retten. An was sollte man sich auch sonst klammern? Der Richtige würde ihr Sicherheit und Geborgenheit schenken in dieser kalten, egoistischen Welt. Der Richtige würde sie liebevoll führen, sie beschützen und fördern. Ihre Liebe würde aufblühen wie eine Blume.

Das war ihr Traum und den wollte sie sich nicht nehmen lassen. Doch wenn sie auch sonst unsicher war, so war ihr doch klar, dass es ohne ein Minimum an Selbstachtung kaum klappen würde.

Das kramte sie nun verzweifelt hervor, als ihr bewusst wurde, dass sie jetzt herausfinden musste, ob es sich lohnte, um Oskar zu kämpfen.

»Warum bist du so?«, fragte sie und versuchte, sich dem Klammergriff zu entziehen. »Ich gebe mir so viel Mühe«.

Oskar ließ los. »Kapier endlich, dass mich diese dämlichen Moralvorstellungen langweilen ... *Du* langweilst mich. Und dein Gefasel von Liebe ist das Letzte«, fauchte er.

Dämliche Moralvorstellungen? Das war Treue für Oskar? Tränen stiegen hoch und sie konnte sie nicht unterdrücken. Heiß rann eine über ihre Wange. »Ich versteh nicht warum. Ich bin doch nicht Prüde?«

Oskar fuchtelte mit den Armen. »Jetzt heult sie auch noch!«, entfuhr es ihm ungeduldig. »Ist das deine angebliche Liebe? Ich nenne es emotionale Erpressung. Jetzt stell dich einfach nicht so an und dann werden wir ja sehen, ob ich heute noch Lust auf dich habe. Wenn nicht, dann war's das.«

Ela bekam kaum noch Luft. Das Herz schlug ihr bis zum Hals. Warum hatte er sie ausgerechnet hierhin mitgenommen, wenn er doch genug von ihr hatte? Wollte er sie noch quälen?

Sie fühlte sich in der Falle, obwohl sie im Grunde gehen könnte. Aber Oskar kannte sie leider zu genau und spielte mit ihren Ängsten. Ohne Liebhaber fühlte sie sich schutzlos und einsam. Sie brauchte einen Fels in der Brandung, der ihr Kraft, Halt und Zuversicht gab. Jemand mit dem Selbstbewusstsein, das sie selber nicht hatte.

Sie wusste, Oskar manipulierte sie gerade. Er wollte, dass sie sich mit ihm hier ins Getümmel stürzte. Das war für ihn eine Kleinigkeit, denn ständig forderte er einen Seelenstriptease von ihr. Er selbst dagegen blieb verschlossen. Vielleicht meinte er das ja alles gar nicht so und sie brauchte jetzt nur etwas Verständnis und Geduld. Ela atmete tief durch.

Zwar waren ihre Hoffnungen auf eine echte Beziehung gerade einmal wieder zurechtgestutzt worden, doch sie wollte es nicht wahrhaben. Auf keinen Fall wollte sie wieder Single sein – zerbrechlich und einsam. Dann würde sie zwangsläufig wieder in Depressionen versinken. Das war noch schlimmer, denn die Suche nach einem neuen Partner kostete Kraft und schürte Ängste.

»Ich ... Ich werde mir Mühe geben, okay?«

Oskar wirkte versöhnlicher. »Was willst du trinken? Einen Cocktail?«

Ela nickte. Ein wenig Alkohol würde sicher helfen, zu entspannen und die Sache hier etwas lockerer zu sehen.

Er bestellte ihr einen *Long Island Iced Tea* und für sich ein Bier. Ela wusste, dass es ein sehr starker Cocktail war, sagte aber nichts. Viel half hoffentlich viel. Sie lächelte verkrampft. Oskar wandte sich ab und würdigte sie keines Blickes, denn eine Frau forderte offensiv seine Aufmerksamkeit.

Elas Rivalin sah verlebt, aber gepflegt aus und war reichlich dick geschminkt. Sie machte keinen

Hehl aus dem, was sie wollte. Schon nach kurzer Zeit ließ Oskar sein Bier stehen und sich von der fremden Frau mitziehen. Er drehte sich nicht um, forderte sie nicht auf mitzukommen, sondern ließ sie einfach stehen.

Sofort fing Ela an, trotz der Wärme des Alkohols zu frösteln. Sie fühlte sich noch schutzloser als beim Hereinkommen. Verzweifelt saugte sie an ihrem Cocktail und überlegte, ob sie den Club nicht besser verlassen sollte. Doch hatte sie nicht gerade eben beschlossen, um Oskar zu kämpfen? Würde sie jetzt gehen, dann wären Oskar und sie als Paar Geschichte und sie wieder Single. Die Vorstellung ließ sie um Luft ringen.

»Na, ganz allein hier?«

Ela schüttelte den Kopf und schickte den Blick in die Richtung, aus der die dunkle Stimme kam. Ihr stockte der Atem. Der Mann war höllisch attraktiv und musterte sie durchdringend mit seinen braunen Augen. Das freundliche Lächeln konnte sie nicht wirklich beruhigen, denn er hatte eine verteufelt männliche Ausstrahlung. Sein enges Shirt verriet einen perfekt trainierten Körper, die Narbe, die auf der Wange seines kantigen Gesichts prangte, gab ihm eine raubeinige Ausstrahlung.

So einer ist bestimmt ein guter Beschützer, schoss es ihr durch den Kopf. Und er roch auch noch verdammt gut. Betört von seiner Erscheinung fiel es ihr schwer, einen klaren Gedanken zu fassen. Nervös zog sie den Rest ihres Cocktails durch den Strohhalm.

»Ich heiße Mario und du?«

»Nenn mich Ela«, krächzte sie schüchtern.

»Manuela? Magst du diesen Namen nicht?«

»Nein. So nennt man mich nur, wenn ...«

»Ist auch egal. Du machst den Eindruck, als ob du dich hier nicht so wohlfühlst. Wo ist denn dein Partner?«

Sie zuckte mit den Schultern und versuchte verzweifelt, die erneut aufsteigenden Gefühle zu unterdrücken.

»Ach du je!«, sagte Mario und verwischte die einzelne Träne, die es bis auf ihre Wange geschafft hatte. »Darf ich dir noch einen Cocktail spendieren? Was hattest du? Long Island Iced Tea?«

Ela atmete tief durch, bevor sie nickte. Es war ihr peinlich, vor dem Fremden Gefühle zu zeigen, doch er ging charmant darüber hinweg.

»Ich hoffe, du hältst mich nicht für neugierig, aber ich habe da eine Frage: Hast du keinen Spaß am Sex?«

Sie merkte bereits den Alkohol, als sie »Doch eigentlich schon« antwortete.

»Und warum wirkst du dann so unglücklich?«, fragte er, während er ihr den neuen Cocktail zuschob.

»Ich hatte mir irgendwie ... mehr ...«

Die Augenbrauen des Fremden hoben sich. »Mehr von dem Typen versprochen, mit dem du hierhergekommen bist?«

Sie presste die Lippen aufeinander und nickte.

»Also, ich kann ihn auch nicht verstehen, wenn du mir diese Bemerkung erlaubst«, sagte er und streichelte ihre Wange.

»Ich bin nicht prüde«, stammelte sie.

»Hat er das gesagt?«, fragte Mario mit aufmerksamem Blick und nahm einen Schluck von seinem Bier.

Ela brachte nur ein Nicken hervor und ließ den Kopf danach hängen.

Mario legte den Zeigefinger unter ihr Kinn und hob es. »Das kann ich mir auch nicht vorstellen. Ich denke, du bist schüchtern. Du brauchst jemand, der dir erzählt, was für eine aufregende Frau du bist.«

Seine Worte brachten sie zum Schlucken.

»Ich schätze, das werde ich übernehmen müssen. Zumindest für heute Abend«, murmelte er und zog sie für einen Kuss zu sich heran.

Widerstandslos ließ sie sich das gefallen und vergaß blitzartig Oskar und alles andere um sich herum. Mario sah nicht nur gut aus, er konnte auch noch wahnsinnig gut küssen. Ihr wurde schwindelig, als er sie leidenschaftlich an sich drückte und sie seine Erregung spüren ließ. Oder war das die Wirkung des Alkohols?

Egal, was es war. Schmetterlinge flatterten wild in ihrem Bauch und erzeugten Hitze in ihrem Unterleib. Hungrig wühlte sich seine Zunge durch ihren Mund, den sie ihm hingebungsvoll überließ. Wie konnte das nur sein? Eben hatte sie noch Oskar hinterhergeweint.

»Prüde bist du bestimmt nicht«, sagte Mario, als er sich wieder von ihr löste. »Du bist eine tolle

Frau. Ich wünschte, ich hätte so eine tolle Freundin wie dich.«

»Du hast keine Freundin?«, entfuhr es ihr überrascht.

»Nein, ich bin immer noch auf der Suche nach der Richtigen. Schätze, meine Ansprüche sind zu hoch«, sagte er und nahm einen Schluck von seinem Bier.

Was sollte sie darauf antworten? Ela lächelte unsicher. Das *Warum* brannte ihr auf der Zunge, aber sie traute sich nicht zu fragen.

»Es liegt wohl daran, dass ich neben einem passablen Äußeren auch noch außergewöhnliche Hingabe verlange. Sie soll nicht nur meine körperlichen Bedürfnisse befriedigen, sondern sich ganz auf mich einlassen. Loyalität ist mir sehr wichtig«, erklärte er ungefragt.

Ela nickte. »Ja, das finde ich auch unheimlich wichtig«, brachte sie überraschenderweise hervor.

»So schätze ich dich auch ein. Verzeih mir, aber dein Freund ist ein Idiot. Ich suche schon lange eine Frau wie dich, die nicht so verlogene Moralvorstellungen hat.«

Woher wollte er das wissen? Sie lächelte unsicher und nahm einen großen Schluck von dem neuen Cocktail.

»Dein Kuss verrät vieles. Und ich finde es toll, dass du mitgekommen bist, obwohl das hier nicht gerade dein Wohnzimmer ist«, erklärte Mario.

»Na ja«, stammelte sie.

»Weißt du, ich suche schon lange nach einer Partnerin, mit der ich eine Familie gründen kann.

Ich habe diese Oberflächlichkeiten satt. Gleichzeitig wünsche ich mir eine leidenschaftliche Frau, trotzdem soll sie mir treu ergeben sein und einfach alles für mich tun. Im Gegenzug bekäme sie auch alles von mir – falls sie auch eine Familie will – versteht sich. Mir ist klar, dass das eigentlich Gegensätze sind. Ziemlich hohe Hürden, nicht wahr?«

»Vielleicht, aber für mich nicht. Ich finde diese Sachen auch sehr wichtig, damit es wirklich funktionieren kann«, stimmte sie eifrig zu und beneidete insgeheim die Frau, die diesen tollen Mann irgendwann bekommen würde. Sie starrte auf den schön geschwungenen Mund, während er redete und sich seine Traumfamilie in den schönsten Farben ausmalte. Deshalb konnte sie ihr Glück kaum fassen, als er noch einmal zu einem leidenschaftlichen Kuss ansetzte.

Diesmal war er mutiger und packte ihren nackten Hintern. In Elas Unterleib zog es verlangend. Lag es am Alkohol oder an dem enthemmten Umfeld? Sie hatte auf einmal wahnsinnige Lust, mit diesem Mann zu schlafen.

Mario griff in ihr Haar, die andere Hand packte ihr Kinn. So ähnlich, wie es eben schon Oskar getan hatte, nur nicht ganz so derb. Eigentlich mochte sie diese dominanten Gesten. Sie liebte Männer, die wussten, was sie wollten. Ela nahm etwas von seinem männlichen Geruch wahr – er war wahnsinnig aufregend. Ihr Unterleib prickelte, als Mario mit seinem Daumen über ihre Lippen strich und ihn ihr in den Mund steckte. Gefügig umschloss sie den Finger mit ihren Lippen und saugte daran.

»Oha, was hast du dir denn da für ein Häschen aufgegabelt?«, tönte auf einmal eine unbekannte Stimme von der Seite. »Darf ich auch mal?«

Mario sah zu dem feisten schwarzhaarigen Mann. »Finger weg! Diese Frau ist etwas ganz Besonderes und nicht für deine schmutzigen Fantasien bestimmt.«

»Die Kleine gefällt mir«, sagte der Mann, dem die Augen fast aus den Höhlen fielen.

»Und mir erst. Ich wollte, sie gehörte mir.«

Ela stockte der Atem. Aus dem Augenwinkel konnte sie sehen, wie der fiese Schwarzhaarige sie lüstern ansah und seinen Atem in einem Stoß entließ. Seine Bierfahne wehte zu ihr herüber.

Ein ungutes Gefühl machte sich in ihr breit. Sie spürte den Puls in ihren Schläfen pochen.

»Tu mir einen Gefallen und such dir eine von den blonden Schlampen, auf die du so stehst. Ich unterhalte mich mit dieser Süßen hier«, grummelte Mario.

»Ich entschuldige mich für das Benehmen meines Freundes«, ergänzte er an Ela gewandt.

Der Mann lächelte schief, während er die Barkeeper heranwinkte. »Schon klar. Hat er dir eigentlich schon von seinen Vorlieben erzählt?«, feixte er.

Vorlieben? Was wurde das hier? Ela kaute auf ihrer Unterlippe.

»Hör auf! Was soll die Süße von dir denken?«, fauchte Mario.

»Eine Frau, die nicht ordentlich blasen kann, hat bei Mario keine Chance«, verriet er zwinkernd.

Ela lächelte schüchtern. Damit konnte sie punkten. Blasen mochte sie. Vor allem liebte sie es, dass die Männer es liebten. Und sie wusste, dass viele Frauen diese Praktik nicht mochten.

»Was denkst du von ihr? Sie ist ein anständiges Mädchen und ihrem Partner treu«, verteidigte Mario sie.

Fast war sie enttäuscht, dass Mario anscheinend nicht noch mehr von ihr wollte, und sehnte sich nach einem neuen Kuss.

»Jetzt will ich es aber trotzdem wissen. Magst du denn Oralsex?«, fragte Mario neugierig.

Ela biss sich auf die Unterlippe und nickte.

»Verdammt. Dein Kerl hat so unverschämtes Glück«, entfuhr es Mario.

Erst dadurch wurde Ela klar, dass sie keinen Gedanken mehr an Oskar verschwendet hatte. War das wirklich Liebe, wenn sie ihn so schnell vergessen konnte? Suchend blickte sie sich um. Er war nicht weit, tummelte sich auf der Liegewiese beim Gruppensex. Ela schluckte.

»Er hat deine Loyalität gar nicht verdient«, raunte Mario ihr dunkel ins Ohr und verschaffte ihr damit eine Gänsehaut, die ihr den Rücken hinab bis in den Unterleib lief.

Mario zog sie so an sich, dass sie sich mit dem Rücken an seine breite Brust lehnen konnte. Ela schloss dankbar die Augen und ließ sich einen Moment treiben. Mario war wie ein Traum im Albtraum – wie ein Licht in der Dunkelheit – wie ein heller Schimmer in der Hoffnungslosigkeit. In diesem Moment wünschte sie sich nichts mehr, als ihn, so einen starken, tollen Mann, zum Freund zu haben. Das wäre einer, den man auch vorzeigen könnte. Sofern man seinen schmierigen Freund nicht mitnehmen musste.

»Ich glaube, es ist vorbei«, murmelte sie traurig. »Ich langweile ihn.«

»Tatsächlich? Er will keine Familie, oder?«

»Nein.«

»Ansonsten hätte er doch alles, was man sich nur wünschen kann.«

Was sollte sie darauf antworten? Ela schluckte den Kloß im Hals herunter.

Mario drehte sie herum und sah ihr in die Augen, bevor er sie zärtlich küsste. Fast hatte Ela das Gefühl, dass er es ernst mit ihr meinte. Aber das konnte doch nicht sein, oder? So schnell?

Aus dem Augenwinkel sah sie während des Kusses, dass Oskar den Club mit zwei Frauen im Arm verließ. Sie verspürte absolut kein Verlangen, ihm hinterherzulaufen. Sie küsste hier einen viel tolleren Mann. Einen, mit dem sie Wünsche, Erwartungen und Werte teilte. Sie würde schon irgendwie allein nach Hause kommen.

Mario musterte sie unverhohlen, nachdem er sich vom Kuss gelöst hatte. »Du bist die beste Küsserin und die tollste Frau, die ich je getroffen habe. Vergiss deinen Typen und geh mit mir.«

»Er ist gerade eben gegangen«, krächzte Ela leise.

»Und? Krieg ich jetzt eine Chance?«

Ela wusste vor Verlegenheit nicht wohin mit sich.

»Was ist? Magst du mich nicht? Was stimmt nicht mit mir, dass ich nie die bekomme, die ich will?«

Sie schluckte. »Mit dir stimmt alles.« Es war sogar fast zu schön, um wahr zu sein.

»Meinst du, du kommst nicht so schnell über deinen Kerl hinweg? Ich kann warten. Für meine Traumfrau mache ich das.«

Wow! Aber konnte man dem trauen? Was, wenn auch er ihr nur etwas vormachte?

»Bitte, gib mir eine Chance«, bettelte er. »Wir können uns Zeit lassen ... oder in die Vollen gehen, ganz wie du willst. Du weißt ja, ich mag leidenschaftliche Frauen. Ich denke niemals schlecht über sie und über dich schon gar nicht.«

Wieder konnte sich Ela nur zu einem Lächeln hinreißen. Hier lockte das pure Abenteuer. Ein Mann, der sie körperlich anzog wie kaum einer zuvor. Aber gleichzeitig auch einer, der dieselben Wünsche und Lebensziele wie sie hatte – wenn er ihr nicht etwas vorlog. Aber daran wollte sie jetzt nicht denken. Sie wollte sich nicht selbst ihrer letzten Illusionen berauben. Wie ehrlich er war, konnte man doch nur herausfinden, indem man sich ganz auf ihn einließ. Das hatte er ja schon verraten.

»Komm, zeig mir, wie du bläst«, flüsterte Mario ihr ins Ohr und knabberte sanft daran. Heiße Schauer liefen ihren Rücken hinunter.

Ohne Abneigung zu verspüren, ging sie vor dem starken Mann in die Knie und blickte zu ihm hoch. Mario grinste zufrieden. Er war so verdammt gut aussehend. Sein Lächeln strotzte nur so vor Selbstbewusstsein und Energie. Es ging ihr durch und durch, als sie ihre Blicke tauschten.

»Nun fang schon an«, forderte er sanft lächelnd.

Ela starrte auf Marios Lenden. Alle Männer im Club trugen T-Shirts und Boxershorts. Eine dicke Beule gab die Sicht durch den Schlitz auf die Schambehaarung frei. Sie fasste in den Bund, um die Unterhose herunterzuschieben.

Vorfreude machte sich breit.

Sie würde jetzt alles geben, um diesem atemberaubenden Mann zu gefallen.

Es war okay. Sie fühlte sich nicht nur sicher, sondern sogar aufgehoben.

Wenn sie es jetzt gut machte, hatte sie nicht nur einen neuen Liebhaber, sondern auch einen, um den sie beneidet werden würde. Eine neue Chance auf Glück. Diesmal würde sie es nicht vermasseln, weil sie nicht genügend Hingabe zeigte. Sie würde alles für ihn tun – solange er sie mit Respekt behandelte.

Sonst würde sie gehen.

Schließlich war sie ein freier Mensch.

Sie konzentrierte sich ganz auf ihre Aufgabe. Nur am Rand nahm sie wahr, wie auch Marios Begleiter seine Erregung freilegte und anfing, sich zu reiben …

Kapitel 1 Ein Traum wird wahr

Ela las die Nachricht auf ihrem Handy und ihr Herz machte Purzelbäume vor Glück.

Wann hast du Mittagspause? Ich hole dich ab!
Mario

Wie konnte es sein, dass sie so eine kurze Meldung aus der Fassung brachte?

Zugegeben, er hatte sich gestern Abend im Swinger Club als sympathischer Mann erwiesen, der keinen Hehl daraus machte, dass sie ihm gefiel. Und jetzt meldete er sich gleich am nächsten Tag bei ihr? War es wirklich das ersehnte gute Zeichen, dass sich zwischen ihnen etwas Ernsthaftes entwickelte?

Ela konnte es kaum glauben. Immerhin war sie gestern Abend nicht ganz nüchtern gewesen. Sie schüttelte den Kopf und versuchte, ihre Gefühle wieder einzufangen. So schnell konnte das alles doch gar nicht gehen.

Von zwölf bis halb eins, schrieb sie dennoch zurück.

Alles klar. Bis gleich. Kam Marios Antwort.

»Was ist das hier!«, erklang es so scharf, dass Ela zusammenzuckte. »Hatte ich nicht gesagt, dass die

Handys im Spind bleiben sollen?« Frau Schmidt, die Abteilungsleiterin des Supermarktes, sah sie böse an. Eine tiefe Zornesfalte, die sich eigentlich nie richtig glättete, stand zwischen ihren Augenbrauen. Die blutleeren Lippen waren so fest zusammengekniffen, dass nichts mehr von ihnen zu sehen war.

Ela schluckte. »Ich muss für die Schule erreichbar sein. Meine Eltern sind noch im Urlaub und können nicht einspringen«, verteidigte sich heiser.

»So, und da schreiben Sie der Schule einfach zurück, statt dort anzurufen? Wollen Sie mich verarschen?!«, fauchte sie.

Ela schnappte nach Luft, ihre Kehle schwoll zu.

»Soll ich das kontrollieren?«, fragte Frau Schmidt und winkte mit den Fingern nach dem Smartphone.

Ela schüttelte den Kopf.

»Wenn Sie wenigstens schon was geschafft hätten, aber Sie sind die Langsamste hier in der Gruppe. Alle anderen arbeiten für Sie mit.«

Ihre Chefin hatte recht. Zu oft war sie abgelenkt. Schuldbewusst senkte sie den Blick.

»Entschuldigen Sie, es kommt nicht wieder vor. Aber ich muss das Handy behalten ... bitte. Nur bis morgen, bis meine Eltern aus dem Urlaub zurück sind.«

Frau Schmidt rollte eine Palette mit neuer Ware vor ihre Nase. »Das muss noch eingeräumt werden, aber zackig. Es ist unmöglich, dass ich Ihnen das Zeug auch noch hinterhertragen muss. Und wagen

Sie es nicht, zwischendurch eine Zigarettenpause zu machen. Dann haben Sie die zweite Abmahnung, noch bevor der Glimmstängel ausgedrückt ist.«

»Natürlich. Entschuldigen Sie noch mal.«

»Hören Sie auf zu schwatzen und fangen Sie endlich an.«

Ela nickte und legte sich ins Zeug. Sie konnte keine weitere Abmahnung gebrauchen, denn es war schwer, einen halbwegs vernünftigen Teilzeitjob zu bekommen. Den brauchte sie, um etwas unabhängiger von ihren Eltern zu sein und noch genügend Zeit für ihre Tochter zu haben.

Nachdenklich räumte sie die Palette leer. Ihre Eltern hätten es am liebsten, wenn sie ihr mühsam erkämpftes Abitur nutzen und studieren würde. So weit war sie aber noch nicht, denn dann müsste sie auch ihr letztes bisschen Unabhängigkeit opfern, das sie mit ihrem Einkommen hatte.

Ihre Gedanken kamen immer wieder zu demselben Schluss. Ein Studium, die Prüfungen und ein qualifizierter Job – dafür müsste sie praktisch ihr Leben aufgeben, wenn ihre Tochter nicht zu kurz kommen sollte. Andererseits konnte sie ja auch nicht bis ans Lebensende hier bleiben und womöglich selbst eine Sklaventreiberin werden wie ihre Chefin.

Ela wagte es nicht mehr, bis zur Mittagspause eine Zigarette zu rauchen. Deswegen war die Gier groß. Sie steckte sich sofort eine an, sobald sie aus dem Gebäude trat. Sie hatte nicht damit gerechnet, dass Mario schon auf sie wartete.

Bei seinem Anblick wollte ihr Herz fast aus dem Brustkorb springen. Tausende von Schmetterlingen flatterten durch ihren Bauch, während sie freudig auf ihn zulief. Ihr kam es so vor, als sei Mario seit dem letzten Treffen noch schöner geworden. Glücklich strahlte sie ihn an, doch ihr Lächeln erstarb, als sie den strengen Zug um seinen Mund entdeckte.

»Mach sofort das Scheißding aus«, brummte Mario.

Ela stutzte, bis sie kapierte, dass er die Zigarette meinte. Hastig entfernte sie die Glut und hielt die Kippe unschlüssig in der Hand.

»Schmeiß es weg, Mann!«

»Das geht hier nicht. Wenn das einer sieht, bekomme ich Schwierigkeiten.«

»Und wenn du das stinkige Teil in meinen Mülleimer schmeißt, bekommst du mit mir Schwierigkeiten. Such's dir aus.«

»Entschuldige ... ja, klar«, erwiderte sie eilig und legte die Kippe in ihre Zigarettenschachtel.

»Tut mir leid, aber ich ekle mich vor Tabakrauch«, sagte Mario etwas milder und gab ihr einen flüchtigen Kuss auf die Wange. »Bah, das stinkt.«

»Sorry«, hauchte sie. Und war froh, dass im Club das Rauchen verboten war. Womöglich hätte sie Mario sonst nie kennengelernt.

Er streckte ihr versöhnlich seinen Arm entgegen. »Komm«.

Vertrauensvoll legte sie ihre schmale Hand in seine und ließ sich führen.

Als Ela das erste Mal Marios Reich betrat, staunte sie nicht schlecht. Die Wohnung lag genau gegenüber von ihrer Arbeitsstelle. Ob er beobachtet hatte, wie sie öfter von Oskar nach der Arbeit abgeholt wurde? Aber das wäre ja sehr seltsam, wo sie sich doch im Club kennengelernt hatten. Sie schob den Gedanken weg und wagte nicht, danach zu fragen – vielleicht später … irgendwann einmal.

Marios Wohnung war ein Loft mit glänzendem Steinboden und weiß gestrichenen Wänden. Viel glänzendes Chrom ließ sie zwar hell, aber kalt wirken. Wie in den amerikanischen Wohnungen stand man sofort im weitläufigen Wohnzimmer, das alles, außer der Küchenzeile, beinhaltete. Ein paar Türen gingen davon ab und sie fragte sich, was sich dahinter verbarg.

Die Möblierung wirkte edel. Eine riesige Sitzlandschaft, vor einem noch riesigeren Flatscreen an der Wand, prägte das Bild. Ela ließ bewundernd ihren Blick schweifen.

»Möchtest du einen Kaffee?« Es hallte, als Mario redete.

»Das wäre toll, danke.«

»Schwarz?« Er ging mit klackenden Schritten über glänzende, mit glitzernden Sprenkeln versehene, Fliesen, zum Kaffeeautomaten neben der Sitzgruppe.

»Danke, ja.«

»Setz dich, mein Mäuschen«, forderte er sie auf.

Durch Ela rollte eine Woge des Glücks. Er hatte ihr jetzt schon einen Kosenamen gegeben. Das entwickelte sich gut!

»Danke«, antwortete Ela und folgte.

Die weißen Sitzmöbel fühlten sich kalt an, waren aber dick gepolstert und so tief, dass sie sich nicht richtig anlehnen konnte. Unsicher platzierte sie sich auf der Kante.

»Komm doch ein bisschen näher«, forderte Mario sie auf und schob beiläufig den Laptop weiter nach hinten, nachdem er ihn zugeklappt hatte. Es schepperte ein wenig, als er die beiden Tassen auf den Glastisch vor ihnen stellte.

Sein mächtiger Körper sank in die weiche Sitzfläche und ließ sie etwas schaukeln, als er sich setzte.

Ela rückte zu ihm und Mario legte den Arm um sie. Sie kuschelte sich an den warmen Männerkörper, es fühlte sich einfach nur fantastisch an.

»Weißt du, als ich dich gestern gesehen habe, hat es mich ganz schön aus dem Konzept gebracht. Ich dachte einfach nur wow«, gestand er.

Sie wagte es kaum, ihn anzusehen, lächelte aber glücklich. Wieder erschien ihr alles nur wie ein Traum. Ein schöner – hoffentlich nicht zu schön, um wahr zu sein.

»Ich meine ... Kennst du das? Du siehst jemanden und weißt sofort, das ist ein ganz besonderer Mensch?«, fuhr er fort.

»Ja«, hauchte sie und erinnerte sich an seinen Anblick gestern. »So ging es mir auch.«

Mario lächelte sie an. »Weißt du eigentlich, wie glücklich du mich mit diesen Worten machst? Ich dachte: Die ist es.«

Ela unterdrückte Tränen der Rührung. »Ich fand dich auch gleich toll.«

Mario strich ihr übers Haar, streichelte die Wange mit seinem Handrücken und landete mit dem Zeigefinger auf ihren Lippen. »Schade, dass du geraucht hast, sonst würde ich dich jetzt küssen.«

»Es tut mir leid«, flüsterte sie, nachdem er den Finger wieder entfernt hatte.

»Mir auch.«

»Ich lass es. Für dich werde ich damit aufhören«, bot sie an und nahm eilig einen Schluck Kaffee, damit der Geschmack verschwand. Wie konnte sie nur so ekelhafte Angewohnheiten haben? Sie schämte sich.

»Für heute ist es wohl zu spät, denn der Geschmack ist hartnäckig. Es ist, als leckt man einen Aschenbecher aus«, behauptete er, während er auch einen Schluck Kaffee nahm.

Das Atmen fiel ihr schwer. Wie abgestoßen war er nur? Sie durfte sich keine Fehler mehr erlauben. »Tut mir leid. Wenn ich es gewusst hätte ...«

»Egal. Konntest du nicht wissen.«

»Ich werde damit aufhören. Ich brauche es nicht.«

»Okay. Das würde mich echt freuen und deine Lungen auch. Als Sportler weiß ich, wovon ich rede.«

Ela nickte. Er hatte ja recht. Sie hatte damals mit dem Rauchen angefangen, um vor ihren damaligen

›Freundinnen‹ erwachsener und furchtloser zu wirken. Sie wollte als Bad Girl gesehen werden. Niemand sollte wissen, wie weit sie in Wahrheit davon entfernt war. Doch die Nikotinsucht war fatal. Gleich nach der Schwangerschaft fing sie wieder an. Das ärgerte sie am meisten, denn die Sache ging ganz schön ins knappe Geld.

»Ich wollte schon lange aufhören, mir fehlte nur der richtige ... Kick«, versicherte sie.

»Na, den Arschtritt hast du ja jetzt«, erwiderte Mario grinsend. »Und damit du noch besser motiviert bist, verspreche ich, dass ich dich erst küssen werde, wenn du richtig davon runter bist.«

Ela nickte. »Danke.«

»Keine Ursache.«

Sie sah ihn dankbar an und musste schlucken, als er mit den Fingern durch ihr Haar streifte.

»Du hast echt Eindruck auf mich gemacht. Schon gestern Nacht hast du mir gefehlt«, schwärmte er und streichelte ihre Wange.

Ela sah ihn verzaubert an. »Ich konnte nach der Begegnung auch nicht richtig schlafen.«

»Ich muss schon den ganzen Vormittag an dich denken. Du bist so schön. Heute kommst du mir sogar noch schöner vor. Zeigst du mir noch einmal deine ganze Schönheit?«

»Wie meinst du das?«

»Na ja, gestern warst du ja noch eingepackt. Nicht dass es nicht sexy war, aber ich würde schon gerne sehen, wie du wirklich aussiehst.«

»Ich soll mich ausziehen?«

»Ja. Ich mag es, wenn eine Frau nackt vor mir steht. Sie zeigt mir damit, wie sehr sie mir vertraut. Ich brauche das Gefühl, dass meine Frau alles für mich tun würde. Denn ich tue dann auch alles für diese Frau. Leider gibt es nicht viele, die genug Vertrauen für so was haben.«

Elas Herz sprang fast aus der Brust. Wenn das nicht gut klang!

»Natürlich ziehe ich mich für dich aus«, versicherte sie eilig, stand auf und begann damit.

»Nicht so schnell. Kannst du das auch noch ein bisschen lasziver? Das macht mich richtig heiß«, bat er.

Lasziver. Sie wollte nicht fragen, wie sie es machen sollte. Mario erwartete wohl so etwas Ähnliches wie einen Striptease. Sie leckte sich über die Lippen und lächelte, während sie ganz langsam ihre Bluse aufknöpfte.

Dabei ärgerte sie sich, dass sie nur schlichte Unterwäsche anhatte. Jetzt, wo sie wusste, wie die Dinge lagen, würde ihr das nicht wieder passieren. Als Wiedergutmachung begann sie, sich nach dem Ausziehen des BHs über die Brustwarzen zu streicheln, die sich sofort gehorsam aufstellten. Sie wusste, dass die Männer es mochten, wenn sie sich anfasste.

Marios begeistere Miene feuerte sie an, mit ihren zu Brüsten zu spielen, und sie verführerisch zu kneten. Sie leckte über ihren Finger und umkreiste die Nippel, begann sie schließlich zu zwirbeln.

»Weißt du, was mir am meisten an dir gefällt? Dass du nicht so eine vertrocknete Zicke bist, wie die meisten anderen schönen Frauen. Du stehst zu deinen Gefühlen.«

Er fand sie schön? Elas Herz schmolz.

Wie war sie froh, dass sie den ewig kritischen Oskar gegen diesen Mann getauscht hatte. Er schien zu schätzen, dass sie sich bemühte.

Oskar hingegen hatte sie ständig kritisiert, ihre kleinen, kaum sichtbaren, Schwangerschaftsstreifen, den Bauch, der ihm nicht flach genug war. Selbst der Hintern, der ihm eigentlich gefiel, hatte zu viel Cellulite. Sicher, Oskar wollte sie so motivieren, an sich zu arbeiten. Sie tat ja auch alles, was sie konnte, um in Form zu bleiben, aber die Spuren einer Schwangerschaft konnte man nur bedingt rückgängig machen. Deswegen war ihr Frust zuletzt immer größer geworden. Jetzt fühlte sie sich geradezu befreit. Ja, sie fühlte sich nicht nur größer, sondern gleich viel selbstbewusster. Wie hatte er das nur gemacht?

Mario gab ihr jetzt die Chance, die kleinen Makel durch Leidenschaft auszugleichen. Das nahm ihr die Hemmungen. Sie war sofort zufriedener mit ihrem Körper, fand sich schön. Die Scham vor ihren Gefühlen sank. Ja, sie war sogar ein bisschen stolz darauf und nahm sich gleich noch einmal vor, alles für Mario zu geben.

»Geile Titten. Schau nur, was du mit mir machst«, verkündete Mario grinsend und öffnete seine Hose. »Mach weiter. Ich mag deine Leidenschaft ... und ich mag deine Treue. Es fühlt sich an, als habe ich meine Seelenverwandte gefunden.«

Über alle Maßen glücklich öffnete auch Ela ihre Jeans und schob sie zusammen mit dem Schlüpfer hinunter. Mario sollte nicht sehen, dass es nur ein schlichtes Baumwollding war.

Zitternd stand sie vor ihm, nachdem sie auch die Socken ausgezogen hatte. Mario hatte seine Männlichkeit befreit und bewies bereits, wie sehr sie ihm gefiel. Sie liebte es, so nackt und schutzlos vor diesem atemberaubenden Mann zu stehen, dem sie immer mehr vertraute. Ela ließ es zu, dass der natürliche Schutzwall von Misstrauen gleich noch ein Stückchen weiter einbrach. Die Beweise, dass dieses Mal alles anders war, waren nicht zu übersehen.

»Bist du schon geil?«, fragte er und elektrisierte sie mit seiner dunklen Stimme bis in die letzte Zelle.

Ela ging auf das Spiel ein und nickte wahrheitsgemäß. Allein diese Worte hatten sie noch ein bisschen feuchter werden lassen.

»Dann zeig es mir. Fass dich an.«

Jetzt wusste sie, was ihm gefiel. Lächelnd machte sie sich ans Werk. Sie spielte noch ein wenig mit ihren Brüsten, bevor sie ihre flache Hand langsam über Bauch und Venushügel hinuntergleiten ließ. Zielsicher fand sie das Lustknöpfchen. Sie konnte es sich nicht verkneifen, die Augen zu schließen und ein wenig damit zu spielen.

»Gut so. Zeig deine Gefühle. Sei ruhig mutiger. Das macht mich total an. Dafür musst du dich nicht schämen«, feuerte Mario sie an.

Seine Worte machten aus ihr einen anderen Menschen, selbstbewusst und selbstzufrieden. Scham und Misstrauen waren wie weggeblasen und einer seltsamen Geilheit gewichen.

Ela blinzelte und sah, wie Marios Schaft weiter gewachsen war. Die samtige Eichel lugte, gekrönt von einem Lusttropfen, hervor. Der Anblick war verdammt appetitlich. Ihr lief das Wasser im Mund zusammen.

»Ich bin so froh, dass ich dich gefunden habe. Diese Genussfähigkeit ist echt selten, aber warum soll man das Leben nicht genießen, nicht wahr?«

Sie öffnete die Augen ganz und tauschte Blicke mit ihm.

»Komm her mein Mäuschen. Knie dich zwischen meine Beine.«

Ela tat, was er verlangte.

Mario tippte an die Innenseiten ihrer Oberschenkel, damit sie sich noch ein wenig breiter aufstellte, und schon drang er mit gleich drei Fingern in sie ein.

»Und wieder so schön feucht. Es ist eine Wonne«, murmelte er, während er sie geschickt auf die Klippe fingerte.

Sie hielt den Atem an, als ihr Fleisch überraschend schnell anfing zu zucken. Sie fühlte sich so seltsam stark, geradezu unbesiegbar und stöhnte laut vor Lust.

Mario zog sich sofort zurück und überließ sie grinsend ihrer vollen Geilheit.

Sie schluckte enttäuscht, wagte es aber nicht, sich zu beklagen.

»Den Höhepunkt gibt es später, dann wird er umso schöner. Jetzt bin ich erst mal dran«, raunte er, während er sich die Finger von ihr sauber schlecken ließ.

»Ich sehne mich so sehr nach deiner Zärtlichkeit.«

Ihr war klar, dass er einen Blowjob wollte, und ließ ihren Kopf willig führen. So herrlich angeheizt machte sie sich hoch motiviert ans Werk. Sie war so viel besser als gestern, legte all ihr Gefühl und ihre Leidenschaft hinein. Er sollte ein unvergessliches Vergnügen bereitet bekommen.

Doch nach einiger Zeit schob er sie weg.

»Halt mein Mäuschen. Das ist schon nicht schlecht, aber ...«

Ela ließ von ihm ab. »Was ist aber?«

»Nein, das kann ich nicht von dir verlangen.«

»Was denn? Ich kann es nur beurteilen, wenn du mir sagst, was du willst.«

»Also, ich steh voll auf Deep Throat, wie viele Männer, aber nur die wenigsten Frauen haben die Voraussetzungen dafür.«

»Was meinst du? Nehme ich ihn nicht tief genug auf?«

»Eher nicht. Beim Deepthroating schiebe ich ihn dir so tief hinein, bis er an die Kehle stößt.«

Ela musste bei der Vorstellung schlucken. Mario beugte sich nach vorn, legte den Finger unter ihr Kinn und überstreckte den Hals, soweit er konnte.

»Du musst den Würgereflex kontrollieren. Das ist eine Sache der Übung«, beschwor er sie. Ela schluckte. Seine Augen funkelten verlangend, als er wieder losließ.

Durch Elas Körper jagte ein Schauer, der sich im Unterleib in ein Prickeln verwandelte. Sie nickte eifrig. Sie hatte sich vorgenommen, ihrem Traummann alle Wünsche zu erfüllen.

»Ich werde es versuchen. Ich möchte, dass du stolz auf mich bist«, hauchte sie.

»Wenn ich stolz auf dich sein soll, versuchst du es nicht nur, sondern machst es einfach. Dieses Gefühl der Enge an der Eichel ist einfach unvergleichlich.«

Ela nickte und holte tief Luft, bevor sie ihn in den Mund nahm.

Sie versuchte, den Rachen zu entspannen und die Konzentration zu behalten. Doch ihr Würgereflex war stark.

Sie wollte doch etwas aushalten – für ihn!

Erst als sie panisch meinte zu ersticken, ließ sie etwas nach, um gleich danach weiterzumachen. Mario unterstützte sie. Es war eine harte Schule, in die er sie schickte. Ela vergaß alles um sich herum. Die Zeit, ihre Pflichten, ihr Leben. Es gab nur noch Mario, dem sie das größtmögliche Vergnügen verschaffen wollte. Nein, das hier war kein Frauending, aber darum ging es ja auch nicht. Der

Gedanke an eine rosige Zukunft ließ sie durchhalten.

Trotzdem war sie froh, als er endlich kam. Mit Tränen in den Augen rang sie nach Luft. Doch sie hatte es ausgehalten und das machte sie stolz. Eigentlich hatte es sogar Spaß gemacht, die Grenzen auszutesten. Sie schloss die Augen und wünschte sich einen Kuss. Doch Mario tätschelte ihr nur den Kopf.

»Da ist noch Luft nach oben.«

Ela nickte.

»Komm her mein Mäuschen«, sagte er und zog sie an den Haaren zu sich.

Sie legte ihren Kopf auf seinen muskulösen Unterleib. Er roch einfach wunderbar. Sein regelmäßiger Atem und die Wärme entspannten sie. Das war zwar nicht ganz das, was sie sich erträumt hatte, aber es war mehr, als sie von manch anderem Mann bekommen hatte.

»Ich bin nicht so der Schmusetyp«, erklärte er. »Trotzdem brauche ich eine aufmerksame Frau. Eine, die sich wirklich um mich kümmert, der mein Glück nicht egal ist.«

»Ich glaube, das könnte ich für dich sein«, flüsterte sie beeindruckt.

»Für so eine würde ich alles tun. Ich träume schon lange von einer kleinen Familie und einem gemütlichen Nest. Ein Zuhause, in das man kommt und entspannen kann. Wo die Sorgen weit weg sind und man sich aufeinander freut.«

»Genau das wünsche ich mir auch!«, antwortete sie und unterdrückte ihre Emotionen. Wenn sie regelrecht jubelte, würde sie ihn womöglich noch auf den letzten Metern verschrecken.

»Das hört sich einfach nur wunderbar an«, erwiderte er mit einem zufriedenen Lächeln.

Auf einmal erklang der Weckton ihres Handys.

»Was ist das?«, knurrte Mario.

»Meine Pause ist zu Ende, ich muss zurück.«

»Jetzt?! Du bist doch noch gar nicht zu deinem Recht gekommen! Ich brauche allerdings noch einen Moment.«

Ela zuckte mit den Schultern. »Ja leider, ich muss. Meine Chefin hat mich sowieso schon im Visier.«

»Und vor ihr zitterst du wie ein Aal?«

»Ich kann mir nicht noch eine Abmahnung leisten. Sei nicht böse«, erwiderte sie nervös und schluckte den Geschmack von Marios Sperma mit dem Rest kalten Kaffee hinunter. Ihr ganzer Körper bebte, als sie aufstand. Die Zimmertemperatur war nicht sehr hoch. Mit wackeligen Knien stieg sie eilig in ihre Jeans. Es gelang ihr kaum, die Knöpfe den jeweiligen Löchern ihrer Bluse zuzuordnen.

»Kommst du nach Feierabend wieder?«

»Da muss ich meine Tochter abholen.«

»Hast du überhaupt Zeit, wenn ich dich brauche?«

»Bitte, sei nicht böse«, flehte sie.

»Es ist nur noch heute, dann sind meine Eltern aus dem Urlaub zurück und können auf sie aufpassen. Oder ich organisiere etwas, aber dafür brauche ich etwas Vorlauf«, erklärte sie, während sie sich die Bluse in die Hose steckte.

Mario nickte ernst, erhob sich, verstaute seine Männlichkeit und ging zu einer Kommode. Er öffnete eine Schublade und kramte darin herum. Als er zurückkam, hatte er einen großen Plastikpenis in der Hand, der ungefähr die Ausmaße seines besten Stücks hatte.

»Dann trainiere wenigstens, das Würgen unter Kontrolle zu bekommen. Am besten du übst mit dem Dildo oder den Fingern ... der Zahnbürste. Jeden Tag, bei jeder Gelegenheit.«

»Ich werde es tun«, antwortete sie und überlegte, wohin sie das Toy stecken sollte.

»Wie gesagt, es ist eine Sache der Übung. Es liegt mir viel daran, denn es zeigt die wahre Hingabe.«

»Okay«, sagte sie und steckte schlussendlich das Teil in die Hosentasche ihrer Jeans. Dort lugte es heraus und Ela musste die Bluse wieder aus der Hose ziehen. Das sah ungepflegt aus, aber vielleicht sah sie ja keiner. Jetzt musste sie sich wirklich beeilen, denn sie war schon ein paar Minuten über der Zeit.

Mit einem mulmigen Gefühl hetzte Ela über die Straße. Ihr wurde übel, denn Frau Schmidt stand schon vor ihrem Spind.

»Ich glaube nicht, dass eine weitere Zusammenarbeit noch Sinn macht, wenn Sie es nicht einmal nach einer eindringlichen Warnung schaffen, rechtzeitig aus der Pause zu kommen«, zischte sie.

Die Übelkeit verursachte nicht nur Schwindel, sondern auch ein seltsames Katergefühl. Ela suchte nach einem Halt, fand ihn aber nicht.

»Falls Sie es noch nicht verstanden haben, Sie sind gefeuert!«, polterte Frau Schmidt. Ihr scharfer Ton drang durch Mark und Bein und Ela stolperte ein paar Schritte rückwärts. Bis zu einer Stuhllehne, die den Dildo aus der Hose beförderte. Unter dem missbilligenden Blick von ihrer Chefin fiel er zu Boden.

Die Augen ihrer Chefin wurden zu wütenden Schlitzen. »Damit sind Sie fristlos gefeuert.«

Ela schluckte. »Ich habe eine Kündigungsfrist«, krächzte sie.

»Die Sie nicht in Anspruch nehmen, wenn Sie ein Zeugnis haben wollen, mit dem Sie sich woanders bewerben können.«

»Ich habe ein Recht auf ein gutes Zeugnis.«

»Sicher, aber Sie haben kein Recht darauf, dass ich den Mund halte, über das, was hier gerade passiert ist.«

Ela bekam kaum noch Luft vor Panik. Das Gerede würde sofort in ihrem Ort die Runde machen, denn auch Frau Schmidt stammte von hier.

»Okay, ich gehe«, krächzte sie.

»Sofort!«

»Ja. Lassen Sie mich bitte an meinen Spind«, antwortete sie genervt.

Irgendwie war Ela froh, dass es endlich vorbei war. Während sie ihre Siebensachen in eine Tasche packte, überlegte sie, was jetzt zu tun war. Erleichterung überkam sie, als ihr klar wurde, dass sie jetzt jemanden hatte, dem Sie ihr Herz ausschütten konnte. Mario hatte ja sogar ausdrücklich gewünscht, dass sie noch einmal vorbeikam.

»So schnell fertig mit der Arbeit?«, fragte Mario überrascht, als er die Tür öffnete.

»Ich bin entlassen«, erklärte sie heiser und unterdrückte die Tränen, die jetzt doch noch nach oben strebten.

»Autsch«, erwiderte Mario und biss sich auf die Unterlippe. »Komm erst mal rein.«

Es tat so gut, als er sie in den Arm nahm.

»Mach dir keine Sorgen, ich besorge dir eine neue Stelle. Eine bessere.«

»Weißt du eine?«

»Zufällig. Aber jetzt lass uns beenden, was wir eben angefangen haben. Zieh dich aus.«

Ela nickte und folgte Mario. Ihr war die Lust zwar vergangen, aber vielleicht gelang es Mario ja, ihre trüben Gedanken zu zerstreuen.

Mario schaffte es tatsächlich, ihre Laune zu bessern. Ela schwebte so auf Wolken, als sie später ihre Wohnung verließ, dass sie auf der Straße mit einem bulligen Typen zusammenstieß.

Sie schluckte, als sie zu ihm aufsah. Der Kerl war zwar etwas älter, aber noch attraktiver als Mario und das sollte was heißen. Der dunkle Bart und die vollen Haare waren kurzgeschoren. Sie gaben dem kantigen Gesicht einen verwegen männlichen Ausdruck. Wo kamen auf einmal nur die ganzen heißen Typen her?

Der Muskelmann funkelte sie mit glutvollen Augen abschätzend an und grinste. »Hoppla!«, raunte er.

»Entschuldigung«, murmelte Ela verlegen, senkte den Kopf und eilte zu ihrem Auto.

Auch der Kerl parkte nicht weit.

Folgte er ihr?

So ein Quatsch, war bestimmt Zufall. Manuela schüttelte den Kopf.

Jetzt sah sie schon Gespenster!

Kapitel 2 Heirat nicht ausgeschlossen

Abends beim Zähneputzen schwebte Ela auf Wolke Sieben. Mario hatte sie noch ordentlich rangenommen. Sie hatte der Realität entfliehen können, wie sie es noch nie erlebt hatte. Sogar jetzt hielt das Gefühl noch an. Da war es nebensächlich, dass sie auch gerne ihr Herz ausgeschüttet hätte. Männer redeten ja sowieso meist nur ungern. Mit der Zeit, wenn die größte Leidenschaft vorüber war, würde der Gedankenaustausch schon mehr werden. Sie brannte darauf, mehr über Mario und sein Leben zu erfahren.

Ela hatte so ein gutes Gefühl bei der Sache. Mario war endlich einmal jemand, der einfühlsam auf sie einging. Ein Mann, der genau dieselben Sehnsüchte und Träume hatte, wie sie. Jemand, mit dem sie eine Zukunft aufbauen konnte. Sie freute sich schon darauf, ihn stolz ihren Eltern vorzustellen. Er käme als Schwiegersohn bestimmt gut an.

Sie spülte den Schaum der Zahnpasta aus, bevor sie die Zahnbürste noch einmal tief in den Mund steckte. Wann war sonst ihr Würgereflex gekommen? Heute Nachmittag hatten sie noch einmal den Deep Throat geübt. Sie würde jetzt trainieren wie der Teufel. Sie wollte Mario damit voll und ganz zufriedenstellen.

Als Ela im Bett lag, überkam sie eine unerträgliche Gier auf eine Zigarette. Sie war so nervös, dass sie gar nicht richtig schlafen konnte. Vielleicht sollte sie sich ein Nikotinpflaster besorgen, um die schlimmsten Entzugserscheinungen etwas abzumildern.

Für jetzt war das leider keine Lösung. Sie musste sich irgendwie ablenken. Am besten oral. Ela holte den Dildo hervor und steckte ihn sich in den Mund. Das war eine ganz schöne Überwindung, weil sie ihre eigene Quälerei unter Kontrolle bringen musste. Das kostete deutlich mehr Beherrschung, selbst an ihre Grenzen zu gehen.

Sie stellte sich Marios markantes Gesicht vor. Sofort war der erregende Nachmittag wieder präsent und im Unterleib begann es zu prickeln. Sie machte das nicht nur für Mario, auch sie würde durch einen zufriedenen Partner mehr Lust für sich gewinnen.

Ela schlüpfte mit dem Kopf unter die Bettdecke, damit niemand dachte, sie sei krank, weil sie so würgte, und übte hoch motiviert. Nach einiger Zeit nahm die Geilheit überhand und sie musste dem immer stärker werdenden Verlangen nach Penetration nachgeben.

Der Dildo glitt vor und zurück, während sie die wachsende Erregung genoss. Wenn sie es jetzt doch nur mit Mario treiben könnte! Mein Gott, wann war sie das letzte Mal so scharf gewesen? Der Orgasmus überrollte sie, doch schon kurz danach fühlte sie wieder Lust. Mario hatte sie regelrecht versext.

Hoffentlich ließ er sich nicht so viel Zeit, bis er sich wieder meldete. Er hatte durchblicken lassen, dass er es nicht mochte, wenn er gedrängt wurde. Nur er wollte den Zeitpunkt des erneuten Wiedersehens bestimmen. Er mochte es nicht, wenn eine Frau klammerte. Männer waren leider so, dachte Ela. Die Sehnsucht kochte hoch und sie versuchte, sich mit einer neuen Runde Selbstbefriedigung abzulenken.

»Kommen heute Oma und Opa wieder?«, fragte Elas Tochter Lina, als sie zusammen beim Frühstück saßen.

»Ja, kommen sie«, antwortete Ela und trank einen Schluck Kaffee.

»Wann denn?«, fragte Lina weiter und rührte in ihrem Müsli.

»Gleich, nachdem ich dich aus der Betreuung abgeholt habe, fahren wir zum Flughafen, okay?«

Linas Gesicht hellte sich auf. »Yeah! Dann ist es nicht mehr so langweilig.«

Ela seufzte. Lina war ein geselliges Mädchen, das es sehr bedauerte, dass sie keine Geschwister hatte. Auch, wenn der Abstand etwas groß werden würde, wenn sie Marios Kinderwünsche erfüllte, hätte Lina sicher trotzdem ihren Spaß daran und war dann eben der Babysitter.

Nachdem sie Lina bei der Schule abgeliefert hatte, kramte sie ihr Handy aus der Tasche und sah nach, ob Mario sich endlich gemeldet hatte.

Immer noch nicht!

Das war unerträglich! Ihr Blut schien aus dem Kopf zu weichen, durch den Körper zog ein unruhiges Kribbeln. Ob sie doch die Initiative ergreifen sollte?

Ela schüttelte den Kopf und schalt sich für ihre Gedanken.

Wenn sie es sich nicht mit ihm verderben wollte, müsste sie nur so weitermachen. Sie musste sich unbedingt ablenken. Und eigentlich wusste sie auch schon, womit. Sie brauchte einen neuen Job. Doch sich auf so etwas zu konzentrieren, war gar nicht so leicht, wenn sie keinen klaren Kopf bekam. Jeder Gedanke an Mario löste ein sehnsüchtiges Ziehen im Unterleib aus.

Vielleicht sollte sie nach Hause fahren und noch mal den Dildo bemühen.

Ihr Herz schlug bis zum Hals, als endlich doch eine Nachricht von Mario einging.

Es geht klar mit deiner neuen Arbeit. Komm vorbei. Zieh ein hübsches Kleid an, dein neuer Arbeitgeber mag es, wenn die Beine einer Frau bis zum Himmel gehen.
Mario

Wow! Warum hatte sie sich noch mal gerade den Kopf zerbrochen? Es war doch alles in Ordnung! Sie musste jetzt endlich aufhören, misstrauisch zu sein.

Es gab auch nette, zuverlässige Männer. Schließlich hatten ihre Freundinnen ja auch solche Exemplare gefunden. War es nicht an der Zeit, dass auch ihr das Schicksal endlich einmal gut gesonnen war?

Zum Ziehen im Unterleib gesellte sich ein aufregendes Kribbeln, das sich vom Bauch aus überall hin ausbreitete. Himmel, sie wurde schon feucht!

Ela startete den Wagen und fuhr schnurstracks zu Mario. Innerlich jubelte sie, als ihr klar wurde, dass sie keine Zigarette mehr geraucht hatte, und deshalb einem leidenschaftlichen Kuss nichts mehr im Weg stand.

»Hallo«, begrüßte sie Mario.

Ela war ernüchtert. Er schenkte ihr nur ein flüchtiges Lächeln, als er ihr die Tür öffnete.

»Küsst du mich? Ich habe nicht geraucht«, wagte sie einen Vorstoß.

Sein Lächeln erstarb. »Wann, wie und wen ich küsse, bestimme ich immer noch selbst«, knurrte er.

Ela hatte feine Antennen. Irgendetwas war anders als gestern.

»Stimmt etwas nicht?«, fragte sie besorgt.

»Alles in Ordnung. Ich hab bloß etwas Ärger.«

»Kann ich dir helfen?«

»Ja, nerv nicht mit blöden Fragen«, herrschte er sie an.

Ela wich zurück. »Entschuldige«, keuchte sie leise.

»Setz dich und quatsch keine Opern.«

Sie schluckte den vermeintlichen Kloß im Hals runter und gehorchte eilig.

Mario räusperte sich. »Tut mir leid. Ich bin heute etwas schlecht gelaunt. Möchtest du einen Kaffee?«

Ela nickte und knetete verlegen die Hände in ihrem Schoß, während sie Mario dabei beobachtete, wie er den Kaffee zubereitete. All ihre neu gewonnene Sicherheit war wie weggeblasen. Ihr Atem stockte, als Mario sich zu ihr setzte. Trotzdem konnte sie ihre Neugier nicht mehr zügeln.

»Was ist das für eine Stelle, die du für mich hast?«, fragte sie, bevor sie einen Schluck Kaffee nahm. Er war viel zu heiß und sie verbrannte sich den Mund. Selbst schuld.

»Nichts Großes, schlecht bezahlt ... unter Mindestlohn, aber mit der baldigen Aussicht auf etwas Besseres. Wir gehen nachher hin.«

Ela nickte. »Egal, trotzdem super. Ein Traumjob ist die Arbeit im Supermarkt nun auch wieder nicht gewesen.«

Mario zog einen Mundwinkel hoch. »Kann ich mir vorstellen.«

»Was arbeitest du eigentlich?« Sie wunderte sich, dass sie den Mut hatte, das zu fragen.

Ihr Freund liftete die Augenbrauen. »Personal Trainer ... Ich bin Coach.«

»Ah, dann hast du sicher viele Kunden, bei deinem Aussehen?«

»Was wird das hier? Eine Fragestunde?«

»Entschuldige ... nein ... ich wollte nicht«, stotterte sie und bekam schon wieder diesen leidigen Kloß im Hals.

»Schon gut, ich mag nur keine Verhöre. Das, was du wissen musst, wirst du schon früh genug erfahren.«

Ela nickte und wich seinem kritischen Blick aus, indem sie einen Schluck Kaffee nahm. Marios harsches Verhalten hatte ihre Euphorie gedämpft.

»Sag mir lieber, ob du schon fleißig geübt hast?«, fragte er, als hätte er ihre Gedanken gelesen.

»Deep Throat? Ja, natürlich. Wie versprochen.«

»Und?«, fragte er mit hochgezogenen Augenbrauen.

»Ich glaube, ich bin schon ein bisschen besser geworden.«

»Sehr gut. Dann zeig mal, was du drauf hast.«

Wie gestern ließ er sie strippen, gab ihr aber mehr Hinweise. Ela machte es fast noch mehr Spaß, als das letzte Mal, denn er feuerte sie nicht nur an, sondern war auch wieder voll des Lobes für sie. Hoch motiviert zeigte sie ihm ihre Fortschritte beim Blasen. Mario war viel unnachgiebiger, als gestern – wahrscheinlich wollte er sie testen.

Diesmal brachte er es nicht zu Ende, sondern schob sie rechtzeitig weg.

»Komm, setz dich auf meinen Schoß.«

Eine Woge des Glücks zog durch ihr Herz, dass er sie auch zu ihrem Recht kommen ließ. Schnell positionierte sie sich und nahm ihn in sich auf. Es war ein unbeschreiblich erlösendes Gefühl, als Mario in sie eindrang. Die köstliche Dehnung und der bittersüße Schmerz brachten sie rasend schnell zur Klippe.

Es fehlten nur noch ein paar Stöße ... da entlud sich Mario laut stöhnend in ihr.

»Das kannst du nicht machen!«, entfuhr es ihr spontan. Gleich darauf hätte sie sich auf die Zunge beißen können.

»Und ob ich das machen kann. Wir müssen los. Oder willst du gar nicht mehr arbeiten?«

»Doch. Entschuldige.«

»Na das will ich doch meinen.«

Kapitel 3 Unheilvolle Erinnerungen

Ihr neuer Arbeitsplatz war nur ein paar Schritte von Marios Wohnung entfernt. Es war die Pizzeria, schräg gegenüber vom Supermarkt, von der sie schon öfter Take-away-Pizza geholt hatte. Der Chef dort hieß Dario und nun wusste Sie auch, woher sie Marios Begleiter im Swinger Club kannte. Sie hatte ihn dort herumlaufen sehen.

Das Vorstellungsgespräch fand in Darios schummrigem Büro statt. Die protzigen, schweren Möbel waren dunkel wie die Wände. Mario saß auf einem Stuhl neben ihr und Dario hinter dem massiven Schreibtisch.

Doch es war schwer, dem unsympathischen Mann zu folgen, denn Mario hatte sie angewiesen, ihr Höschen nicht wieder anzuziehen. Er saß neben ihr, tätschelte das Knie und hinterließ eine Feuerspur auf ihrem Oberschenkel, als sich seine Hand sich Richtung Muschi aufmachte. Nervös rutschte sie auf ihrem Stuhl hin und her und machte sich Sorgen, dass die Feuchtigkeit einen Fleck auf ihrem Kleid hinterlassen könnte.

Wenn Dario mitbekam, was Mario da tat, ließ er es sich nicht anmerken.

Gott sei Dank!

Nur schwer konnte sie sich auf das Gesagte konzentrieren. Sie sollte putzen. Aber erst ab elf Uhr vormittags, wenn auch die Küche anfing und jemand das Lokal aufschloss. Danach war das

Gästeapartment dran. Die Zeit war knapp, die Gäste anspruchsvoll und der Lohn gering. Dafür würde sie sich ins Zeug legen müssen. Morgen wurde sie eingearbeitet. Aber weil sie Marios Freundin war, würde sie die nächste, bessere freie Stelle in dem Lokal bekommen.

Als Dario aufstand und sich umdrehte, um einen Grappa auf den Vertrag einzuschenken, nahm Mario ihre Hand und führte sie grinsend an seine Hose. Er hatte schon wieder eine Erektion. Das trug nicht gerade dazu bei, dass sich ihre Libido abkühlte.

Sie wurde überredet, einen Schnaps mit-zutrinken, danach unterhielten sich die Männer sehr lange auf Italienisch. Es klang so sexy, wenn Mario mit seiner tiefen Stimme Italienisch sprach. Trotzdem wurde Ela langsam nervös, denn sie musste bald Lina abholen. Doch sie traute sich nicht, die Runde zu unterbrechen. Wer weiß, worüber sich die beiden unterhielten.

Als sie sich endlich erhoben war es schon zu spät.

»Wir müssen da noch etwas zu Ende bringen«, raunte Mario ihr ins Ohr, als sie das Lokal verließen.

Ela bekam eine Gänsehaut. »Ich habe eigentlich keine Zeit mehr.«

»Was heißt hier *eigentlich*?«, knurrte er und packte ihren Hintern.

»Ich muss meine Tochter abholen und danach meine Eltern vom Flughafen.«

»Komm schon, geht auch ganz schnell. Du bist doch spitz genug.«

Oh ja, das war sie! Ela holte tief Luft.

»Oder hatte dein Freund doch recht, mit der prüden Zicke?«, provozierte er weiter.

Das wirkte. Trotzdem dachte sie zum ersten Mal in ihrem Leben darüber nach, warum sie eigentlich keine Zicke sein wollte. Ihr kam es so vor, als wollte Mario nur seine Macht über sie testen. Insgeheim ärgerte sie sich, dass sie ihm nachgab.

Kaum waren sie in seiner Wohnung, beugte er sie über die Sofalehne und verlangte, dass sie ihre Beine auseinander stellen sollte. Er liftete ihren Rock und öffnete seine Hose.

Es hatte eine Zeit gegeben, da hätte sie es genossen, in dieser Position gemustert zu werden, aber die war lange vorbei. Heute fühlte sie sich unwohl, denn Erinnerungen kochten hoch.

Die Sache mit Karl hatte damals so harmlos angefangen. Irgendetwas an seiner Art hatte ihn für sie unwiderstehlich gemacht. Schon als sie ihn das erste Mal sah, auf der Baustelle gegenüber ihres Zuhauses, raubte er ihr fast den Atem. Er pfiff ihr hinterher, als sie an ihm vorbeiging. Es war heißes Wetter. Er stand da, mit nacktem, muskulösem Oberkörper, und grinste. Seine Haut war mit Tattoos übersät und aufgrund der Hitze mit einem leichten Schweißfilm überzogen. Die maskuline Ausstrahlung löste sofort etwas in ihr aus.

Er war ein typischer Macho und sie ging auf seine plumpe Anmache ein – sie konnte nicht anders. Wie ein Magnet zog er sie an. Aber auch sie provozierte ihn jedes Mal, wenn sie an ihm vorbeikam – damals traute sie sich noch. Und sie fand viele Gründe, an ihm vorbeizugehen. Es dauerte einige Zeit, bis er sie wirklich wahrnahm.

Sie war damals jung und unschuldig, minderjährig. Er war so ziemlich der attraktivste Mann, den sie je gesehen hatte. Schöne, männliche Gesichtszüge mit einem Dreitagebart. Er nannte sie ›Küken‹ und war geschmeichelt von der Hartnäckigkeit, mit der sie seine Nähe suchte.

Täglich flirteten sie, begleitet von den Bemerkungen seiner Kollegen. Bis zu dem Tag, an dem er sie mit einer besitzergreifenden Geste an sich zog und gierig küsste – unter dem Gejohle seiner Kollegen. Mit dem ersten Kuss war die Sache besiegelt. Er steckte ihr einen Zettel mit seiner Adresse in die Tasche und raunte ihr ins Ohr: »Heute Abend.«

Noch am selben Tag stand sie vor Karls Wohnungstür und drückte, mit einem Schwarm Schmetterlingen im Bauch, auf den Klingelknopf. Er öffnete und zog sie wortlos herein. Gleich darauf wurde sie weiter ins Wohnzimmer gezerrt. Seine Wohnung war mit einfachen Möbeln ziemlich schmucklos eingerichtet. Es herrschte nur minimale Sauberkeit, wie bei den meisten Junggesellen.

Im Wohnzimmer riss er sie so energisch an sich, dass sie für einen kurzen Moment Angst verspürte. Er küsste sie kurz, aber dafür sehr gierig.

Gegen dominantes Auftreten hatte sie sich noch nie wehren können. Worauf hatte sie sich da nur eingelassen? Gleichzeitig spürte sie den anregenden Kitzel, den diese Ungewissheit auslöste. Seine bestimmte Art zog direkt in ihren Unterleib und ließ sie feucht werden.

Ela atmete tief durch und fühlte noch einmal die Unnachgiebigkeit, mit der Karl damals ihren Mund eroberte. Spürte seine leicht rauen Lippen, hatte in ihren Gedanken auch seinen Geschmack auf der Zunge. Mit festem Griff zog er sie ganz dicht an sich und machte mit jeder seiner Gesten klar, dass er sie wollte.

Ela war zwar keine Jungfrau mehr, aber ihre ersten sexuellen Erfahrungen waren mehr als enttäuschend gewesen. Was sollte sie auch von Sex erwarten, der nur geschah, damit man mitreden und als erfahren glänzen konnte? Sie hatte sich damals auf die Avancen eines Mitschülers eingelassen. Es geschah auf einem Schulausflug. Beide waren Jungfrau, beide neugierig, und ziemlich verklemmt gewesen. Was Emil, so hieß er, nicht davon abhielt, ziemlich chauvinistisch aufzutreten. Er spritzte direkt nach seinem schmerzhaften Eindringen ab. Eine sehr enttäuschende Erfahrung. Was Ela damals aber nicht wusste, er prahlte trotzdem bei ihren Mitschülern mit seinen sexuellen Erfahrungen.

Da sie gehört hatte, dass das erste Mal meistens enttäuschend für die Frau verlief, wollte sie der Sache eine zweite Chance geben. Diesmal mit einem Freund von Emil, Theo. Theo gab sich sehr erfahren, was aber nichts als heiße Luft war, wie sie feststellen musste. Auch hier war der Akt vorbei, noch bevor er überhaupt richtig angefangen hatte – vom verkrampften Vorspiel mal ganz abgesehen. Aber auch Theo prahlte vor ihren Mitschülern mit seinen Erlebnissen, die er natürlich hemmungslos übertrieb. Von da an war sie die Schlampe in ihrer Klasse und noch mehr Außenseiterin, als sie es vorher schon gewesen war.

Damals wurde ihr Leben zur Hölle, und die Schule zum Spießrutenlauf. Da nützte es auch nichts, dass sie fortan die Finger von allen Jungs in ihrem Alter ließ.

Bis sie Karl kennenlernte, wollte sie überhaupt nichts mehr von Männern wissen. Bei Karl würde alles anders werden – dachte sie. Auch ihr Ansehen würde wieder steigen – dachte sie.

Karl war der erste Mann, der echtes Interesse an ihr zeigte. Sie konnte kaum glücklicher sein. Karl war damals Ende zwanzig und strahlte in ihren Augen eine unwiderstehliche Reife und Erfahrung aus. Sie selbst war erst fünfzehn, wirkte aber Gott sei Dank älter, andernfalls hätte er sich wohl nicht auf sie eingelassen. Die sexuelle Erregung, die sie durch ihn erfuhr, war ihr unbekannt. Er war ein Mann, der wusste, was er wollte.

Ihr erstes Mal war hart und schnell gewesen. Viel zu kurz für sie, um zum Orgasmus zu kommen.

Er hatte ihre Brust entblößt und sie kurz mit seinen rauen Arbeiterhänden stimuliert. Dann hatte er mit einer dominanten Geste seinen breiten Hosengürtel geöffnet. Ungefähr so, wie ein herrischer Vater das machte, um ihn herauszuziehen und damit sein ungehorsames Kind zu disziplinieren. Trotzdem – oder gerade deswegen – konnte Ela sich noch gut erinnern, wie ihr dabei die Hitze in den Unterleib geschossen war.

Karl drehte sie herum, drückte ihren Oberkörper über die Sofalehne und hob ihren Rock. Mit seinem Fuß stieß er an ihre Beininnenseiten und gebot ihr, sich breitbeinig hinzustellen. Sie keuchte leise, als sie seine Finger spürte. Eine Zeit lang ließ er sie in dieser unterwürfigen Stellung verharren. Mit geschlossenen Augen spürte sie, wie sich ihre Erregung langsam in eine unerträgliche Gier verwandelte. Sie konnte hören, wie die Gürtelschnalle zu Boden fiel und es raschelte und knisterte, als Karl ein Kondom überstreifte. Dann vernahm sie ein erregtes Knurren. Als sie sich umdrehen wollte, wurde sie mit einem energischen »Bleib so« wieder zurückgedrückt. Sie schloss die Augen und erwartete ihn ungeduldig.

Fast brutal zerriss er ihren Slip und drückte ihre Beine noch ein Stück weiter auseinander. Sie verglühte fast vor heißer Erwartung, als sie seinen Schwanz an ihrem Eingang spürte. Die beeindruckende Größe war zu erahnen, als sie durch sein ruckartiges Eindringen einen süßen Schmerz verspürte. Sie stöhnte.

»Scheiße ..., ist das geil ... Du bist so heiß ... so eng«, entfuhr es ihm, während er in sie hineinstieß. Sie konnte sich noch erinnern, wie glücklich sie dieser Ausruf machte. Sie genoss es damals.

Heute machte Mario es ähnlich. Leidenschaftlich stieß er zu, doch sie hatte nicht dieselben Gefühle wie mit Karl. Das lag an den Folgen, die die Affäre damals hatte ...

Karl wusste anscheinend genau, was in ihr vorging.

»Du bist ein ganz schön heißes Küken«, murmelte er und musterte sie durchdringend. »Du willst einen Orgasmus? Dann musst du ihn dir verdienen.«

Und wie sie den Orgasmus wollte! Sie wollte alles für ihn tun. Alles für diesen Orgasmus und für Karl. Denn er hatte es als erster Mensch geschafft, dass sie ihren trostlosen Alltag vergaß.

»Zieh dich aus«, befahl er.

Sein Ton schüchterte sie ein, ihr Atem stockte. Zitternd gehorchte sie. Ihr Atem ging schnell, als sie splitternackt vor ihm stand und nochmals ausführlich gemustert wurde. Sein Blick stockte an ihrer unrasierten Scham. Auf einmal bekam sie Angst, dass sie ihm nicht genügen könnte. Würde es nur bei diesem einen Mal bleiben? Schon jetzt wünschte sie sich nichts mehr, als sich unter seiner Erfahrung und Führung immer wieder fallen zu lassen, und alles Negative in ihrem Leben für einen Moment auszublenden.

»Wenn ich dich das nächste Mal hierher bestelle, bist du blank rasiert«, befahl er und Ela nickte erleichtert.

Es war doch nichts dabei, wenn es ihm so besser gefiel, sagte sie sich damals. Die Freude über ein nächstes Mal überwog deutlich.

»Mach ich, wenn du es dir so wünschst«, antwortete sie.

»Du redest nur, wenn du etwas gefragt wirst! Wenn du von mir gefickt werden willst, wird gemacht, was ich sage ... und du gehorchst«, herrschte er sie an.

Ihr stockte der Atem, dennoch gefiel ihr seine dominante Art. Konnte es besser für sie kommen? Sie war jung und unerfahren. So würde sie nicht lange nachdenken müssen, ob sie das Richtige sagte. Schließlich wollte sie ihm um jeden Preis gefallen und so war es einfach.

»Du räumst jetzt die Bude hier auf, denn die hat es mal wieder nötig. Und wenn du es gut machst, dann werde ich dir auch den versprochenen Orgasmus verschaffen. Einen, den du so schnell nicht mehr vergessen wirst. Ich erwarte, dass du dir Mühe gibst und weißt, was ich wünsche. Schau dich gründlich um und merke dir alles, denn das wirst du ab jetzt öfter machen müssen.«

Heute konnte Ela nur mit dem Kopf schütteln, wenn sie an ihren unterdrückten inneren Jubel von damals dachte.

»Was machst du? Konzentrier dich besser und ein bisschen mehr Leidenschaft wäre auch nicht schlecht«, knurrte Mario.

Reflexhaft bewegte sie ihr Becken und gab eilig Genuss vor. Das hatte sie inzwischen gelernt, denn Männer liebten anscheinend diese Stellung.

Karl hatte mehr von ihr gewollt, das war das Einzige, was sie damals denken konnte. Eifrig hatte sie sich ans Werk gemacht und splitternackt Karls Wohnung gereinigt. Der Gedanke auf den Belohnungssex hatte ihre freudige Erregung mit jeder Minute gesteigert. Ihm zu dienen, war das Größte.

Karl sah ihr in T-Shirt und Unterhose bei der Arbeit zu. Ab und zu wies er sie streng zurecht, wenn sie etwas nicht richtig machte.

Ela gab sich die größte Mühe, ihn zufriedenzustellen. So kam sie nach getaner Arbeit tatsächlich zu ihrem ersten ›richtigen‹ Orgasmus, den Karl nach einem etwas längeren Akt gekonnt provozierte. Er hatte offensichtlich reichlich sexuelle Erfahrung und wusste genau, welche Knöpfe er bei ihr drücken musste.

Mit einem »morgen kommst du wieder« verabschiedete er sie direkt danach. Vorher hatte er noch nach ihrer Kleidergröße gefragt. Ela hatte freudig genickt. Sie hatte das Gefühl zu schweben. Bei ihm konnte sie jede Minute genießen, ohne nachdenken zu müssen. Auf diese Art den Kopf freikriegen, davon waren ihre Gedanken künftig beherrscht.

Karl ›bestellte‹ sie fast jeden Tag. Schon beim nächsten Treffen hatte er erotische Unterwäsche besorgt, die sollte sie jetzt immer bei der Hausarbeit tragen.

Während sie ihre Aufgabe erfüllte, nahm er sie immer mal wieder, bevorzugt von hinten. Ela genoss seine Aufmerksamkeit in vollen Zügen und streckte ihm willig ihr Hinterteil hin. Es machte ihr überhaupt nichts aus, dass der Sex zwischen ihnen so gar nichts Zärtliches hatte – im Gegenteil. Je gieriger er sie benutzte, desto sicherer war sie sich, dass er sie wirklich wollte und brauchte.

Er bestand darauf, sie exklusiv zu ficken, das war ihr nur recht. Er ließ sich bedienen und sie stellte das keine Sekunde infrage. Sie war glücklich, dass sie ihm so ihre Liebe und Ergebenheit zeigen konnte.

Da sie noch bei ihren Eltern wohnte, war es selbstverständlich, dass sie in seine Wohnung kam. Das war auch noch in anderer Hinsicht gut so, denn ihre Eltern wären mit diesem Mann, der daherkam wie frisch aus dem Gefängnis entlassen, niemals einverstanden gewesen.

Eine Zeit lang lief alles harmonisch, auch Karl zeigte sich sehr zufrieden. Bis zu dem Moment, als sie ihm beichten musste, dass sie ihre Tage hatte.

»Ich finde es ekelig, in Blut herumzustochern. Besorg dir eine Pille, die die Blutung verhindert«, befahl er. »Ich bin sauber. Das kann ich dir beweisen. Dann kann ich dich auch ohne Gummi bumsen. Das Scheißding nimmt einem sowieso den ganzen Spaß.«

Ela konnte sich noch gut an den Angstschweiß erinnern, der ihr augenblicklich ausbrach. »Das geht nicht«, musste sie ihm gestehen. Ein Kloß bildete sich in ihrem Hals, als sie Karls ungeduldiges Gesicht sah.

»Warum nicht?«, schimpfte er.

Sie räusperte sich zwar, aber die Antwort kam dennoch sehr leise und heiser. »Ich brauche noch die Zustimmung meiner Eltern.«

Er machte einen bedrohlichen Schritt auf sie zu und sie wich zwei zurück. Dann wurde sie vom Sofa am Weitergehen gehindert. Er nahm ihren Kiefer in den Klammergriff und zwang sie, ihn anzusehen. Ela beobachtete, wie es hinter seiner Stirn arbeitete und ihm nach und nach die Gesichtszüge entglitten, weil ihm klar wurde, dass es dafür nur einen Grund geben konnte.

»Soll das heißen, dass ich eine Minderjährige ficke?«, ranzte er und ließ angeekelt von ihr ab.

Sie biss auf ihre Unterlippe und senkte schuldbewusst den Kopf. Erleichterung durchfuhr sie, als sie eine schallende Ohrfeige kassierte. Die hatte sie wohl verdient. Karl ging nervös im Zimmer auf und ab. Immer wieder schüttelte er den Kopf und fuhr sich durch die kurzen Haare. »Fuck ... das hättest du mir gleich sagen müssen. Ich komm doch in Teufels Küche, wenn das auffliegt.«

»Ich ... ich werde es bestimmt niemandem verraten ... ich schwöre ... ich ... ich liebe dich doch.« Die Angst, dass er sich von ihr abwenden würde, wurde auf einmal übermächtig. Tränen der Verzweiflung stiegen in ihr auf.

»Du machst mich so wütend! Weißt du das?! Du hast mich angelogen!«

Ela nickte schuldbewusst. »Bitte ... bitte lass mich nicht fallen. Ich werde alles tun. Ich tue alles ... alles, was du willst«, bettelte sie verzweifelt.

Karl schaute sie ratlos an, dann setzte er sich auf das Sofa und verbarg sein Gesicht in den Händen. »Das gibt es doch nicht ..., ich ficke eine Minderjährige ... Oh Mann«, murmelte er immer wieder und schüttelte zwischendurch den Kopf.

»Wenn wir jemals auffliegen, bring ich dich um«, drohte er und Ela zweifelte nicht an seinen Worten.

Sie nickte. »Niemals«, bestätigte sie.

Sie durfte bleiben, aber fortan wurde sie härter behandelt. Ihre Mähne war dabei immer wieder ein gutes Mittel, Gehorsam einzufordern.

Genauso, wie es gerade Mario machte. Grob packte er ihr in die Haare und riss daran, während er sein Sperma in sie hineinpumpte.

Wahrscheinlich war er wütend, dass sie nicht genug Hingabe zeigte.

Ela durchlief ein kalter Schauer. Sie war froh, dass es vorbei war. Es war ihr egal, dass sie keinen Orgasmus bekommen hatte. Damit konnte Mario sie nicht bestrafen – so nicht.

»Was war denn mit dir los? Morgen kommst du vor der Arbeit hier vorbei. Und dann bist du besser drauf«, herrschte er sie an.

Ela nickte, während sie sich reinigte. Endlich konnte sie den Schlüpfer wieder anziehen.

Bloß schnell weg hier!

Die Erinnerungen hatten zum ersten Mal Zweifel an Marios Gefühle aufkommen lassen. Ab jetzt würde sie ihn kritischer sehen. Sie wollte sich doch nicht mehr ausnutzen lassen! Obwohl – eigentlich konnte Mario doch nichts von ihrer Vergangenheit wissen. Vielleicht sollte sie die Sache doch besser in einem sanfteren Licht betrachten. Immerhin ging es um ihre gemeinsamen Träume. Sollte es sich als Albtraum erweisen, könnte sie ja immer noch gehen.

Schließlich war sie ein freier Mensch.

Kapitel 4 Narben heilen

Ela war wund gevögelt, als sie zur Schule fuhr, um Lina aus der Betreuung abzuholen. Es fühlte sich immer noch surreal an. Was war in den letzten Stunden alles passiert? Wie ein Film rasten die Geschehnisse an ihr vorbei, ohne dass sie es so recht begriffen hatte.

Mittlerweile dachte sie milder über den letzten Akt. Es war nicht Marios Schuld, sondern Karls.

Außerdem war die kurze Zeit mit Karl trotz allem auch immer noch mit schönen Gedanken verbunden. Er war nie wirklich brutal zu ihr gewesen, sondern auf seine Art sogar fürsorglich. Sie musste damals nur bedingungslos gehorchen, dann hatte er im Gegenzug auch alles getan, damit sie zu ihrem Recht kam. Darunter verstand er hauptsächlich seine Fähigkeit, ihr beeindruckende Orgasmen zu verschaffen, die ihr noch heute in Erinnerung waren. Wie hatte sie es geschätzt, dass er ihr seine Talente bewusst machte, indem sie ihm vorzählen musste, wie viele Orgasmen er ihr verschafft hatte.

Aus heutiger Sicht würde sie sagen: Dumm bumst gut. Aus diesem Grund wäre es auch auf Dauer nie gut mit ihm gegangen. Aber im naiven Wunschdenken eines Teenagers hatte sie ihn aus tiefstem Herzen geliebt. Sie träumte damals von der großen Liebe – für immer. Bis – ja, bis er sein wahres Gesicht zeigte.

An dem Tag hatte sie Anweisung von Karl bekommen, neue Kondome zu kaufen und mitzubringen. Leider hatte er vergessen, die Größe anzugeben, und sie hatte sich vollkommen verschätzt. Aufgrund ihrer fast jungfräulichen Enge hatte sie ihn wohl als größer empfunden, als er letztendlich war. Sie sah sein mürrisches Gesicht noch immer vor sich. Möglicherweise war es ihm peinlich, dass er nur durchschnittlich bestückt war, und wollte sich keine Blöße geben. Aber sein Verlangen war wohl größer.

»Wird schon gehen«, hatte er gemurmelt und sich in ihr versenkt.

Sie konnte sich noch gut an das Theater erinnern, als das Kondom bei seinem Rückzug in ihr drin blieb. Wie hatte er getobt und geschimpft.

»Unverantwortlicher Mist!«, »Wie kann man nur so dämlich sein?«, »Warum hast du nicht noch mal nachgefragt!?«, »Was, wenn das jetzt schiefgeht? Dann komme ich in Teufels Küche!«, »Bete, dass das gut geht!« und »Sobald du sechzehn bist, besorgst du dir die Pille ... Verstanden!?«

Sie hatte nur schuldbewusst genickt und das Teil herausgefingert. Es steckte ziemlich tief. Sie konnte ihn ja verstehen, schließlich wollte sie selbst nicht schwanger werden. Deshalb folgte sie auch eilig, als er ihr ein »Geh mir aus den Augen! Verschwinde, sonst vergesse ich mich noch!« entgegenschleuderte.

Als sie die Wohnung verließ, brach ihr sein »Das hat man davon, wenn man sich mit Kindern einlässt« fast das Herz. Sie hätte ihn so gerne gefragt, ob sie wiederkommen durfte, aber das hatte sie sich nicht getraut.

Drei Wochen war sie damals von Angst und Trauer gefangen gewesen. Drei Wochen, die ihr unerträglich lang vorgekommen waren. Ihre Gedanken waren so auf Karl und einem möglichen Ende der Beziehung fixiert gewesen, dass sie gar keinen Gedanken mehr an eine mögliche Schwangerschaft zuließ. Ihre Tage hatten inzwischen eingesetzt, wenn auch sehr schwach. Aber sie dachte sich damals nichts dabei, waren sie doch nie besonders pünktlich gekommen.

Wie erleichtert war sie, als Karl sich doch wieder meldete und nach ihr verlangte. Die Kondome besorgte er fortan selbst. Es bestand nicht mehr dasselbe Klima zwischen ihnen, ein rauerer Ton herrschte vor. Doch in drei Monaten würde sie sechzehn werden, dann wollte sie sich sofort die Pille besorgen. Sie war der festen Meinung gewesen, dass dann alles wieder gut werden würde.

Während der Fahrt versuchte Ela, die aufsteigenden Tränen zu unterdrücken, denn der Schock von damals war auf einmal wieder präsent, als die Frauenärztin ihr die Schwangerschaft verkündete.

Karl beendete die Affäre sofort. Wollte er doch keine Anzeige wegen Unzucht mit Minderjährigen riskieren. Er verlangte die Abtreibung und ignorierte, dass es dafür schon längst zu spät war.

»Wer will schon eine Frau mit dickem Bauch ficken und nach der Geburt bist du nicht mehr so eng. Dann ist der Spaß sowieso vorbei. Um ein Kind werde ich mich bestimmt nicht kümmern«, hatte er damals argumentiert.

Es war ihm egal, dass sie das heulende Elend war.

»Mach es weg, von mir aus illegal ... Ich werde mir von einem Kind nicht auch noch ein Kind andrehen lassen«, setzte er gefühllos nach.

Für Ela brach damals die ganze Welt zusammen.

Aber eines war ihr damals schon klar gewesen: Eine Abtreibung wäre für sie schlimmer, als das Kind zu bekommen. Dabei drohte er sogar, sie umzubringen, wenn sie nicht gehorchte. Am Ende der Auseinandersetzung hatten die brutalen Worte ihr Herz als Ruine hinterlassen.

Nachdem sie den ersten Schock überwunden hatten, hatten sich ihre Eltern erstaunlich verständnisvoll gezeigt. Wohl, weil sie sahen, wie schlecht es ihrer Tochter ging. Irgendwann hatten sie sich auch damit abgefunden, dass sie den Namen des Vaters nicht erfahren würden. Ohne die Hilfe ihrer Eltern hätte Ela diese labile Phase womöglich nicht überlebt.

Das Schuljahr musste sie wiederholen. Das war aber nur gut, denn so war sie dem Hohn und Spott ihres Jahrgangs nicht mehr ganz so ausgesetzt. Allerdings blieb sie auch in der neuen Klasse Außenseiterin. Nur mit Ach und Krach erreichte sie ihr Abitur. Danach versank sie vollends im Selbstmitleid. Keine Ziele, keine Pläne, ließ sie sich nur noch haltlos treiben. Jede Party war ihre. Jeder Mann, der nur nachdrücklich genug ihre Nähe suchte, bekam, was er wollte.

Sie war froh, dass wenigstens ihr Körper etwas fühlte, denn ihre Seele war wie taub.

Es dauerte lange, bis sie sich über ihre Tochter freuen konnte. Ohne die Fürsorge, die die Großeltern dem Kind entgegenbrachten, hätte Lina sicher seelischen Schaden genommen.

Erst die Freundschaft mit Frauke und Karina, zwei Mütter mit Töchtern im gleichen Alter, die sie im Kindergarten kennenlernte, machte es möglich, dass ihre seelischen Wunden langsam zu heilen begannen.

Es war, wie es war. Jung war eben auch dumm. Und da gab es Fehler, die nicht mehr rückgängig zu machen waren, wenn der Zug einmal ins Rollen geraten war. Das galt natürlich auch für Karl. Ela fragte sich heute noch, ob er mitbekommen hatte, dass sie das Kind behalten hatte. Ob er es manchmal bedauerte, seine Tochter nicht kennengelernt zu haben?

Heute war alles anders. Ela hatte einen Teil ihrer Souveränität zurück. Sie war endlich dabei, erwachsen zu werden und ihre Narben verheilen zu lassen. Mit Mario zusammen würde sie auch glücklich werden. Da war es nicht schlimm, dass ihre Tochter und die Eltern meckerten, weil sie zu spät war.

»Oh, will da jemand ins Nachbarhaus einziehen?«, fragte Elas Mutter Simone, als sie auf die Einfahrt zu ihrem Heim bogen.

»Cool! Vielleicht haben die Kinder!«, freute sich Lina.

»Freu dich nicht zu früh«, mahnte Ela ihre Tochter.

Vor dem Nachbarhaus standen zwei Männer mit dem Makler und unterhielten sich. Ela konnte nicht viel von ihnen sehen, denn sie standen mit dem Rücken zur Einfahrt. Der eine war schmächtig und der andere ziemlich kräftig, aber beide hatten dunkle Haare.

»Vielleicht sind sie schwul«, spekulierte Ela.

»Nicht vor dem Kind!«, entrüstete sich Elas Vater.

»Wieso? Ich weiß doch, was schwul ist«, verkündete Lina.

»So? Was heißt das denn?«, fragte Elas Mutter.

»Wenn was ganz blöd ist.«

Ela lachte auf. »Nein, eigentlich heißt es, dass Männer Männer lieb haben.«

»Muss das jetzt sein?«, grummelte der Vater.

»Du möchtest nicht wissen, was sich die Kids heute alles auf dem Schulhof erzählen. Die Zeiten sind anders als früher«, erklärte Ela und stellte den Motor aus.

»Das ist schon klar. Aber zu Hause darf die Welt ein bisschen heiler sein, oder nicht?«, wendete ihre Mutter ein.

»Das mein ich aber auch«, bekräftigte ihr Vater.

»Wieso kann eine schwule Welt nicht heil sein?«, entrüstete sich Ela.

»Ich möchte so ein Volk jedenfalls nicht als Nachbarn haben, und womöglich noch dabei zusehen wie ...«

Die sich küssen, ergänzte Ela in Gedanken. Wieder einmal hatten ihre Eltern gezeigt, wie stockkonservativ sie doch waren. Keine Ahnung, wie sie damit lebten, dass sie eine uneheliche Enkelin hatten. Der ganze Ort war so. Ihre Eltern würden aus allen Wolken fallen, wenn sie wüssten, dass ein Swinger Club nichts Besonderes für ihre Tochter war. Diese Vorbehalte hatten immer noch einen Einfluss auf Ela. Da konnte sie sich tausendmal sagen, dass die Welt war, wie sie war.

»Ich weiß nicht, ob es gut ist, wenn Lina in einer Blase aufwächst«, erwiderte Ela.

»Können wir das Thema jetzt bitte lassen? Ich habe Hunger. Lasst uns das Gepäck reinbringen und dann irgendwo essen gehen«, lenkte die Mutter vom Thema ab.

»Gute Idee, ich sterbe vor Hunger«, bestätigte der Vater.

Plötzlich fiel auch Ela auf, dass sie nur gefrühstückt hatte. »Einverstanden.«

»Au ja! Pizza!«, jubelte Lina.

»Auf Pizza hätte ich auch Appetit. Wir können ja zur Pizzeria bei deinem Supermarkt fahren«, schlug Elas Mutter vor.

Ela schluckte. »Ach nein, ich würde nicht so gerne Pizza essen. Die liegt mir wie eine Bombe im Magen.«

»Ach, wirklich? Wusste ich ja noch gar nicht«, wunderte sich ihre Mutter.

»Ja, hab mir vielleicht einen Virus geholt.«

So einigten sie sich auf chinesisches Essen.

An diesem Abend übte Ela kein Deep Throat, denn sie hatte viel zu viel in ihren ausgehungerten Magen gestopft. Die Gefahr war groß, dass das Essen wieder herauskam. Ihre Eltern hatten sich gewundert, sagten aber nichts.

Nun lag sie im Bett und kämpfte mit der Übelkeit, die durch den strapazierten Hals noch verstärkt wurde. Außerdem war sie so wundgefickt, dass sie gar nicht richtig laufen konnte. Ihre Mutter hatte schon gefragt, was los war. Ela hatte etwas von abgeknicktem Fuß erzählt. Keine Ahnung, ob ihre Mutter das glaubte. Würde sie die Wahrheit erzählen, würde sie ihr wahrscheinlich auch nicht glauben.

Sie hatte ein wenig Angst vor morgen. Die Szene im Swinger Club kam ihr in den Sinn. ›Ich verlange absolute Hingabe‹, hörte sie Mario in Gedanken sagen.

Oh ja, das tat er!

Aber es würde sich lohnen und sie würde sich sicher daran gewöhnen. Außerdem, wenn das erste Feuer vorüber war, würde es von Natur aus weniger werden …

Kapitel 5 Gangsters Paradise?

Ihr Unterleib brannte und die Kehle war geschwollen, als sie am nächsten Morgen in der Pizzeria den Putzlappen schwang. Mario hatte sie vor der Arbeit kräftig rangenommen. Sie musste sich ordentlich ins Zeug legen, um das ganze Lokal rechtzeitig fertig zu bekommen. Das lenkte ab.

Nun war noch das Apartment dran. Sie staunte nicht schlecht, als sie die Räumlichkeiten betrat. Die dunkle Ausstattung mit den schwarz-roten, groß gemusterten Samttapeten hatte etwas Bedrückendes. In der Mitte stand ein schwerer, runder Tisch mit vollen Aschenbechern darauf. Spielkarten lagen herum. Das Ganze wirkte wie aus einem schlechten Gangsterfilm.

Ela kam der Verdacht, dass hier Glücksspiele stattgefunden hatten – womöglich illegal. Das war definitiv kein normales Apartment, in dem sich Geschäftsleute oder Urlauber wohlfühlten.

Die Küche quoll über vor Müll und dreckigem Geschirr. Obwohl eine Spülmaschine da war, hatte es offensichtlich keiner nötig befunden, sie einzuräumen. Warum auch? Dafür war sie ja jetzt da.

Neugierig öffnete sie die Tür zum Schlafzimmer. Ihr wurde übel. Das war kein normales Bett, was da stand, das war eine Spielwiese mit diversen Fesselmöglichkeiten am Rahmen. Die Laken waren zerwühlt, jede Menge Sexspielzeug lag herum – benutzt und angetrocknet.

Und das sollte sie jetzt sauber machen? Wie gut, dass sie Gummihandschuhe anhatte.

Sie hielt die Luft an und machte sich an die Arbeit.

»Ganz schön was zu tun, nicht wahr?« Dario lehnte im Türrahmen, stieß sich ab und kam langsam auf sie zu. »Aber es ist ja nicht für lange.«

Der schmierige Typ war jetzt bei ihr und Ela drehte sich eilig weg. Das hätte sie besser nicht tun sollen, denn Dario nahm es als Aufforderung und tätschelte ihren Hintern. Sie schloss die Augen, sammelte sich und entzog sich diskret.

»Was denn? Ich bin dein Chef! Willst du nicht ein bisschen nett zu mir sein? Sonst gebe ich die Stelle womöglich einer anderen Kandidatin, die es mehr zu schätzen weiß.«

Ela schluckte. In diesem Moment beschloss sie, dass sie hier nicht lange arbeiten würde.

»Ich hab Feierabend und bin verabredet«, murmelte sie, während sie sich eilig aus dem Staub machte.

Der Kerl sollte nicht wissen, dass sie ihre Tochter abholen musste. Aber vorher musste sie noch zu Mario. Ob sie ihm davon erzählen sollte? Immerhin hatte er Dario damals im Swinger Club zusammengestaucht, als er zu viel Interesse an ihr gezeigt hatte.

Das Thema hatte sich schnell erledigt, Mario war nicht da. Ela war beunruhigt und erleichtert zugleich. So konnte sich der geschundene Unterleib etwas erholen.

Als sie mit Lina im Auto nach Hause fuhr, blockierte ein Möbelwagen die Garagenzufahrt. Offensichtlich hatten sich Bewohner für das Nachbarhaus gefunden. Es schien wieder Leben einzukehren. Deswegen brauchten die aber noch lange nicht die Auffahrt zu blockieren. Also betätigte sie kräftig die Hupe. Möglich, dass sich auch ihr Frust über die neue Arbeit so entlud.

Ein überaus kräftig gebauter Möbelpacker eilte herbei und sah mürrisch in ihren Wagen.

»Immer langsam, Süße. Wer wird denn gleich so unwirsch sein. Wir machen nur unsere Arbeit und bis eben war hier noch frei.«

Die bestimmende Art des Möbelpackers triggerte sie mal wieder und Ela schämte sich für ihre Ungeduld. Gleichzeitig stutzte sie. Wo hatte sie das Gesicht schon mal gesehen? Ja richtig! Der heiße Typ, mit dem sie zusammengestoßen war, als sie das erste Mal bei Mario gewesen war. Was für ein seltsamer Zufall! Ela sah ihn noch einmal kritisch an, er schien sich nicht an den Vorfall zu erinnern und erkannte sie nicht.

»Entschuldigung, aber ich hab noch eine Menge zu tun«, murmelte sie durch die heruntergelassene Scheibe und wich seinem Blick aus.

Gleich danach ärgerte sie sich, dass sie mal wieder zu brav reagiert hatte. War es nicht langsam Zeit, sich zu ändern und selbstbewusster aufzutreten?

Nachdenklich ging sie ins Haus. Es waren immer wieder dieselben Muster, nach denen sie funktionierte wie ein gehorsames Kind. Aber sie war jetzt erwachsen und die Verhaltensweisen sollten endlich durchbrochen werden. Sie wollte doch selbstbestimmter werden.

Der Klingelton ihres Handys zeigte an, dass eine Nachricht hereinkam. Elas Herz schlug höher.

Wir treffen uns heute Abend um zehn bei mir.
Mario

Und wenn ich keine Zeit habe?, dachte sie. Doch sie verfolgte den Gedanken nicht. Mario war heute Mittag nicht da gewesen und hatte Sehnsucht nach ihr. Sie würde den Teufel tun, seiner Einladung nicht zu folgen.

Ela blickte aus dem Küchenfenster. Der Möbelwagen vorm Nachbarhaus war verschwunden. Die Dämmerung hatte eingesetzt und man konnte in das Nachbarhaus sehen. Von der Decke der Küche baumelte eine kahle Glühbirne. Vor den Scheiben hingen noch keine Gardinen, so konnte man die moderne Möblierung erkennen.

Zwei Männer waren eifrig dabei, die Dinge an ihren Platz zu räumen. Es sah so aus, als ob das schwule Pärchen jetzt dort wohnte.

»Wann hast du heute oder morgen Zeit?«, fragte ihre Mutter wie beiläufig, als sie den Tisch abräumte.

Ela stöhnte innerlich. Immer wenn ihre Mutter diesen Ton draufhatte, wurde es anstrengend. »Heute Abend hab ich noch was vor, und morgen die übliche Schicht«, antwortete sie wahrheitsgemäß. »Wieso?«

»Ich habe Brot und Salz besorgt. Das könntest du dem neuen Nachbarn zur Begrüßung hinüberbringen.«

»Weiß nicht, mal sehen«, brummte Ela. »Das kannst du doch auch machen.«

»Nein, das machst besser du. Es sind zwei wirklich nette junge Männer. Ich habe heute Morgen schon mit ihnen gesprochen.«

Ach ja, alles klar. Wieder einmal ein Kuppelversuch ihrer Mutter. Ela erinnerte sich noch lebhaft an die Zeit, als sie bei einer Partneragentur nach einem ›netten Mann‹ für sie gesucht hatte. Ihre Eltern konnten ja nicht wissen, dass sie gar nicht auf nette Männer stand.

»Und? Sind sie schwul?«

»Nein, es sind zwei Brüder. Luca und Ciro.«

»Mit welchem willst du mich denn verkuppeln?«

Ihre Mutter zog entsetzt die Stirn kraus. »Wie kommst du da drauf?«

»Ja, wie komme ich wohl darauf?«, fragte Ela schulterzuckend.

»Du bist doch oft genug unterwegs. Lernst du denn nie mal jemanden kennen?«

»Aha, also doch.«

Ihre Mutter zwinkerte.

Ela hatte wohlweislich noch nie einen ihrer Liebhaber nach Hause gebracht. Abgesehen davon hatten diese auch nie Interesse gezeigt, in ihre Familie eingeführt zu werden. Kein Einziger von ihnen eignete sich als Schwiegersohn, jedenfalls nicht bei den Erwartungen ihrer Eltern. Offiziell traf sie sich bei ihren Dates immer mit Freundinnen.

Vielleicht hatten ihre Eltern ja insgeheim die Befürchtung, sie sei lesbisch. So viel, wie sie abends unterwegs war, hätte sie schließlich schon längst einmal etwas Heiratsfähiges anbringen müssen. Ela wälzte die spärlichen Argumente, die ihr den Besuch ersparen könnten. Es half nichts, es war klüger, die brave Tochter zu spielen.

»Ja, meinetwegen. Aber ich hab nicht lange Zeit«, seufzte sie. »Gib her.«

Mit geschlossenen Augen sammelte sie sich, zog die Mundwinkel hoch und drückte auf den Klingelknopf des Nachbarhauses. Als sich die schwere Massivholztür der alten Bürgervilla öffnete, verschlug es ihr den Atem. Sie kannte diesen Mann! Es war der Möbelpacker.

Seine Wirkung auf sie war geradezu mysteriös. Er war ein höllisch attraktiver Typ mit schwarzen Haaren. Seine dunklen, glutvollen Augen funkelten sie fast beängstigend an.

In seiner Anwesenheit war sie plötzlich sehr nervös. Vielleicht war es ja auch wieder die bestimmende Art oder die männliche Stimme, die diese Nervosität verursachten. Sein Charisma war etwas, dem sie sich nur schwer entziehen konnte.

Er sah sie an und seine versteinerte Miene löste sich in ein Lächeln auf. »Na, wenn das Mal keine nette Überraschung ist! Wir kennen uns doch.«

Ela stand wie angewurzelt da und spürte, wie ihr das Blut in den Kopf schoss. Sie schluckte, doch das konnte den trockenen Mund nicht befeuchten. Trotz größter Anstrengung brachte sie kein Wort heraus.

»Haben Sie Lust, kurz auf einen Kaffee hereinzukommen?«

Am liebsten wäre sie abgehauen, aber irgendetwas hielt sie davon ab. Sie nickte stumm.

»Ich weiß genau, Sie können sprechen. Was hat Ihnen denn die Sprache verschlagen?«

Ela atmete tief durch, um antworten zu können. »Ähm ... eigentlich habe ich gar keine Zeit«, murmelte sie verlegen. Hoffentlich sah er ihre roten Wangen nicht.

Was war nur mit ihr los? Sie sammelte allen Mut zusammen und rang sich ein Lächeln ab.

»Meine Mutter schickt mich, ich soll Ihnen Brot und Salz vorbeibringen und alles Gute zum Einzug wünschen«, ratterte sie ihr Sprüchlein herunter. Dabei hielt sie ihm das Paket mit gestreckten Armen hin, als wäre es ein Schutzschild.

»Danke«, stammelte er und wirkte auf einmal verlegen.

»Eigentlich muss ich los. Ich will Sie auch nicht aufhalten.«

»Kann man nichts machen«, antwortete er, immer noch sichtlich verdattert.

Er nahm das Paket und Ela suchte schleunigst das Weite. Sie war vollkommen durcheinander nach dieser Begegnung.

Der Typ machte sie nervöser als Mario.

Heilige Scheiße!

Das Verlangen auf eine Zigarette überkam sie – und gleich darauf die Sehnsucht nach Mario. Nein, sie würde nicht rauchen, für ihren Freund würde sie stark bleiben.

Sie hatte noch Zeit bis zum Date mit Mario und überlegte, was sie tun sollte. Lina spielte Karten mit ihren Großeltern. Das war inzwischen ein Ritual geworden. Im Gegenzug musste ihre Tochter dafür ohne Murren ins Bett.

Ela setzte sich in die Leseecke und schnappte sich den Laptop. Sie wollte diese Pizzeria googeln. Was hatte es mit der zwielichtigen Wohnung auf sich? War sie so etwas wie ein Stundenhotel?

Doch im Internet fand sie nur Bilder einer ganz anderen Wohnung, die angeblich dort zu mieten sei. Ob es da noch eine gab? Hell und freundlich wie ein ganz normales Apartment. Das war aber für viele Wochen schon ausgebucht. Seltsam.

Ob sie Mario danach fragen sollte? Vielleicht später – irgendwann.

Sie könnte sich damit in die Nesseln setzen.

Um Punkt zehn war Ela bei Mario. Es war eine warme Nacht, sie hatte ein Kleid und hochhackige Schuhe angezogen. Schließlich liebte er Beine bis zum Himmel.

»Wir gehen heute aus«, verkündete er gut gelaunt.

Ela strahlte. »Wohin?«

»In den Swinger Club.«

Ihr glückliches Lächeln erstarb, sie konnte ihre Enttäuschung nicht verbergen.

Mario bemerkte es sofort. »Was denn?«

»Ich mag es nicht, wie die mich da ansehen.«

Er lächelte nachsichtig, während er näher trat und ihre Wange streichelte. »Ich mag es aber. Ich liebe diese neidischen Blicke, denn ich bin fürchterlich stolz auf dich.«

Ela schluckte. »Muss das unbedingt sein?«

»Ich wäre natürlich enttäuscht. Ich habe dir extra ein Geschenk besorgt.«

»Ein Geschenk?«, fragte Ela und ihr Gesicht hellte sich wieder etwas auf.

»Ja, möchtest du es sehen?« Mario kramte eine Plastiktüte hervor und zog ein Ledergeschirr, Strapse und Strümpfe heraus.

»Das ist Fetischzeug!«, sagte Ela entsetzt. Das war ja noch schlimmer als die Korsage von Oskar, damit hatte sie sich wenigstens halbwegs angezogen gefühlt.

»Probier es aus, das ist superheiß!«

Skeptisch begutachtete Ela die Sachen.

»Komm schon. Ich wünsche mir, dass du zu dir stehst. Du hast nichts zu verbergen, im Gegenteil. Du bist wunderschön, das darfst du ruhig zeigen. Sei doch endlich stolz auf dich und deinen Körper und schäme dich nicht für deine Gefühle.«

Ein warmer Schauer rann durch Elas Körper. So hatte noch nie ein Mann mit ihr geredet. Mario war ein Glücksfall, der genau zur rechten Zeit in ihr Leben getreten war. Sie nickte und begann sich umzuziehen. Das Ledergeschirr umrahmte und stützte ihre Brüste, es mündete in einem Halsband mit einer Öse vorne.

»Willst du mich an die Leine nehmen?«, fragte sie.

Mario wackelte mit den Augenbrauen. »Wenn du es möchtest«, raunte er und zog sie an der Öse zu sich. Sein Handrücken streichelte ihre Wange, bevor er mit den Fingern durchs Haar fuhr und sie nach hinten legte. Ela schloss die Augen und wartete auf einen Kuss. Er kam nicht. Sie sagte nichts. Mario zeigte seine Gefühle eben anders als durchs Küssen.

»Ohne Höschen – versteht sich«, wies er sie an, als sie ihren String nicht ausziehen wollte.

Ela betrachtete sich im Spiegel. War das Outfit jetzt frivol oder ordinär? Auf jeden Fall war das nicht sie. Damit durch den Club zu gehen, brauchte Mut.

Mario stand hinter ihr. »Könntest du dich doch nur mit meinen Augen sehen. Schon allein deine Titten. Bei welcher Frau ist so ein Vorbau wie deiner noch so straff?«

Ela lächelte ihn an. Diese Komplimente taten einfach gut und wirkten etwas nach, als es mit dem Kleid über der Fetischbekleidung in den Club ging.

Im rot gehaltenen Empfangsbereich des Clubs erwartete sie stickige Luft. Ela mochte kaum atmen. Sie zogen sich um und Mario nahm sie an die Hand.

»Keine Angst. Denk daran: Alles kann, nichts muss.«

Sie traute sich nicht mehr zu sagen, dass ihr noch immer nicht behaglich war, denn es wurde mit jeder Minute besser.

»Zeig deine Leidenschaft und steh dazu. Das macht mich wahnsinnig an. Nichts macht mich glücklicher.«

Ela nickte. Was hatte sie auch erwartet? Schließlich hatten sie sich ja hier kennengelernt.

Es war offensichtlich, dass Mario es liebte, wenn man ihm beim Sex zusah. Er trieb es mit ihr in allen Räumen und allen Positionen. Er feuerte sie an und lobte sie, wenn sie aus sich herauskam.

Ela vergaß alle Bedenken und verdrängte mit der Zeit sogar die Angst vor Entdeckung. Wer dort verkehrte, war in der Regel auf Diskretion bedacht.

So schaffte Mario es tatsächlich, dass ihre Hemmungen wie die Schichten einer Zwiebel von ihr abfielen. Sie hatte immer mehr Spaß daran. Und am Ende war sie mal wieder wund. Marios Ausdauer war einfach legendär.

Kapitel 6 So Eine

Ciro schaute gerade aus dem Fenster ihres neuen Hauses, als Ela spät in der Nacht ins Haus ging.

»Du hast ja gar nicht gesagt, dass unsere Nachbarin eine Zehn ist«, sagte er mit leuchtenden Augen zu seinem Bruder.

»Vielleicht vom Aussehen ... ja«, brummte Luca. »Aber sie ist eine verdammte Schlampe, die alles mit sich machen lässt.«

Ciro nahm einen Schluck Wein. »Und woher weißt du das, mein heiliger Bruder?«

»Sie hat sich von diesem Oskar angraben lassen. Du weißt ja, wie es läuft.«

»Welcher Oskar? Wie was läuft?«, fragte Lucas Bruder verwirrt.

»Oskar trifft die Vorauswahl und Mario reitet sie zu.«

Ciro schnappte nach Luft. »Mario? Der Mario?«

»Genau. Von dem lässt sie sich jetzt nach allen Regeln der Kunst durchnehmen.«

»Woher weißt du das? Du kennst sie doch gar nicht«, ereiferte sich Ciro.

»Warum verteidigst du sie? Weil du eine männliche Schlampe bist?«

»Weil ich die Loverboy-Masche kenne. Die suchen sich einsame Opfer oder welche mit wenig Selbstbewusstsein. Sie versprechen das Blaue vom Himmel. Ja, sie würden die Sterne vom Himmel holen, wenn sie nicht gerade in finanziellen

Schwierigkeiten wären … Und nur wenn das Opfer brav die Beine breitmacht, ist sie liebenswert. Sie ist schnell emotional davon abhängig, weil nur sie noch dafür Zuspruch erhält, wenn sie alles tut, was man von ihr will.«

»Aha. Arbeitest du nebenberuflich als Zuhälter, wenn du dich so gut auskennst?«, knurrte Luca.

»Na ja, man hat so seine Quellen und auch schon viel gehört. Es ist unfair von dir, so eine Meinung über sie zu haben. Du kennst ihre Geschichte nicht.«

Luca schüttelte den Kopf. »Das Leben ist nicht fair. Das weißt du genauso wie ich. Aber am Ende bekommt jeder, was er verdient. Sie wird schon etwas Besonderes liefern, und zwar freiwillig, denn sonst könnten die Herrschaften ja auch in einen Flaterate Puff gehen.«

»Du bist so selbstgerecht … so voller Hass. Was hat sie dir getan?«

»Sie ist ein Rädchen in dem verdammten Scheiß-System. Sie könnte den ganzen Laden mitsamt Mario, auffliegen lassen, wenn sie nicht so dumm wäre.«

»Ach so ist das!« Ciro schlug sich mit der flachen Hand vor den Kopf. »Ich Idiot! Ich dachte, du wolltest umziehen, damit du endlich damit abschließen kannst! Wie konnte ich so blöd sein?!«

»Du weißt, dass ich das nicht kann. Ich bin kein Meister im Verdrängen – so wie du.«

»Fuck! Was hast du vor?! Das arme Mädchen weiß doch sicher noch nicht einmal, wer sie da an der Angel hat.«

»Sie nur beobachten. Vielleicht komme ich irgendwie an sie heran.«

»Lass doch endlich los Mann! Das ist die Sache der Polizei!«, flehte Ciro.

Man konnte Lucas Kiefermuskeln mahlen sehen. »Du siehst doch, die machen nichts!«

»Das kannst du doch gar nicht beurteilen. Schon mal was von verdeckten Ermittlungen gehört?!«, fauchte Ciro.

»Ich sag dir, da passiert nichts! Nichts! Nichts! Wahrscheinlich haben die auch die Polizei bestochen!«, ereiferte sich Luca.

»Aber du kannst das alles besser, oder was?! Das ist brandgefährlich, Mann!«

»Das bin ich unserem Bruder schuldig! Dir ist das ja anscheinend egal, du machst Party!«

»Ja! Mach ich! Na und?! Was dagegen?!« Ciros Gesicht lief rot an.

»Ja! Weil du die ganze Scheiße nur verdrängst! Aber so kommen wir nicht weiter!« Mario holte tief Luft und rieb sich übers Gesicht, während er sich zu sammeln versuchte.

Ciro massierte sich die Nasenwurzel. »Es vergiftet unser Leben. Wir müssen endlich damit abschließen.«

»Nur, wenn der Scheißkerl im Gefängnis ist.«

»Mario ist doch auch nur ein kleines Rädchen im Getriebe. Die müssen an die Hintermänner.«

»Wenn die Schlampe uns Informationen liefern würde, wem sie zugeführt wird. Das würde uns weiterbringen. Ihre ›Dienstleistung‹ läuft doch bestimmt auch als Ersatz für Bestechungsgeld. Da könnte man der Polizei was stecken, dann müssen die tätig werden«, erklärte Luca und machte dabei mit den Fingern Gänsefüße in der Luft.

»Noch mal: Du kannst dich nicht in die Polizeiarbeit einmischen. Außerdem weiß die Kleine doch wahrscheinlich selbst noch nichts von ihrem Glück. Wahrscheinlich schwebt sie gerade auf allen Wolken und glaubt, dass ab jetzt ihr Leben besser wird«, spekulierte Ciro.

»Woher willst du das wissen?«

»Ich habe gelernt, Körpersprache zu lesen. Sie hat diese bestimmte Haltung ... und die Art, wie sie sich umsieht ... das zeugt von wenig Selbstbewusstsein. Mario wickelt sie gerade um den Finger – jede Wette.«

»Da fliegt mir doch das Blech weg! Dann müsste es ja für dich ein Leichtes sein, sie auch um den Finger zu wickeln, du Frauenversteher.«

»Nur kein Neid.«

»Nein, im Ernst. Für dich ist es doch ein Leichtes, die Frau aus der Reserve zu locken.«

Ciro schüttelte den Kopf. »Warum soll ich diese gefährliche Drecksarbeit machen? Sie steht auf dominant. Damit ist sie viel eher was für dich.«

Luca schluckte, denn genau das war ja das Problem. Als Ela heute mit Brot und Salz vor der Tür gestanden hatte, war er auf unerklärliche Weise nervös geworden. Sie hatte etwas an sich, das seinen Beschützerinstinkt weckte. Ganz davon abgesehen, dass sich allein bei ihrem Anblick etwas in seiner Hose regte. Er hatte viel zu lange keine Frau mehr gehabt.

»Du könntest sie retten, Alter. Das liebst du doch so«, setzte Ciro nach.

Da hatte sein Bruder leider recht. Gerade deshalb störte es ihn ja auch, dass sie auf diesen Blender von Mario hereingefallen war. Am liebsten hätte er sie geschüttelt und zur Rede gestellt, wie sie sich auf so etwas einlassen konnte. Er hätte sie gern gefragt, warum sie diesen ganzen Mist unterstützte. Dabei war ihm eigentlich klar, dass sie wahrscheinlich nichts davon wusste. So hätte er bestimmt alles verdorben. Es gab nur einen Weg. Er müsste ihr näherkommen, ihr Vertrauen gewinnen und sie dann auf seine Seite ziehen.

Doch dabei gab es noch ein Problem. Auch, wenn sie verdammt sexy war, so einen Wanderpokal wollte er nicht ficken. Ciro hingegen hatte keinerlei Bedenken bei so was.

»Du kennst meine Probleme mit dieser Sorte Frauen«, antwortete Luca heiser.

»Leider steht diese Sorte Frauen nicht auf mich. Die brauchen klare Ansagen und da bist du klar im Vorteil.«

»Tatsache ist, dass sie sich von Mario einspannen und auch ficken lässt. Außerdem arbeitet sie für Fabio und wer weiß, wen noch alles«, grummelte Luca.

»Vielleicht macht sie das ja nur, weil sie unter Druck gesetzt wird. Ich sage es noch mal: Du weißt doch gar nichts von ihr ... ihrer Geschichte«, wandte Ciro ein.

»Wenn sie wirklich so blöd ist, hat sie es nicht besser verdient.«

»Deine Selbstherrlichkeit ist zum Kotzen. Du kennst meine Meinung dazu. Sie hat doch mit dem Tod unseres Bruders überhaupt nichts zu tun. Deine Pläne sind Bullshit. Umzuziehen, um Informationen von einer Frau zu bekommen? Schwachsinn!«

»Wenn du bessere Vorschläge hast … bitte! Ich tu wenigstens etwas!«

»Super! Ganz klasse! Aber halt mich da bitte raus! Und wenn der Kleinen etwas passiert, bist du für mich gestorben.«

»Ich tu das alles nicht nur für mich, sondern auch für unsere Eltern, damit die auch endlich zur Ruhe kommen. Denkst du auch mal an die?«

»Ja! Du bist ein Held«, ätzte Ciro, kippte seinen Rest Wein hinunter und stand auf. »Aber frag sie doch mal, ob sie das auch wollen. Ich geh ins Bett.«

Luca sah ihm nachdenklich hinterher. Er war sich plötzlich gar nicht mehr so sicher, dass er das Richtige tat. Dennoch konnte er nicht anders, er musste es einfach tun. Dann musste er eben selbst Elas Vertrauen gewinnen, ohne ihr zu nahe zu kommen. Freundschaft vortäuschen konnte doch nicht so schwer sein. Er musste ja nicht mit ihr ins Bett.

Kapitel 7 Sonnenbad

Schweißgebadet bäumte sich Ela im Bett auf. Sie war aus einem Albtraum erwacht. Er handelte von einem übergriffigen Dario und einem Mario mit überdimensionalem Riesenpenis. Sie erinnerte sich, dass sie Angst hatte, damit gepfählt zu werden, doch trotz der riesigen Ausmaße konnte Mario sie nicht befriedigen.

Zu ihrem Entsetzen stellte sie fest, dass dieser Traum sie auch noch erregt hatte. Erschöpft ließ sie sich zurück in die Kissen sinken. Ihre Nerven wurden immer schwächer, ihre Libido spielte verrückt. Was war bloß los? Eigentlich lief doch alles bestens.

Aber ihr graute jetzt schon vor der Arbeit. Ihre Angst vor dem distanzlosen Dario war nicht zu leugnen. Sie musste sich unbedingt um eine neue berufliche Perspektive kümmern. Die Frage war bloß, was?

Gut, dass Mario heute vor der Arbeit keine Zeit hatte. Dadurch konnte sie noch ein bisschen nach einer neuen Stelle suchen.

Die Sonne schien und Ela kam gut gelaunt von ihrer Arbeit nach Hause. Dario war nicht da gewesen und das gruselige Apartment musste auch nicht gereinigt werden. So war sie schnell wieder daheim, denn Mario war immer noch nicht wieder da. Er arbeitete ja als Personal Trainer, da hatte er bestimmt Kundschaft.

Ein ganzer freier Nachmittag, nur für sie! Sie würde die Sonne genießen.

Ela machte sich ein Brot. Lina musste auch erst später abgeholt werden. Nachdem sie etwas gegessen hatte, zog sie einen Bikini an und machte es sich, mit einer Auflage und Sonnenbrille bewaffnet, auf der Polsterliege im Garten bequem.

Die Sonnenstrahlen wärmten wohltuend ihre Haut. Doch plötzlich war sie unsicher, ob Mario die weißen Absätze des Bikinioberteils auf ihrem sonst braunen Busen gut finden würde. Sie sah sich um. In diesem Teil des Gartens waren die Hecken der Nachbarn so hoch, dass niemand darüber sehen konnte. Sie konnte es wagen, sich oben ohne zu sonnen.

Als die Wärme sich auch auf ihrer Brust breitmachte, musste sie daran denken, wie oft Mario ihre Schönheit gelobt hatte. Wie gut ihr das tat! Die Sache mit Mario war schon etwas ganz Besonderes. Seufzend stellte sie sich sein schönes Gesicht vor und malte sich ihre gemeinsame Zukunft in den schillerndsten Farben. Er wäre sicher ein großartiger Ersatzvater für Lina. Kinderlieb war er ja ...

Ein fürchterlich lautes Motorengeräusch ließ Ela erschrocken aus ihrem Nickerchen erwachen. Orientierungslos sah sie sich um. Was war nur los?

Ihr Nachbar hatte angefangen, die Hecke zu scheren.

Fasziniert starrte sie zu ihm hinüber. Mit Sonnenbrille auf der Nase schaute er durch das

Loch der Hecke, während das Motorengeräusch erstarb. Der tätowierte Oberkörper war nur von den Trägern seiner Latzhose bedeckt. Schweiß brachte seine definierten Muskeln zum Glänzen.

Verdammt war der Typ heiß!

Sie stand auf solche tätowierten Muskelberge. Am liebsten würde sie darüber streicheln – oder küssen. Hatte er nicht auch noch gut gerochen, als sie damals zusammengestoßen waren?

Luca starrte sie immer noch wie hypnotisiert an.

Erst da fiel ihr auf, dass sie oben ohne war.

Scheiße! Wo war das Bikinioberteil?

Ihr Gesicht brannte wie Feuer, als sie hektisch ihre Brüste mit den Armen bedeckte und sich nach dem kleinen Stück Stoff umsah.

Erst da erwachte Mario aus seiner Bewegungslosigkeit. »Entschuldigung«, murmelte er und drehte sich weg.

Ela atmete mit einem Seufzer aus und entdeckte im selben Moment das gesuchte Teil.

Kaum hatte sie es wieder an, bog ihre Mutter auf die Auffahrt.

»Hallo Mama!«, stürmte Lina auf ihre Mutter zu und umarmte sie. »Da bist du ja!«

»Ja da ist die Mama. Sonnt sich und hat die Tochter vergessen.«

»Was? Wieso?«, fragte sie verwirrt. »Fuck!«

»Ja, Fuck. Wo ist dein Handy? Der Hort hat bei mir angerufen, weil er dich nicht erreichen konnte.«

»Drinnen ... Ich wollte nicht so lange ... Ich bin eingenickt«, stotterte sie. »Wo warst du?«

Ihre Mutter Simone sah sie verärgert an. »Ich habe Besorgungen gemacht. Komm rein, wir trinken Kaffee. Ich hab uns Kuchen mitgebracht.«

Auch Elas Vater kam von der Arbeit und sie tranken zusammen Kaffee. Plötzlich klingelte es. Ihre Mutter stand auf und ging zur Tür.

»Also, ich würde mich sehr freuen, wenn Sie heute Abend bei uns vorbeischauen würden«, hörte Ela die Stimme des sexy Typen von nebenan.

Ela fiel fast die Kaffeetasse aus der Hand. Wie vorhin stieg die Hitze in ihren Kopf, obwohl sie ihm noch nicht einmal gegenüberstand.

Wie würde es ihr nur bei der nächsten Begegnung gehen? Verwirrt schüttelte sie den Kopf, sie verstand sich selbst nicht mehr. Was hatte es mit diesem Kerl nur auf sich, dass ihr Körper so auf ihn reagierte. War ihr Mario nicht genug? Das konnte doch gar nicht sein!

»Oh, das tut mir leid. Wir sind verabredet. Ich werde meine Tochter fragen, die kann sicher länger bleiben«, hörte sie Simone an der Haustür sagen.

Ela schnappte nach Luft. Das war wieder typisch.

»Du hast gehört, dass dieser neue Nachbar uns zu einer Einweihungsparty eingeladen hat?«, fragte ihre Mutter, als sie in die Küche kam. Lächelnd legte sie die schriftliche Einladung auf den Tisch.

Ela klammerte sich an die Kaffeetasse und versuchte, möglichst beiläufig zu nicken. Als sie aus dem Fenster sah, um dem Blick ihrer Mutter auszuweichen, schaute sie in Lucas Gesicht, der sie beim Weggehen freundlich grüßte. Gänsehaut lief ihr über den Rücken.

»Wir sind ja heute Abend bei den Schiffers, aber du könntest doch hingehen. Zumindest, bis Lina ins Bett muss.«

»Du weißt doch, solche Partys sind nicht mein Ding«, startete Ela einen schwachen Abwehrversuch.

»Tatsächlich? Aber was machst du denn, wenn du wieder einmal auf Tour gehst? Herumstehen und zusehen? Da wird doch auch gefeiert«, murrte ihr Vater.

»Das ist etwas anderes.«

»Kind, sei doch nicht so stur. Diese neuen Nachbarn sind so nett. Ich empfinde es als unhöflich, wenn da heute keiner hingeht.«

»Wer ist hier stur, Mama? Die Einladung kommt ja wohl auch ein bisschen kurzfristig?«

»Die sind doch auch erst eingezogen«, verteidigte ihre Mutter die Nachbarn.

Wie sie das hasste. Sie biss die Zähne so sehr aufeinander, dass die Kiefer knackten. Sie mochte sich nicht mehr Fremdbestimmen lassen. Sie wollte ein eigenes Leben, auch wenn die Party nur ein kleines Übel war. Sie wollte mehr an ihrem neuen Leben mit Mario arbeiten.

»Okay ... ich mach's ... ich geh hin. Zufrieden?«, murrte sie genervt.

Elas Mutter nickte begeistert. Wahrscheinlich fand sie, dass dieser neue Nachbar durchaus Schwiegersohn-Potenzial hatte. Sie beschloss, ihren Eltern so schnell wie möglich Mario vorzustellen.

Schon bald stellte Ela fest, dass sie sich durch das Nickerchen einen Sonnenbrand geholt hatte.

Mist! Das tat mittlerweile ganz schön weh und ihr Gesicht sah aus wie eine Tomate. Eine After-Sun-Lotion brachte nur wenig Linderung. Eng sitzende Kleidung war auf der empfindlichen Haut nicht zu ertragen, schon gar kein BH.

Was sollte sie jetzt bloß zur Einweihungsparty anziehen? Ela entschied sich für ein luftiges Seidentop. Wenn die Brustwarzen sich nicht gerade aufstellten, war es praktisch nicht zu sehen, dass sie nichts weiter darunter hatte.

Kapitel 8 Die Einweihungsparty

Zufrieden sah Luca auf die feiernde Menge. Die Stimmung war gut und sein Plan aufgegangen. Ela war der Einladung tatsächlich gefolgt, glücklicherweise sogar ohne ihre Eltern. Besser konnte es nicht laufen. Auch stand sie, wie erwartet, eingeschüchtert am Rande der feiernden Meute. Das machte es sicher leichter, Kontakt zu knüpfen.

Er hatte seinen Bruder Ciro noch mal ins Gewissen geredet und hoffte, dass der sich besonnen hatte und half, seinen Plan umzusetzen. Ciro war ein wahrer Partylöwe, der genau wusste, wie man eine ausgelassene Feier veranstaltete. Sein Bruder hatte stets genau die richtigen Leute für solch ein Event bei der Hand.

Die Musik war laut, die Gäste noch lauter und Ela stand da wie ein Mauerblümchen. Sie hielt sich an ihrem Weinglas fest und blickte unsicher auf die Menge. Traf die Partybeleuchtung auf sie, zuckte sie zusammen wie eine geblendete Katze in der Nacht. Lucas Beschützerinstinkt erwachte unwillkürlich. Am liebsten hätte er sie an die Hand genommen und nach draußen in die Stille geführt. Doch diesen Impuls rang er sofort wieder nieder. Ihm gefiel nicht, wie sie seine Gedanken durcheinanderbrachte. Besser, er hielt Abstand vor ihr. Gefühle waren das Letzte, was er jetzt gebrauchen konnte.

So zurückhaltend, wie sie dort stand, war sie leichte Beute für Ciro. Der würde es schon richten. Er war der Meister im Mauerblümchen pflücken. Wahrscheinlich war Elas Schüchternheit sowieso alles nur Makulatur, um die echten Kerle anzuziehen, die solche ›anständigen‹ Frauen liebten. Sein Bruder verstand es meisterhaft, jede Knospe zum Erblühen zu bringen und dabei trotzdem seine Gefühle aus dem Spiel zu halten.

Luca hingegen war schon jetzt zerrissen von den Emotionen, die bei ihrem Anblick in ihm hochkochten. Das Gespräch mit seinem Bruder ging ihm nicht aus dem Kopf. ›Du kennst ihre Vergangenheit nicht.‹ Doch allein Elas Aufzug verriet ja, dass es sich tatsächlich um ein Flittchen handeln musste.

Sie trug keinen BH! Das sagte doch alles.

Der Anblick heute Mittag hatte ihn völlig aus dem Konzept gebracht. Solch schöne Brüste sah man selten und sie wusste offensichtlich um ihre Wirkung. Warum sonst diese Show? Luca versuchte, das Bild aus seiner Vorstellung zu vertreiben. Wie sehr man doch damit den Männern den Kopf verdrehen konnte. Deshalb war es umso wichtiger, das Ziel nicht aus den Augen zu verlieren.

Ela sah zu ihm hinüber und für einen Augenblick trafen sich ihre Blicke. Unsicherheit durchzuckte ihn und er entschied sich, zu lächeln. Sie lächelte genauso verlegen zurück. Aufmunternd hob er sein Glas und prostete ihr zu.

Wo zur Hölle war Ciro?!

Nervös schaute sich Luca um. Sein Bruder befand sich auf der Tanzfläche und schien sich einen Dreck um die Umsetzung des Plans zu kümmern. Ausgelassen flirtete er mit gleich mehreren Partyludern.

So würde das nie etwas werden!

Verärgert drängelte er sich zu ihm durch, dabei wurde er sofort von Ciros Schlampen ins Visier genommen. Unwirsch schüttelte er sie wieder ab.

»Was machst du da?!«, ranzte er seinen Bruder an und versuchte, die Wut zu unterdrücken. »Halte dich an den Plan!«

»Sei doch nicht immer so verspannt, Fratello mio. Chill mal!«, erwiderte Ciro und grinste gönnerhaft.

»Fick dich! Du bist definitiv zu entspannt. Sieh sie dir an, eine bessere Gelegenheit wird es nicht geben!«, zischte Luca und zeigte unauffällig auf Manuela.

»Warte ab, ich weiß schon, was ich tue. Vertrau mir, sie ist noch nicht reif. Außerdem will ich meine süßen Kätzchen hier nicht verärgern«, antwortete Ciro ungerührt und spielte lächelnd mit den Haaren eines ›Kätzchens‹, während er weiter tanzte. Das Kätzchen lächelte ihn entrückt an – oder betrunken – oder beides.

»Es ist noch nicht mal das Essen da. Wenn dir das alles hier nicht schnell genug geht oder du es besser kannst, dann mach's doch selbst«, erklärte Ciro.

Vielleicht wollte er damit seinen Bruder besänftigen, doch er erreichte das Gegenteil. Blut schoss Lucas in den Kopf. Sauer drehte er sich um. Er musste an die frische Luft, durchatmen. Er schnappte sich eine von den Rotweinflaschen und verließ das Haus. Auf dem Weg dorthin kam ihm der Pizzaservice entgegen, der die Party mit großen Blechen Pizza beliefern sollte. Der Appetit war ihm vergangen. Schlecht gelaunt wies er die Boten an, die Pizza ins Haus zu bringen.

Die kühle Abendluft beruhigte sofort sein Gemüt und er sog sie tief in seine Lungen. Sein Kopf wurde klar, aber die Musik dröhnte noch in seinen Ohren. Luca zündete sich eine Zigarette an und schlenderte zur alten Teakholzbank. Diesen Platz im Garten hatte er sofort nach dem Einzug zu lieben gelernt. Er setzte sich und verfolgte nachdenklich die Rauchwolken, die seinem Mund entwichen.

Den spektakulären Sonnenuntergang registrierte er nur am Rande. Stattdessen versuchte er, krampfhaft seine Wut zu zügeln, denn ihm war klar, dass jegliche Emotionalität seinen Plan scheitern lassen würde.

Schritte rissen ihn aus seinen Gedanken. Er sah auf und sein Magen drehte sich um. Ela verließ das Haus. Fuck! Dieser Stronzo von Bruder war auf dem besten Weg, zu versagen. Luca blieb nichts anderes übrig, als selbst einzuschreiten, um einen Fehlschlag abzuwenden.

»Willst du schon gehen? Hast du denn gar keinen Hunger?«, rief er Ela zu.

Sie stutzte. »Ja, diese Partys sind nicht so meins. Nicht mehr.«

»Meins auch nicht«, antwortete er und zuckte mit den Schultern. »Setz dich doch ein bisschen zu mir, hier ist es herrlich ruhig.«

Ela zögerte und wirkte nervös.

»Du hast mir noch nicht einmal deinen Namen verraten.« Kaum hatte er diesen Satz gesprochen, hätte er sich am liebsten die Zunge abgebissen. Er kannte natürlich ihren Namen schon von der Mutter. Vermutlich bemerkte sie seine plumpe Anmache.

Ela stand immer noch unschlüssig da.

»Komm schon! Leiste mir ein bisschen Gesellschaft und hilf mir mit der Flasche Wein. Die kann ich unmöglich allein trinken.«

Trotz der Dämmerung konnte er Ela lächeln sehen.

»Okay, du hast gewonnen. Ich kann sowieso nicht lange, denn ich muss nachher noch meine Tochter zu Bett bringen«, antwortete sie, während sie auf ihn zusteuerte. Unbemerkt ließ Luca den angehaltenen Atem entweichen.

»Wer bist du überhaupt? Luca oder Ciro?«

»Woher kennst du unsere Namen?«

Sie zuckte mit den Schultern. »Von der Türklingel?«

»Hier, nimm einen Schluck. Ich habe sie noch nicht angetrunken«, sagte er und streckte ihr die Flasche entgegen.

Sie setzte sich und hob mit einem »Danke« die Flasche an den Mund.

»Möchtest du auch eine Zigarette?«

Ela schüttelte den Kopf. »Nein danke, ich rauche nicht.«

Luca konnte ihren Kehlkopf wandern sehen, als ein großer Schluck ihre Kehle hinunterlief. Sie hatte jetzt immerhin schon eine gewisse Menge Alkohol getrunken, das machte die Sache sicher einfacher.

»Wie heißt du denn jetzt?«, fragte sie, als sie die Flasche wieder zurückgab.

»Luca.«

»Jetzt bist du aber an der Reihe.«

»Manuela heiße ich. Aber ich hasse diesen Namen. Nenn mich Ela, Manu, oder ... was du willst.«

»Okay ... Ela finde ich schön. Warum magst du deinen Namen nicht?«

»Er erinnert mich an meine Teenagerzeit. Ich hab da ein paar Fehler gemacht. Leider lässt sich die Geschichte nicht so schnell ändern wie ein Name.«

›Du kennst ihre Vergangenheit nicht!‹ Der Satz von Ciro geisterte erneut durch seine Gedanken. Luca schluckte.

»Ziemlich kryptische Antwort. Willst du darüber reden?« Luca musterte sie aufmerksam, sie schien etwas gelöster als vorhin. Das war sicher dem Wein zu verdanken.

»Ziemlich neugierige Antwort ... aber nein«, entgegnete Ela.

Luca nahm einen tiefen Zug von seiner Zigarette. »Sorry, ich wollte dir natürlich nicht zu nahe treten. Wie alt ist deine Tochter?«

»Fast zehn.«

»Und da soll sie jetzt schon ins Bett?«

»Na ja, noch nicht, aber gleich.«

»Morgen ist doch Samstag.«

»Was soll das hier werden? Bist du Erzieher?«, grummelte sie.

»Nein! Nein, ich bin kein Erzieher und ich wollte dir auch keine guten Ratschläge geben. Ich habe mit meinem Bruder zusammen einen Laden für Motorräder. Hauptsächlich Cross-Maschinen, Verkauf und Reparatur«, lachte er, um sein ungeschicktes Vorgehen zu überspielen.

Dennoch stand Ela auf.

Luca wurde flau im Magen. »Entschuldige. Es tut mir leid. Wirklich. Bitte, bleib noch ein bisschen. Es ist so ein schöner Abend«, bat er und zupfte vorsichtig an ihrem Top, damit sie sich wieder hinsetzte.

Elas Brüste zeichneten sich ab und brachten seinen Atem zum Stocken. Blut sammelte sich in seinem Unterleib. Verdammt! Warum reagierte er so stark? Ausgerechnet auf so eine …

Er hatte sich letzter Zeit nur noch um den Mörder seines Bruders gekümmert. Frauen lenkten ihn dabei nur ab oder waren im Weg. So dachte er – bis jetzt. Nun wurde ihm klar, dass es nicht so geschickt war, denn er blieb nicht cool genug. So war es leider, wenn man seine erotischen Bedürfnisse zu lange ignorierte und sich nur im Fitnessstudio abarbeitete.

Und wo war nur sein Feingefühl geblieben? Vergraben unter seinen Rachegedanken. Innerlich schüttelte er über sich den Kopf und ließ das Top schnell los, als ob er sich daran verbrannt hätte.

Verdammte Emotionen!

»Sorry«, murmelte er verwirrt und nahm sich vor, sich besser von seinem Bruder eine Scheibe abzuschneiden.

»Wie heißt deine Tochter eigentlich?«

»Lina«

»Ich habe sie heute Nachmittag beim Fußballspielen im Garten gesehen, sie ist ein tolles Mädchen.«

Ela lächelte liebevoll versonnen. »Ja, sie will Profifußballerin werden.«

Lucas Herz schmolz. »Schön, wenn man schon so früh weiß, was man will«, sagte er und hielt Ela noch einmal die Weinflasche hin. »Ich wusste das in dem Alter noch nicht.«

Ela setzte sich seufzend und nahm noch einmal einen großen Schluck.

Gut so! Sauf weiter, Mäuschen.

»Was ist mit dir? Was machst du so?«, wagte er den Vorstoß.

Ela zögerte.

»Ich arbeite an meinem Glück«, stammelte sie.

Geschickte Antwort. Luca stieß einen Pfiff zwischen den Zähnen aus. »Wow!« Er konnte gerade noch sehen, wie sich Elas Augenbrauen skeptisch zusammenzogen.

Zielsicher ins Fettnäpfchen. Luca schluckte.

»Was? Ich meine es ehrlich! So eine einfache Antwort. Aber klar, jeder tut das ja irgendwie. Bei mir hat sich alles immer so ergeben«, versuchte er sich zu retten.

Ela nickte. »Ja, manchmal läuft es so. Und manchmal muss man sehr für sein Glück kämpfen.«

Luca lächelte. »Wie die Maus, die in die Sahne gefallen ist. So glatt läuft es bei mir nun auch wieder nicht. Auch ich muss manchmal kämpfen«, ergänzte er.

»Ha! Also doch«, erwiderte sie triumphierend.

»Natürlich ... Auch wenn meine Mama das sicher nicht ganz so locker sieht«, sagte er und trat seine Zigarette aus.

»Warum das?« Ela sah ihn aufmerksam an.

Er redete sich aber auch einen Blödsinn zusammen! »Ich denke, sie hat eine andere Vorstellung davon, was mich glücklich macht.«

Sie lachte auf. »Ja, so sind Mütter«, erklärte sie verschwörerisch.

»Ja, da kann man nichts machen«, stimmte Luca vorsichtig mit ein. Das Gefühl der Verbundenheit, das er plötzlich hatte, verwirrte ihn.

Er brauchte jetzt ebenfalls einen Schluck aus der Pulle, setzte an und nahm einen tiefen Zug. Warm und samtig rann der Wein die Kehle hinab. Er musste sich irgendwie abgrenzen und durfte sein Ziel nicht aus den Augen verlieren, ermahnte er sich noch einmal.

»Sieh nur! Was für großartige Farben. So einen tollen Sonnenuntergang sieht man selten«, verkündete er den rettenden Einfall.

Die Masche mit dem Sonnenuntergang hatte ihm Ciro einmal verraten, der eine deutlich romantischere Ader hatte, als er selbst. Aber in dem Moment, als er es aussprach, fiel ihm auf, dass die Farben des Himmels heute wirklich besonders schön waren. »Man nimmt sich viel zu wenig Zeit für so etwas«, entfuhr es ihm.

Ela sah ihn an und lächelte. »Stimmt.«

Intuitiv legte er den Arm um sie. Ela schmiegte sich zu seiner Überraschung mit ihrem Gesicht an seine Schulter und krallte sich dabei ängstlich in sein Shirt. Aber es war nichts Romantisches daran, es war, als verstecke sie sich.

Etwas perplex sah er sich um.

Verdammt, sie roch so gut!

Den Grund für ihr Verhalten erfuhr er unmittelbar, denn die Pizzaboten verließen das Haus. Warum wollte sie von denen nicht gesehen werden? Der Lieferant war Darios Pizzeria. Oh Mann! Vielleicht hatte sie Angst, erkannt und verraten zu werden. Wahrscheinlich wusste Mario nicht, dass sie hier war. Sein Beschützerinstinkt besetzte wieder einmal ungefragt seine Gedanken.

»Warum dürfen sie dich nicht sehen?«, flüsterte er.

»Warum bist du so neugierig?«, gab sie leise zurück.

Ihre Stimme vibrierte in seinem Bauch, sein Schwanz regte sich. Diese Frau, so nah, das war ihm unheimlich. Aber er musste doch durchhalten – für seinen toten Bruder Valentino.

»Weil ich dir helfen will«, versuchte er, die aufkeimenden Gefühle zu überspielen.

»Es ist besser, wenn die mich hier nicht sehen. Es wird immer viel zu viel geredet«, flüsterte sie.

Die Schritte wurden lauter und neugierig sahen die Lieferanten zu ihnen herüber. Er hob die Hand. »Schönen Abend noch«, grüßte Luca.

Die Männer verlangsamten ihre Schritte. Bevor er wusste, was mit ihm geschah, hatte Ela sein Gesicht zu sich herangezogen und küsste ihn. Sie saß so, dass die Boten nur ihren Hinterkopf zu Gesicht bekamen. Es war lange her, dass er eine Frau geküsst hatte – und noch länger, dass eine Frau ihn geküsst hatte. Aber weiter kamen seine Gedanken nicht, denn er ließ sich in den Kuss ziehen.

Sie hatte nur ihre Lippen auf seine gepresst. Trotzdem stupste seine Zunge unweigerlich dagegen und verlangte Einlass. Vorsichtig gewährte sie ihn. Er drang in ihren Mund und ihre Zunge antwortete hektisch, fast unbeholfen – irgendwie verkrampft. Er hatte hier keine routinierte Küsserin vor sich, so viel war klar. Es überraschte ihn, denn das war traurig und musste sich sofort ändern. Er küsste liebend gerne und hatte es zu lange nicht mehr getan.

Sanft zog er sie enger an sich und kraulte ihr beruhigend durchs Haar. Seine andere Hand streichelte ihren Rücken, während er versuchte, dem Kuss etwas Tempo zu nehmen. Schnell erfasste sie seine Absichten und schmiegte sich an ihn. Es fühlte sich großartig an und sie schmeckte einfach köstlich. Beide steigerten sich geradezu in den Kuss hinein. Im Spiel ihrer Zungen vergaßen sie die Zeit.

Langsam wurde die Hose unangenehm eng. Das war gar nicht gut. Er konnte es nicht ignorieren. Doch was sollte er jetzt machen? Er hatte keine Lust, das Liebesspiel zu unterbrechen. Am liebsten würde er sie vögeln. Gleich hier, in der freien Natur, untermalt von diesem großartigen Sonnenuntergang. Nur ein einziges Mal wollte er ihre weiche Haut spüren. Haut auf Haut in Sinnlichkeit versinken.

Oh Mann!

Luca bemerkte selbst nicht richtig, wie seine Hand unter Elas Seidentop schlüpfte und dort hinauf zu ihren Brüsten glitt. Er wollte diese perfekten Paradiesäpfel nur ein einziges Mal berühren. Sie fühlte sich einfach so wunderbar an. So lange hatte er schon nicht mehr die Weichheit und Wärme einer Frau gespürt. Er hatte noch nicht einmal bemerkt, wie sehr es ihm gefehlt hatte.

Die Gier nach Sex überrollte ihn förmlich.

»Schlaf mit mir«, flüsterte er, ohne überhaupt zu registrieren, was er da sagte. Zärtlich knetete er die Brust und streichelte mit dem Daumen über ihre steil aufgestellten Nippel.

Ela stöhnte leise in seinen Mund, wirkte aber sonst wie gelähmt. Fast so, als würde sie es genießen. Seine Berührungen wurden leidenschaftlicher.

Doch das ließ sie erschrocken von ihm abrücken.

»Spinnst du?!«, keuchte sie.

Lucas Kehle war plötzlich staubtrocken. Er schluckte und blickte schuldbewusst aus der Wäsche. Natürlich war er viel zu weit gegangen und hatte sich womöglich alles verdorben.

»Sorry, ich weiß auch nicht, wie das passieren konnte. Ich wollte das nicht. Das musst du mir glauben. Es war nur gerade so ... verführerisch, dass du mich geküsst hast«, krächzte er heiser.

Ela senkte den Blick. »Entschuldigung, ich wollte dir nicht zu nahe treten«, murmelte sie verlegen und wischte sich über den Mund.

»Ist schon okay, allzu schrecklich war es nicht«, flüsterte Luca verdattert. So eine heftige Reaktion und echte Reue hatte er nicht von ihr erwartet.

»Ich muss jetzt«, stammelte sie und stürmte davon.

Luca sah ihr fassungslos hinterher. Diese Frau war rätselhaft gegensätzlich. Gar nicht so taff, wie er gedacht hatte. Er hatte ihr schüchternes Verhalten für Fassade gehalten, jetzt war er sich nicht mehr so sicher.

Sie weckte gnadenlos seinen Beschützerinstinkt. Verdammt noch einmal!

Du kennst ihre Vergangenheit nicht, geisterte mal wieder durch seine Gedanken. Ja, vielleicht war ihr Leben wirklich nicht einfach. Aber reichte das wirklich, um alles andere einfach zu verdrängen? Besonders keusch hatte sie sich jedenfalls nicht verhalten. Und seine Prinzipien mussten doch eingehalten werden.

Du bist so selbstgerecht, setzte sein Gewissen nach.

Er wollte ab jetzt etwas netter von ihr denken. Trotzdem machte sie ihm Angst – oder vielmehr das, was sie bei ihm auslöste.

Das nächste Mal – wenn es das denn nach dieser Nummer gab – musste er sich unbedingt vorher einen von der Palme schütteln, dann hatte er sich hoffentlich besser unter Kontrolle.

Kapitel 9 Katerstimmung

Verwirrt erreichte Ela ihr Zuhause. Ihr Atem ging schnell, ihr Herz klopfte bis zum Hals und ihre Beine zitterten. Das, was sie gerade erlebt hatte, hatte sie völlig aus der Bahn geworfen.

Dario stand mit Mario in Verbindung. Wie sehr wusste sie noch nicht. Doch sicher war es ungünstig, wenn zu viele Informationen durchsickerten. Was, wenn Mario erfuhr, dass sie auf einer Party gewesen war? Eine Party, auf der sie geknutscht hatte wie ein verliebter Teenager.

Der Kuss war außergewöhnlich gewesen. Luca hatte ihn eigentlich gar nicht erwidern wollen, aber nicht widerstehen können ...

Wann hatte sie das letzte Mal einen Mann so geküsst? Gar nicht. Selbst Marios Küsse im Swinger Club konnten da nicht mithalten. Erst jetzt wurde ihr klar, dass keiner der Liebhaber, die sie bisher gehabt hatte, so gefühlvoll küssen konnte. Vielleicht wollten sie es ja auch gar nicht, sondern nur Sex. Plötzlich hatte sie eine Ahnung von dem, was ihr fehlte. Liebe und Zärtlichkeit.

Lucas Streicheln hallte noch nach, das so ganz anders war, als die grobe Stimulation, die sie kannte ... Es war ihr durch und durch gegangen. Selbst der Sonnenbrand hatte daran nichts geändert. Das Kribbeln, das er in ihr ausgelöst hatte, war irgendwie anders, aber nicht weniger aufregend.

Liebhaber. Das kam doch von *lieb haben*!

Diese Liebe würde sie jetzt mit Mario viel bewusster genießen.

Sicher, dieser bestimmende Ton, den sie so schätzte, war aufregend. Sie musste nicht großartig agieren, trotzdem funktionierte ihr Körper damit wie eine Maschine und löste ein Feuerwerk der Gefühle aus. Das war der Grund, warum sie glaubte, dass ihr nur Bad Boys Gefühle entlocken konnten. Die Ursache lag bestimmt in der traumatischen ersten sexuellen Erfahrung.

Aber wie war es eigentlich, wenn es anders lief? Da musste es ja auch etwas dazwischen geben. Ela überlegte. Wenn, dann hatte Mario das bisher nicht so richtig gezeigt. Sie nahm sich vor, beim nächsten Treffen einmal eine Schmuseoffensive zu starten.

Beim Gedanken an ihren Freund überfiel sie schlechtes Gewissen. Sie hatte ihn gerade betrogen! Oder nicht? Klar!

Sie bekam Beklemmungen im Brustkorb. Bisher hatte sie sich nicht vorstellen können, dass sie zu so etwas fähig war.

Wozu war sie noch fähig? Wohin sollte das führen?

Wie fühlte sich das an, eine zärtliche Beziehung? Bisher hatte sie immer gedacht, das wäre langweilig. Der Sex wäre so verkrampft wie der mit ihren Mitschülern damals. Aber anscheinend gab es da noch mehr Facetten, als sie sich vorstellen konnte.

Eine Ahnung, von dem, was ihr bisher entgangen war, hatte sie gerade bekommen. Wann hatte sie das letzte Mal so etwas gefühlt? Als unerfahrener Teenager, ja. Bei Karl auch noch ab und an. Aber das gerade eben Erlebte war damit nicht zu vergleichen. Ela konnte sich das nicht erklären. Sie musste unbedingt Gedanken und Gefühle sortieren.

»Mama?« Linas Stimme holte sie ein Stück weit aus ihrem Gefühlschaos.

»Ja, ich bin's, mein Schatz.«

»Bist du schon wieder da?« Linas Stimme klang enttäuscht. »Kann ich noch fernsehen? Der Film ist gerade so spannend.«

»Was schaust du denn?«, fragte Ela und linste im Wohnzimmer um die Ecke.

»Mogli. Oma hat ihn mir erlaubt.«

»Na, wenn Oma ihn dir erlaubt hat, kann ich dir das ja wohl schlecht verbieten«, sagte Ela und setzte sich neben ihre Tochter. Der Film ging noch etwa eine halbe Stunde. Lang genug, um ihr aufgewühltes Gemüt etwas zu beruhigen. Versonnen kraulte sie Linas Haar, während sie auf den Fernseher starrte und nichts davon aufnahm.

Als er zu Ende war, brachte sie Lina ins Bett und las ihr noch etwas vor.

Sie selbst war noch nicht müde genug. Also holte sie sich eine Weinflasche aus dem Keller, um sich noch weiter zu beruhigen. Dazu machte sie sich Musik, setzte sich aufs Sofa und starrte ins Leere. Warum brachte sie dieser Vorfall heute so durcheinander?

Das alles war ihr viel zu viel.

Dazu kam die Angst, dass die Pizzaboten sie erkannt hatten. Doch eigentlich war es dumm, denn sie arbeitete ja noch nicht lange in der Pizzeria. Da war die Wahrscheinlichkeit, dass die Pizzaboten die Situation erfasst hatten, ziemlich gering.

Langsam beschlich sie der Gedanke, dass sie Luca insgeheim hatte küssen wollen, und die Aktion nur als Ausrede für sich gebraucht hatte. Unfassbar. Sie ekelte sich vor sich selbst, als sie in ihre eigene Abgründe blickte. Was würde Luca jetzt nur von ihr denken? Obwohl – er wusste ja gar nicht, dass sie einen Freund hatte. Woher auch?

Ela schämte sich unendlich für ihr Verhalten und versuchte, die schlechten Gefühle mit noch mehr Wein zu betäuben.

Voller Liebe dachte sie an Mario. Wie konnte sie ihm nur untreu werden? Langsam fing sie an, sich zu hassen. Sie hatte so einen tollen Mann gar nicht verdient.

In einer aufkommenden Gefühlswallung griff sie zu ihrem Handy. Sie wollte ihm eine Nachricht schreiben. Vielleicht war er ja noch wach und hatte dieselbe Sehnsucht nach ihr.

Ela erschrak, als sie feststellte, dass sie gar nicht bemerkt hatte, dass Nachrichten von Mario eingegangen waren. Verdammt, sie war viel zu abgelenkt gewesen!

Ihr vernebeltes Gehirn sortierte nur langsam, dass er mehrfach nach ihr verlangt hatte.

Mist! Hoffentlich war er nicht böse.

Ich musste etwas für meine Eltern erledigen und konnte nicht …

Ela unterbrach. Ihr Kopf arbeitete nur langsam, aber selbst im Alkoholrausch klang das nach blöder Ausrede.

Meine Eltern haben mich gezwungen ...
Klang auch irgendwie blöd. Doch sie wollte unbedingt noch etwas antworten, schon allein, damit Mario nicht misstrauisch wurde.

Ich musste einen Termin für meine Eltern wahrnehmen und hatte dort keinen Handyempfang.
Ja, das war noch die beste Lösung.
Tut mir leid, ich mach alles wieder gut. Freue mich auf morgen.
Okay, damit klang es besser.

Alles klar, ich kenne jetzt meinen Stellenwert.
Kam umgehend als Antwort.
Mist! Er war noch wach und fühlte sich zurückgesetzt.
Ela fühlte sich schlecht – verdammt übel.
Sie trank die Flasche ganz aus, schleppte sich ins Schlafzimmer, schaffte es nicht mehr, sich auszuziehen, und fiel in einen komatösen Schlaf.

Am nächsten Morgen war das Aufstehen entsprechend schwer. Sie hätte gestern besser daran gedacht, zwischendurch mal aufs Handy zu schauen, dann wäre ihr Einiges erspart geblieben. Mühsam schälte sie sich aus dem Bett, schleppte sich unter die Dusche und schlüpfte in frische Kleidung. Der Sonnenbrand fühlte sich deutlich besser an, aber die Lust aufs Frühstück verging ihr nicht nur wegen des Katers, sondern auch wegen des bevorstehenden Treffens mit Mario. Ganz zu schweigen von der Angst, dass sie gestern möglicherweise erkannt und verraten worden war.

Mario empfing sie so unterkühlt, wie sie es erwartet hatte. Ela war auf das Schlimmste vorbereitet, aber er sagte nichts. Das empfand sie noch schlimmer, als wenn er mit ihr geschimpft hätte.

»Bist du jetzt böse auf mich?«, fragte sie leise, als er ihr einen Kaffee hinstellte.

»Keine Ahnung ... Vielleicht. Auf jeden Fall bin ich enttäuscht«, brummte er.

Ela biss sich auf die Unterlippe, bis sie Blut schmeckte.

»Aber es ist keine böse Absicht gewesen. Ich schwöre.«

»Möglich, aber das bringt mich auch nicht weiter. Heute nicht«, knurrte er.

»Wieso? Was ist denn?«

»Ach nichts. Gestern war ein Scheißtag.«

Ihm war es schlecht gegangen und sie war nicht da gewesen. Ela schluckte.

»Möchtest du mir davon erzählen?«, flüsterte sie.

»Nein.«

Versöhnlich kuschelte sie sich an ihn. Mario roch so gut. Vielleicht war gerade jetzt der richtige Zeitpunkt für die geplante Kuscheloffensive. Ob er je in seinem Leben gelernt hatte, seine Gefühle zu zeigen oder überhaupt Zärtlichkeiten kannte? Möglicherweise sehnte er sich danach und es fehlte ihm nur ein Impuls. Ela streichelte seine Wange.

Mario entzog sich ihr barsch.

Ihr stockte der Atem. Die Lage war ernster als sie gedacht hatte. Vielleicht sollte sie besser etwas leidenschaftlicher sein. Ela erinnerte sich an seinen Oberkörper mit den definierten Muskeln. Sie wollte schon immer Marios Sixpack erkunden, doch bisher war er immer mehr oder weniger bekleidet geblieben.

Sie dachte nicht lange darüber nach, als sie sein Shirt hochschob und anfing, die Dellen und Rillen zu liebkosen.

Mario hielt den Atem an.

Dann packte er sie brutal am Haar und zog sie weg. »Ich habe die Kontrolle und sage, was du machen sollst«, fauchte er.

Was sollte sie nur tun? Wie konnte sie ihn versöhnen? In ihrem Hals bildete sich ein Kloß, sie war den Tränen nah.

»Ich wollte dich nur ein bisschen von deinen Sorgen ablenken«, erklärte sie mit gebrochener Stimme.

»Das kannst du nicht.«

»Aber warum nicht? Erzähl mir doch, was dich bedrückt.«

»Hör auf, verstanden?!«, fauchte er. »Mach einfach nur das, was ich sage.«

Ela rannen Tränen über die Wangen. Doch Mario blickte sie nur kalt an, während er seine Hose öffnete. »Zieh dich aus.«

Natürlich brauchte Mario nicht zu erklären, wie sie seine Gedanken zerstreuen sollte. Und natürlich wollte er vorgeführt haben, dass sie weiter fleißig an ihrem Würgereiz arbeitete. Doch heute war ein denkbar ungünstiger Tag dafür, ihr Magen war zu angeschlagen.

Schon nach kurzer Zeit rannte sie mit der Hand vor den Mund zur Toilette.

»Ich hoffe für dich, dass du nicht schwanger bist«, empfing er sie streng, als sie am ganzen Körper zitternd zurückkam.

Kraftlos schüttelte Ela den Kopf. »Nein.«

»Dann ist ja gut. Ich werde dir nämlich gar nichts bieten können. Ich habe zwei meiner besten Kunden verloren, damit ist der Kredit für den kindgerechten Umbau dieser Wohnung Geschichte.«

Elas restliches Blut wich aus ihrem Kopf. Er hatte die Wohnung umbauen wollen? Für eine Familie? Ihre Familie? Das lag ihm auf der Seele?

»Macht nichts, wir haben ja noch Zeit. Wir haben uns doch erst kennengelernt«, tröstete sie ihn leise, weil sie nicht wusste, was sie sagen sollte.

»Macht schon was, denn dadurch habe ich auch kein Geld, um meine Familie in Italien zu unterstützen. Na, wenigstens hast du eine Arbeit und bist versorgt.«

Oh Mann. Damit war der Gedanke, die Stelle bei Dario schnellstmöglich hinzuschmeißen, auch Geschichte. Das konnte sie Mario in diesem Zustand nicht zumuten. So lächelte sie schwach und nickte.

»Komm, du musst noch was gegen meinen Ständer tun. Leg dich über die Sofalehne.«

Ela blieb die Luft weg, als er eindrang. Das war zwar besser als Oralsex, aber sie war überhaupt nicht in Stimmung. Mario schien es egal. Sie erduldete es – seinetwillen. Und im Grunde hatte sie es ja auch verdient ...

Kapitel 10 Unmoralisch

Ela war froh, als Dario am nächsten Morgen nicht im Lokal war, und hatte beim Putzen fast gute Laune. Doch leider würde sie nicht schnell genug damit fertig werden, denn heute war das Apartment wieder benutzt worden. Als sie das Schlafzimmer betrat, schüttelte sie den Kopf. Nicht nur Peitschen und Fesseln lagen herum, sondern auch eine knallrote Latexkorsage und glänzend schwarze Overkniestiefel. Sie verstand zwar nicht viel davon, doch das sah aus wie das Kostüm einer Domina.

In dem Moment kam eine zierliche Frau, nur mit einem Handtuch bekleidet, aus dem Bad. Sie hatte Braue Locken und einen harten Zug um den Mund.

Ela starrte sie fassungslos an.

»Was glotzt du so? Mach lieber die Klamotten ordentlich sauber. Die Kunden mögen keine dreckigen Stiefel lecken«, lachte sie.

Anscheinend war es tatsächlich eine Domina. Ela schluckte. Sie stand immer noch wie hypnotisiert da.

»Hallo?! Engagiert Dario neuerdings unerfahrene Jungfrauen, oder was?«

Ela bekam keine Luft und stand immer noch wie angewurzelt da.

»Eine putzende Jungfrau«, spottete die Domina. »Mädel, mach endlich sauber. Oder ekelst du dich? Dann kann ich dir nur meinen Job empfehlen. Das ist Win Win in Reinstform.«

»Ähm …«

»Was ähm? Die Typen sind froh, auch mal die Kontrolle abgeben zu können. Und ich bin glücklich, dass ich den Scheißkerlen etwas zurückgeben kann. Und dazu wird das Ganze auch noch fürstlich bezahlt.«

»Okay«, antwortete Ela, drehte sich weg und wrang ihren Lappen aus.

»Das Korsett bitte ordentlich im Becken waschen.«

»Natürlich«, erwiderte sie eilig nickend.

»Sag mal, du putzt noch nicht lange, oder?«

»Stimmt.«

»Findest du mich unmoralisch?«

»Warum fragst du das?«

»Nur so, du siehst mich so verächtlich an«, sagte sie und begann sich wieder anzuziehen.

»Nein, das stimmt nicht.«

»Mir machst du nichts vor. Aber glaub bloß nicht, dass ich mit dir tauschen würde. Es ist ein Scheißjob für wenig Geld. Ich brauche nur zwei Stunden in der Woche zu arbeiten und kann danach machen, was ich will.«

Wie schön für sie.

Ela dachte, dass sie so was trotzdem nicht tun würde.

»Hat Dario dir eine Karriere angeboten? Dann wird er dir auch bald einen Job hier anbieten. Wenn du schlau bist, nimmst du an und erfüllst dir mit dem fürstlichen Gehalt deine Träume.«

»Nein, hat Dario nicht«, log sie.

Gleichzeitig überkam sie ein ungutes Gefühl. Ob Mario davon wusste, was hier im Haus passierte? Sie würde ihm gleich von dieser Begegnung erzählen ...

»Sag mal, ich hatte eben eine merkwürdige Begegnung in dieser Wohnung, die ich zusätzlich zum Restaurant putzen soll. Weißt du, was da los ist?«, fragte sie, als sie nach Feierabend bei Mario war. Der sah sie so durchdringend an, dass es Elas Kehle zuschnürte.

»Das geht dich nichts an. Mach einfach deine Arbeit«, knurrte er und nahm wie beiläufig einen Schluck Wasser.

»Es war dort nur heute ... so seltsam«, brachte Ela dennoch heraus. Mario durfte ruhig wissen, dass sie sich dort nicht wohlfühlte.

»Ich würde an deiner Stelle nicht so viele Fragen stellen.«

Ela nickte und wagte keinen weiteren Vorstoß.

»Das könnte die Lösung sein«, murmelte er plötzlich.

»Was könnte die Lösung sein.«

»Liebst du mich und willst wirklich eine Zukunft mit mir?«

»Ja, natürlich«, hauchte sie.

»Dann könntest du bei Dario wichtige Kunden bedienen. Damit wären wir unsere finanziellen Sorgen los.«

Wichtige Kunden bedienen? Damit war wohl kaum kellnern gemeint. Das Atmen fiel ihr schwer, mit so einem Vorschlag hatte sie nicht gerechnet.

»Was meinst du damit? Willst du, dass ich Nutte werde?«, würgte sie ungläubig hervor.

»Was ist das denn für ein Wort? Ich würde dich kurzzeitig teilen, damit wir uns unsere Träume verwirklichen können«, erklärte er ungerührt. Der harte Zug um seinen Mund schien nicht weichen zu wollen.

Ela wurde schwindelig. Mit diesen paar Worten waren ihre Träume geplatzt. »Das könntest du?«, keuchte sie heiser.

Mario strich sich nachdenklich am Kinn. »Natürlich wäre es schwer für mich. Aber mir steht das Wasser bis zum Hals. Ich hab keine andere Wahl.«

»Keine andere Wahl?«, wiederholte Ela entsetzt. Das war ihr jetzt zu einfach. Sie hatte das Gefühl, keine Luft mehr zu bekommen.

Das war doch keine Liebe!

Da konnte sie die Dinge drehen und wenden, wie sie wollte, das war kaum noch schön zu reden. Als Teenager wäre sie vielleicht noch auf so etwas hereingefallen, aber heute nicht mehr. Dafür hatte sie zu viele schlechte Erfahrungen gemacht.

Okay, sie neigte dazu sich ausnutzen zu lassen, das musste sie zugeben. Doch das, was Mario da verlangte, war wirklich eine Nummer zu hart. Und er fragte noch nicht einmal, wie es ihr damit gehen würde!

Elas ganzes filigranes Gebäude aus Selbstbetrug fiel wie ein Kartenhaus in sich zusammen. Wenn Mario von ihr verlangte, dass sie sich prostituierte, würde sie daran kaputtgehen.

Nicht mit ihr!

»Mario, es tut mir leid, aber das kann ich nicht.«

»Was soll das denn heißen? Natürlich kannst du das! Beine breit und an unsere Familie denken. Natürlich muss man es wollen – versteht sich«, fauchte er.

Elas Kehle schwoll zu.

Sie war schon wieder auf so einen Scheißkerl reingefallen! Und zwar einen, der es jetzt auf die Spitze trieb!

Warum war sie nicht skeptisch gewesen, dass sie ihn an so einem zweifelhaften Ort kennengelernt hatte? Blitzschnell kamen ihr jetzt all die Situationen in den Kopf, bei denen er keine Rücksicht auf ihre Gefühle genommen hatte. Wahrscheinlich war all seine Empathie nur vorgetäuscht, um egoistische Ziele durchzusetzen. Und vermutlich war er nicht einmal kinderlieb, sonst hätte er wohl schon längst Lina kennenlernen wollen.

»Das ... Ich mag mich nicht von jedem anfassen lassen ... Ich ekel mich.«

»Blödsinn. Du bist doch gar nicht so zimperlich«, erklärte er und trank einen Schluck Wasser.

Das ging zu weit und das wollte sie sich nicht bieten lassen. Desillusioniert rang sie um Luft.

»Ja, weil ich dich liebe.«

Mario verschluckte sich und hustete demonstrativ. »Liebe?! Erinnerst du dich, was ich von meiner Traumfrau erwarte? Die, mit der ich eine Familie gründen will?«

»Ja, sie soll alles für dich tun. Aber das geht zu weit.«

Ela musste an die Domina denken, die so verächtlich über Männer geredet hatte. Die hatte absolut keine Illusionen mehr. Auf einmal kam sie sich naiv vor.

»Ich würde es nie von dir verlangen, aber mich setzen einige Typen ganz mies unter Druck.«

Tat sie ihm doch unrecht und er war vielleicht sogar in Gefahr? »Womit?«

»Schulden. Ich habe Schulden. Könnte sein, dass mein Leben in Gefahr ist.«

»Spielschulden?«

Mario schüttelte den Kopf. »Die Wohnung hier. Und mein kleiner Neffe in Sizilien hat eine dringende OP gebraucht, die wir privat bezahlen mussten.«

Ohne mit der Wimper zu zucken, durchbohrte er sie mit Blicken.

Trotzdem kam in ihr kein Mitleid auf. Vielmehr hatte sie das Gefühl, dass er nicht die Wahrheit sagte, schließlich bedrohte eine seriöse Bank nicht das Leben seiner Kunden. Und wenn er das Geld aus einer unseriösen Quelle hatte, wollte sie nicht mit hineingezogen werden. Dann wäre womöglich auch noch ihr Leben und das ihrer Familie in Gefahr.

»Es stimmt. Ich schwöre es beim Leben meiner Familie«, setzte er mit erhobener Schwurhand nach.

Mario hatte noch mal nachgelegt, doch Ela wurde immer skeptischer. Das kam ihr jetzt definitiv zu dick aufgetragen vor, doch ihre Angst verriet sie besser nicht.

»Das tut mir leid. Aber damit würdest du wahrscheinlich auch meine Gefühle zerstören. Ich kann es einfach nicht.«

Er zog seine Augen zu Schlitzen. »Wenn du mich wirklich liebst, schon. Schade. Da habe ich das zwischen uns wohl überschätzt«, zischte er unwillig.

»Wenn du mich wirklich liebst, zwingst du mich nicht«, antwortete sie tapfer. Sollte er sich doch prostituieren!

»Nein, zwingen kann ich dich nicht. Das würde auch nicht funktionieren. Du müsstest nämlich vollen Einsatz zeigen. Vielleicht denkst du auch mal darüber nach, was für Vorteile du mit dem vielen Geld hättest, und was wir uns alles leisten könnten. Einen schönen Urlaub bei meiner Familie in Sizilien ... Ich würde sie dir so gerne vorstellen. Und was glaubst du, wie dankbar mein Neffe sein wird?«

Die Ernüchterung schien alles Blut in ihrem Magen zu versammeln und zu Stein werden zu lassen. Ihre Gefühle schienen Mario egal zu sein! Nicht das erste Mal bereitete ihr die Beziehung Unbehagen, davor durfte sie nicht länger die Augen verschließen.

Sie hatte es wohl unbewusst geahnt. Der Leitspruch ihrer Freundin Karina schoss ihr durch den Kopf: *Wenn man glücklich werden will, muss man ehrlich zu sich sein.*

»Ich hätte ja nicht gedacht, dass du so zickig bist. Wenn ich mit dir nicht gefunden habe, wonach ich suche, werde ich weiter suchen müssen. Ist dir das egal? Überleg's dir«, unterbrach er ihre Gedanken.

Das war Erpressung und passte perfekt ins Bild. Ela musste nicht mehr überlegen. Mario war nicht besser als die andern Mistkerle, er war sogar schlimmer!

Und es waren Arschlöcher. Irgendwann ließen sie immer die Maske fallen – wenn sie hatten, was sie wollten. Nein, das, was er verlangte, wollte sie nicht. Sie wollte ihre Seele nicht verkaufen und ihr Leben ruinieren, denn mit der Scham würde sie nicht leben können. Das war ihr Traum von Familie nicht wert.

Und was würde passieren, wenn alles ans Licht kam? Sie würde ihrer Familie und ihren Freundinnen nie wieder in die Augen sehen können. Alles in ihr sträubte sich.

Nein, niemals!

Doch mit Mario weiter zu diskutieren, machte keinen Sinn.

»Mach ich. Ich denk drüber nach, versprochen«, versicherte sie eilig. »Aber jetzt muss ich Lina abholen.«

Sie gab es nur vor, denn sie brauchte nicht weiter darüber nachzudenken. Viel zu oft hatte sie sich zu Sachen überreden lassen, die sie eigentlich gar nicht tun wollte. Doch das hier hatte eine neue Qualität. So war sie einfach nicht. Wenn sie sich jetzt dazu drängen ließ, wäre sie nie wieder dieselbe. Mario würde nicht nur ihre Träume, sondern auch ihre Seele zerstören, würde sie zerstören. So weit durfte sie es nicht kommen lassen. Die Angst vor seiner Reaktion musste sie verdrängen.

»Na schön. Bin gespannt, was an deinen Beteuerungen von Liebe wirklich dran ist. Wenn man glücklich werden will, muss man auch mal für etwas kämpfen und Widrigkeiten überwinden«, erklärte er mit eiskalter Miene.

Ela nickte eifrig, kippte ihr restliches Wasser herunter und stakste auf wackeligen Beinen zum Ausgang.

»Auf Wiedersehen!«, warf er ihr im Befehlston hinterher.

Sie zuckte zusammen. »Tschüss.«

Als Ela endlich draußen war, ließ die Sonne ihr Leben wieder heller erscheinen. Erleichtert atmete sie durch. Es war wie ein Startschuss, auf den sie unbewusst gewartet hatte. Sie würde Mario verlassen und die Stelle bei Dario kündigen. Sie musste sich endlich ein neues Leben aufbauen. Sie durfte sich nicht mehr so abhängig von den Kerlen machen.

Ihr Magen war etwas weicher, als sie die Auffahrt zu ihrem Elternhaus hochfuhr. Ein wenig auf der Terrasse sitzen, die Sonne genießen und Lina beim Spielen zusehen. Das klang nach einem wunderbaren Feierabend. Sie würde später darüber nachdenken, wie sie unbeschadet aus dieser Sache herauskam.

Der einzige Wermutstropfen war die Möglichkeit einer Nachricht von Mario. Doch der konnte sie zu nichts zwingen. Sie war ein freier Mensch und Gott sei Dank nicht von ihm abhängig. Und sie wollte sich ihre Freizeit nicht verderben lassen, brauchte dringend ein bisschen Erholung von den aufregenden letzten Tagen.

Irgendwie würde es schon weitergehen, es ging ja immer weiter.

Lina spielte Fußball im Garten. Wie immer war ihr Stiefopa Hannes der Torwart. Ihre Begeisterung machte ihm große Freude, hatte er doch früher selbst Fußball gespielt. Als Lina sie sah, rannte sie kurz zu ihrer Mutter, umarmte sie und sprang wieder zurück.

Ela ging ins Haus, um sich Wasser zu holen. Als sie wieder nach draußen kam, stand Luca auf der Terrasse. Ela schluckte und spürte, wie sie rot wurde. Er lächelte sie zurückhaltend an und drehte dabei verlegen das Glas in den Händen.

Lina hüpfte begeistert herum. »Mama! Luca will uns mit zum Fußball nehmen. Stell dir vor, er hat Karten für Fortuna besorgt«, rief sie begeistert.

Luca zuckte, immer noch lächelnd, die Schultern. »Ja, ich hab zufällig ein paar Karten geschenkt bekommen. Freunde können sie nicht nutzen. Hättest du Lust? Wir müssten schnell los, denn es fängt schon bald an.«

»Ich weiß nicht. Ich komme gerade von der Arbeit«, wiegelte Ela ab.

»Bitte Mama«, quengelte Lina.

»Warst du schon einmal da? Es ist toll im Stadion ... Aber wir müssen uns beeilen«, schob Luca nach und sah sie mit einem unglaublich warmen Blick an.

Es war merkwürdig, sie kannte seinen Namen erst seit gestern, trotzdem hatte sie das Gefühl, sie würde ihn schon länger kennen. Ihre Aufregung verschwand. Auf Hannes schien Luca eine ähnliche Wirkung zu haben, denn er stand lächelnd daneben und nickte auffordernd.

»Meinetwegen, ihr gebt ja sonst doch keine Ruhe«, seufzte sie.

Begeistert wurde sie von Lina umarmt.

»Okay, dann hole ich mal den Wagen.« Luca strahlte so sehr, dass eine Reihe schneeweißer Zähne sichtbar wurde.

Mein Gott, war dieser Mann attraktiv! Sein Lachen spiegelte sich in den Augen, und die kleinen Fältchen, die dabei sichtbar wurden, gaben ihm eine mächtige Ausstrahlung. Ela konnte sich nicht dagegen wehren und fasste sofort Vertrauen zu ihm.

Was dachte sie da schon wieder? Hatte sie dasselbe nicht auch von Mario gedacht?

Sie musterte Luca genau. Er schien irgendwie anders als alle anderen Männer, die sie kannte.

Ela schluckte. Was war das? Sie interessierte sich schon wieder für den nächsten Mann? Hatte sie denn nicht gerade eine üble Lektion erhalten? Und jetzt erlag sie schon dem nächsten Charmeur? Konnte sie ohne Enttäuschungen nicht mehr leben? Wohin sollte das nur führen?

Nein, Schluss damit!

Das hatte sicher nichts zu bedeuten und kam nur daher, dass ihre Gefühle so durcheinander waren. Vorerst kein neuer Mann. Sie hatte die Nase voll. Diesen Ausflug machte sie nur für Lina.

»Nur keine Eile, ich muss mich noch umziehen«, warf sie Luca hinterher, der schon im Begriff war, zu gehen.

»Au ja! Das Fanshirt, das ich zum Geburtstag bekommen habe!«, jubelte Lina.

»Kein Ding. Ich ziehe mir auch noch schnell Fansachen an.«

Kapitel 11 Im Stadion

Es fühlte sich seltsam vertraut an, als sie vor dem Stadion in der Schlange standen. Nachdem sie den Eingang passiert hatten, ging Luca mit Lina eine Cola kaufen. Ela sah sich um, sie war das erste Mal hier. Bisher war Lina immer mit Hannes allein gegangen.

Warum eigentlich? Hier im Familienblock war gute Laune angesagt, und die Atmosphäre herrlich spannungsgeladen. Ideal, um ihre Sorgen zu vergessen.

Sie grölten, schrien und lachten beim Spiel, aßen eine Bratwurst in der Pause. Nägel kauend zitterten sie mit der heimischen Fußballmannschaft beim Elfmeterschießen. Dieses Erlebnis schweißte zusammen. Es fühlte sich fast so an, als wären sie eine Familie. Vor allem Lina genoss es sichtlich. So glücklich hatte Ela ihre Tochter selten gesehen. Sie saß zwischen den beiden Erwachsenen und versuchte ständig, die kleinen Arme um ihre Hälse zu legen.

Lachend ging auch Luca darauf ein. Ihre Köpfe kamen sich nahe. Sie sahen sich an und sein Gesichtsausdruck wurde plötzlich ernst. Elas lachen erstarb auch, sein fantastischer Kuss kam ihr in den Sinn. Es war wie der Gedanke an eine verbotene Frucht, von der sie einmal genascht hatte und deren Geschmack sie nicht vergessen konnte.

Nach dem Spiel sollten sie schleunigst nach Hause fahren. Aus den Augen, aus dem Sinn.

»Was machen wir mit dem angefangenen Abend?«, fragte Luca, nachdem er sein Auto geparkt hatte. »Trinken wir noch etwas zusammen?«

»Ich weiß nicht, ich bin ziemlich erledigt ... von der Arbeit.« Und vom vielen Wein gestern, fügte sie in Gedanken hinzu.

»Wir müssen keinen Alkohol trinken ... nur ein bisschen plaudern und chillen«, erklärte er.

»Geh ruhig, Mama. Ich geh schon mal rein ... und nachher auch allein ins Bett«, schlug Lina vor.

Ela musste über den offensichtlichen Verkupplungsversuch ihrer Tochter lächeln, die eifrig aus dem Auto sprang und sich vom Acker machte.

»Es wird auch nicht spät werden. Ich bin selbst noch ein wenig müde von der Party«, versprach Luca.

Er lächelte so verlockend, dass sie von seinem Mund hypnotisiert war. Wieder wurde sie von verbotenen Wünschen überrollt. Nur noch einmal von diesen wunderbaren Lippen kosten, die so fest und weich zugleich waren. Wie gern würde sie wenigstens noch ein wenig in seiner Nähe sein ...

Ela nickte zögernd.

Warum tat sie das? Das machte die Sache doch nicht einfacher!

»Ach ich glaube, ich bin einfach zu müde«, sagte sie und war stolz auf sich, dass sie der Verlockung widerstand, während sie den Türhebel betätigte.

»Lass uns auf die Terrasse gehen. Wirklich nur noch ein bisschen plaudern«, regte er an, als sie aus dem Auto stiegen.

Wenn er nur nicht so eine magische Anziehung auf sie hätte ... Ela holte tief Luft. Sie würde sowieso nicht gleich schlafen können.

»Na gut«, stimmte sie zu.

»Super!«, meinte er erfreut und sie folgte ihm auf die Terrasse, die sich seit ihrer Kindheit nicht sehr verändert hatte. Damals war sie viel bei den Nachbarn gewesen, um ihrem manchmal etwas langweiligen Einzelkind-Dasein zu entkommen.

Die alten Plastikstühle kratzten über die großen Betonplatten, als sie sich setzte.

»Hier, nimm ein Polster«, bot Luca an und hielt ihr eins mit großem Blumenmuster hin. Die waren bestimmt schon zwanzig Jahre alt.

»Tut mir leid, dass wir auf diesem alten Zeug sitzen müssen, aber wir sind noch nicht dazugekommen, etwas Neues zu kaufen«, entschuldigte er sich.

»Kein Problem. Man sitzt ja gut drauf. Das ist schließlich die Hauptsache«, versicherte sie.

Luca lächelte warmherzig. »Was möchtest du denn trinken?«

Ela überlegte. Alkohol würde sie zwar beruhigen, aber damit würde sie wieder Gefahr laufen, die Kontrolle zu verlieren. »Irgendetwas Alkoholfreies ... egal. Vielleicht eine Limo.«

Er nickte und verschwand im Haus. Ela sah sich um. In den letzten Jahren war der Garten verwildert. Das schadete aber nicht, sondern gab ihm einen ganz eigenen, verwunschenen Zauber. Die wild wuchernden Rosen dufteten mit den ausladenden Lavendelbüschen um die Wette.

Tief saugte sie die würzige Luft in die Lungen. Das unschuldige Vogelgezwitscher und das schwächer werdende, goldene Licht ließ sie auch ohne Alkohol ruhiger werden.

Nach kurzer Zeit kam Luca mit zwei Gläsern zurück, in denen eine gelbe Flüssigkeit sprudelte und Eiswürfel klirrten. Ela trank gierig, das Glas war sofort wieder leer. Der Nachdurst ließ immer noch grüßen.

Auch Lucas Glas war sofort wieder leer.

»Warte, ich hol uns die Flasche«, sagte er und verschwand erneut im Haus.

Ela atmete durch. Luca wirkte nervös und auch sie war sich sehr unsicher, wie sie sich verhalten sollte. Vielleicht sollte sie doch gehen?

Viel zu schnell kam er mit der Limo zurück.

»Was meinst du? Sollen wir es heute noch einmal mit dem Sonnenuntergang probieren? Er scheint heute noch einmal so schön zu werden wie gestern. Und diesmal werden wir auch garantiert nicht gestört.«

Luca lächelte sie an, sie lächelte zurück.

»Wo ist denn dein Bruder? Ich denke, der wohnt auch hier?«

Am liebsten hätte sie sich vor den Kopf geschlagen, dass ihr nichts Besseres einfiel. Aber worüber sollten sie sich unterhalten? Small Talk war nicht ihr Ding und Lucas offensichtlich auch nicht. Nicht nur, dass ihr die Übung fehlte, auch das Alleinsein mit ihm machte sie nervös.

»Der ist samstagabends nicht zu Hause, es sei denn, er ist krank. Und er ist eigentlich nie krank.«

»Na dann.«

Mehr wusste sie leider nicht zu sagen. Ihr verkrampftes Verhalten in Gegenwart eines Mannes kam ihr auf einmal armselig vor. Warum war ein rein freundschaftliches Gespräch so schwierig? In ihrer wilden Zeit hatte sie immer Alkohol gebraucht, um Kontakt herzustellen. Entsprechend oberflächlich war er ausgefallen. Auch Karneval, wo man ja nicht unbedingt tiefgründige Gespräche pflegte, war ohne einen gewissen Pegel nicht zu ertragen.

Sie räusperte sich und sah dem Sonnenuntergang zu, der intensive Farben auf den Himmel malte. Sie sagten kein Wort und es fühlte sich gut an. Still lauschten sie dem milden Wind, der sanft die Blätter rauschen ließ. Die Vögel sangen dazu noch lauter als vorhin.

Luca wirkte fast ehrfürchtig. Hatte sie nicht irgendwo mal gehört, dass man mit den richtigen Leuten auch angenehm schweigen kann? Das hier fühlte sich auf jeden Fall nicht falsch an.

»Tolle Farben«, bemerkte sie, als sich die wenigen Wolken am Himmel von Orange schichtweise ins Violette verfärbten. Die hohen Bäume davor bildeten eine eindrucksvolle

Silhouette. Die letzten Vögel suchten krächzend ihr Nest und die Grillen fingen an zu zirpen.

»Ja, nicht wahr? Finde ich auch. Man nimmt sich viel zu wenig Zeit, so was zu genießen.«

Luca zuckte, als wollte er Elas Hand ergreifen, sich aber nicht trauen.

Ela tat so, als hätte sie es nicht bemerkt, und nickte. »Stimmt«, bestätigte sie.

Es wurde immer dunkler. Ein kühler Lufthauch streifte über sie hinweg und Ela bekam eine Gänsehaut. Sie rieb über die Arme, um sich zu wärmen.

»Soll ich dir eine Decke holen?«, fragte Luca.

»Nein danke, ich bin sowieso gleich weg.«

»Schade.«

»Wie gesagt, ich bin ziemlich erledigt.«

Luca nickte und konnte seine Enttäuschung nicht verbergen.

Plötzlich tat er Ela leid. »Weißt du eigentlich, dass in deiner Hecke hinten im Garten Glühwürmchen leben?«, fragte sie.

»Nein, so intensiv habe ich den Garten noch nicht erkundet.«

»Ja, als Kind war ich oft dort und hab sie beobachtet. Wir könnten mal nachsehen, ob sie da heute auch noch zu finden sind.«

»Okay, da bin ich mal gespannt. Ich habe noch nie in meinem Leben Glühwürmchen gesehen.«

»Echt noch nie?«

»Nein, ich bin in der Stadt aufgewachsen.«

»Na dann komm, vielleicht haben wir Glück«, forderte sie ihn auf und stapfte voran.

»Hier sind aber ganz schön viele Mücken«, mäkelte er und wedelte mit der flachen Hand in der Luft herum.

»Das kommt durch die Büsche, das wird gleich wieder besser. Bestimmt, weil sie so stark duften ... Vielleicht wirken sie auf die Mücken wie ein Aphrodisiakum«, kicherte Ela.

»Was es hier nicht alles gibt«, erwiderte er lachend.

Hinter den Büschen befand sich ein kleiner Teich, in dem sich das Mondlicht spiegelte.

»Das ist ja noch mal ein richtiger kleiner Garten«, staunte er. »Mir war gar nicht klar, dass das Grundstück so groß ist.«

»Früher hatten die Nachbarn hier immer zwei Stühle und einen kleinen Tisch, damit sie im Schatten sitzen konnten.«

»Ah, verstehe.«

»Kannst du die Rosen hier sehen? Das waren die Lieblingsrosen unserer Nachbarin. Sie war ein echter Rosenfan. Sie haben sie aus England mitgebracht. Riech mal, sie duften fantastisch.«

Luca beugte sich zu einer Blüte und schnupperte. »Ja, toll«, bestätigte er.

»Sie müssten mal ordentlich beschnitten werden.«

»Wie macht man das? Kannst du mir vielleicht helfen?«

»Ja, kann ich. Man schneidet sie nach der Blüte und im Herbst.«

»Das ist wirklich nett von dir.«

Ela lächelte. »Kein Problem. Du bist ja auch nett zu uns. Danke noch mal für den schönen Nachmittag.«

»Kein Problem. Es hat mir wahnsinnig Spaß gemacht.«

»So komm, hier ist jetzt die Hecke. Lass uns einen Moment warten, ob wir ein paar Glühwürmchen entdecken.«

Wieder wehte eine kleine Brise und ließ die Blätter rascheln. Ela fröstelte. Luca stellte sich hinter sie, schlang seine Arme um sie und gab ihr mit seinem Körper Wärme. Das kam ihr völlig natürlich vor, sie lehnte sich vertrauensvoll an ihn. Er legte sein Kinn auf ihren Kopf, was ihr eine seltsame Sicherheit gab. Sie vernahm seinen regelmäßigen Atem und ihrer wurde auch ruhiger.

Sie warteten ziemlich lange, was wohl auch daran lag, dass beide diese Situation genossen.

»Wir scheinen heute doch kein Glück zu haben … und ich muss jetzt wirklich nach Hause«, sagte sie irgendwann. Sie bedauerte es wirklich, dass sie diese friedliche Stimmung zerstören musste. Im Grunde hätte sie es die ganze Nacht so aushalten können.

»Schade«, flüsterte er.

»Tut mir leid«, murmelte sie, als sie sich aus seinen Armen befreite und umdrehte.

»Mir auch«, flüsterte Luca und zog sie zu sich heran. Eh sie sich versah, hatte er seinen Mund auf ihren gepresst. Ela wehrte sich nicht. Insgeheim hatte sie sich diesen Abschied ja gewünscht.

Sein Kuss war noch inniger als der von gestern und Ela komischerweise besser vorbereitet. Sie schlang die Arme um seinen Hals und ließ sich von der Zärtlichkeit treiben. Eine kleine Ewigkeit gelang es ihr, jeden Gedanken daran, was sie gerade machte, zu vertreiben.

So lange, bis Luca mit der Hand unter ihr Shirt fuhr und ihre nackte Haut streichelte. Ela hielt den Atem an, als seine Finger höher wanderten und unter den BH schlüpften. Auf einmal war ihr klar, wo das enden würde. Nichts wünschte sie sich in diesem Moment mehr, aber das ging definitiv zu schnell. Erst musste sie mit ihrer Vergangenheit abschließen, bevor sie etwas ganz Neues anfing.

»Sorry, aber es geht leider nicht«, entschuldigte sie sich und befreite sich aus seinen Armen.

Luca seufzte frustriert, sagte aber nichts, stand nur verwirrt da.

Sie drehte sich nicht um, als sie davoneilte.

Oskar, Mario und jetzt Luca?

Das war doch Wahnsinn!

Das Gefühlswirrwarr kam über sie wie ein Tsunami und schien ihren Verstand zu überrollen. Wann sollte das jemals enden?

»Ich bin nicht frei«, redete sie sich heraus, ohne darüber nachzudenken.

Ela rannte schnurstracks in ihr Zimmer. Es war ihr Jugendzimmer. Sie hatte nur die Poster abgehängt, aber sonst nicht viel dran gemacht. Wahrscheinlich, weil sie sich gewünscht hatte, bald auszuziehen. Doch daraus würde jetzt sowieso so schnell nichts werden. Zwar würde sich ihr ganzes

Leben ändern, aber ausziehen konnte sie dann nicht. Dabei wollte sie endlich erwachsen werden, aber ohne die Abhängigkeit von ihren Eltern, war das wohl nicht möglich. Es war höchste Zeit, der Wahrheit ins Auge zu blicken und sich damit abzufinden.

Sie ging zur Kommode und kramte in einer Schublade. Da waren ja die Zigaretten! Sie hatte wirklich keine mehr geraucht, seit Mario ihr gesagt hatte, dass er es nicht mochte.

Wie blöd sie doch war, auf ihn zu hören!

Auch wenn es noch blöder war, jetzt doch wieder anzufangen. Das Bedürfnis war übermächtig und Mario hatte ihr gar nichts vorzuschreiben.

Gierig zündete sie sich eine an. Natürlich mochte sie es nicht, dass sie nicht gegen dieses Verlangen ankam.

Scheiß Sucht!

Sie seufzte. Wie schwach sie doch war – auf allen Ebenen.

Das würde ihre letzte Zigarette sein!

Sie öffnete das Fenster und steckte das Feuerzeug in die Jeanstasche. Ela setzte sich auf die Fensterbank, winkelte ein Bein an und ließ das andere baumeln, während sie nachdenklich den Rauch aus dem Fenster blies.

Zum Glück war sie noch nicht richtig in Luca verliebt. Dennoch musste sie immer wieder an die schönen Augenblicke mit ihm denken. Wie diesen romantischen Moment in seinem Garten. Oder im Fußballstadion, da hatte es sich angefühlt, als wären sie eine richtige Familie. Seine Blicke, seine Küsse, die Zärtlichkeiten. Das alles hatte ihr eine neue Welt eröffnet und eine Ahnung davon gegeben, wie sich echte Liebe anfühlte. Leider war dieser Luca wahrscheinlich nur wieder ein Wunschtraum, eine Fata Morgana in der Wüste.

Nein, sie war nicht verliebt!

Dieser dumme Bauchschmerz kam sicher nur davon, dass sie immer noch nichts gegessen hatte. Ebenso dieses seltsame Leeregefühl, das sich wie Einsamkeit anfühlte. Ela seufzte und schnippte die ausgedrückte Zigarette in Lucas Garten.

Sie würde jetzt erst mal etwas essen.

Kapitel 12 Es ist kompliziert

Luca kam verwirrt in seine Küche. Dort kochte Ciro gerade Spaghetti. Er setzte sich an den Küchentisch und schenkte Wein ein.

Sein Herz schlug immer noch bis zum Hals. Er hatte sich die Sache mit Ela ja schon nicht einfach vorgestellt, aber nun wurde sie noch schwieriger, als er erwartet hatte. Sie war so unwiderstehlich, so anschmiegsam und zart ... So fraulich. Das zog ihn magisch an.

Wenn er nicht genau wüsste, was sie sonst noch so trieb, würde er denken, er hätte seine Traumfrau getroffen.

Er musste die Finger von ihr lassen – dringend!

»Vielen Dank, dass du mir nachgeschenkt hast. Sehr aufmerksam«, ätzte sein Bruder sarkastisch.

»Ach, entschuldige«, murmelte Luca abwesend und kippte auch Ciros Glas voll.

»Bisschen durcheinander, was?«

»Quatsch. Ich ärgere mich bloß, dass du mich bei meiner Recherche nicht unterstützen willst.«

»Ich sag dir ja, irgendwann muss man loslassen. Man kann sein Leben nicht von Hass und Rache bestimmen lassen.«

»Für dich ist das alles einfach. Willst du wirklich, dass der Mistkerl damit durchkommt?«

»Es ist doch so, wenn sie die Hintermänner nicht fassen, wird immer wieder ein Mistkerl nachwachsen. Die Mafia ist wie die Hydra. Schlägst du einen Kopf ab, wachsen zwei wieder nach und der Kopf in der Mitte ist unsterblich. Aber an den musst du ran. Das Grundübel muss beseitigt werden. Und das ist Sache der Polizei. Schon allein, weil es viel zu gefährlich für uns ist.«

»Der Schlüssel liegt bei dieser Frau. Sie kann die Leute verraten, die sich bestechen lassen«, beharrte Luca.

»Auch das ist Sache der Polizei. Du kennst den Ermittlungsstand nicht und weißt doch noch nicht einmal, inwieweit sie in die Sache verstrickt ist«, sagte Ciro, während er in der Soße rührte. »Deck mal lieber den Tisch.«

»Du hast doch selbst gesagt, dass sie erpresst wird«, antwortete Luca, während er die Teller aus dem Küchenschrank holte. »Auf jeden Fall ist sie noch mit ihm zusammen. Da wird sie ja wohl machen, was er sagt.«

»Woher weißt du das? Hast du sie gefragt?«

»Sie hat gesagt, sie ist nicht frei ... nachdem ...«

Ciro drehte sich zu ihm um und grinste. »Du sie geküsst hast?«

Luca wusste nicht, wohin er blicken sollte. »Hilf mir, ich komme bei ihr gerade nicht weiter.«

»Du bist verknallt?«, feixte er.

»Quatsch!«, erwiderte Luca entrüstet.

»Doch! Deshalb bist du auch so durcheinander«, behauptete sein Bruder.

»So ein Blödsinn! Das ist doch keine Frau für mich!«

»Nicht?«

»Bestimmt nicht.«

»Na gut. Und wie hast du dir das so gedacht? Wie willst du weitermachen?«, fragte er, während er die Nudeln abgoss.

»Wir müssen ihr Vertrauen gewinnen und sie dazu bringen, mit uns zusammenzuarbeiten.«

»Aha, und weil du jetzt Gefühle entwickelst, soll ich das übernehmen? Du willst als Mönch zu Grabe getragen werden?«, spekulierte Ciro und stellte den Topf mit der Soße auf den Tisch.

»Nein. Du sollst das übernehmen, weil du das besser kannst.«

Ciro setzte sich. »Ich habe dir gesagt, dass ich damit nichts zu tun haben will. Wie weit willst du gehen? Soll ich sie ein bisschen ficken und dann überreden, dass sie mit dir zur Polizei geht?«

Mario schluckte. Diese Vorstellung behagte ihm gar nicht.

Ciros Grinsen war ekelhaft triumphierend. »Aha. Du kannst es nicht leugnen. Man sieht es dir an, dass dir das nicht gefällt.«

»Du musst sie doch nicht ficken«, antwortete Luca heiser.

»Nein? Soll ich das nicht? Ja was dann? Meinst du, sie erzählt mir einfach so alles, was sie weiß, und bringt sich damit bei Mario in Schwulitäten? Was ist, wenn sie gar nichts weiß?«

»Irgendwas wird sie schon wissen. Nur du kannst es aus ihr herauslocken.«

»Wenn sie sich von dir hat küssen lassen, dann wirst du auch besser an sie herankommen als ich. Mal angenommen, du schaffst das. Und danach?

Was kommt danach? Du servierst sie ab, weil sie eine Hure ist?«

»Wo gehobelt wird, fallen Späne. Ich bin es nicht, der sie dazu bringt, für jeden die Beine breitzumachen. Dafür ist sie selbst ... oder ... Mario verantwortlich«, erklärte Luca und belud seinen Teller. Er musste endlich etwas essen, damit diese Übelkeit verschwand.

»Und deshalb bist du unschuldig? Was meinst du, was hier los ist, wenn herauskommt, dass du Ela nur benutzen wolltest, beziehungsweise, sie benutzt hast? Ich will hier wohnen bleiben! Mir gefällt es hier! Ich dachte, du würdest irgendwann loslassen, wenn du erkennst, was für eine Scheißidee du da hast! Aber wenn du so weitermachst, wirst du nicht nur scheitern, sondern auch wieder umziehen müssen ... oder womöglich erschossen werden!«, überschüttete Ciro ihn mit einer Schimpftirade.

»Ich tue es für unseren Bruder, und damit unsere Mutter zu Ruhe kommt. Schon vergessen? Dir scheint das alles ja egal zu sein.«

»Für welchen Preis? Das ist ein unfassbar mieses Spiel! Damit bist du noch skrupelloser als Mario. Ich glaube nicht, dass Mutter es gut finden würde, wenn sie wüsste, was du gerade vorhast«, erklärte Ciro aufgebracht.

»Mutter findet gar nichts mehr gut. Darum geht es doch! Und jetzt hör damit auf, mich vollzuschwafeln, wenn du mir eh nicht helfen willst.«

Genervt schaufelte Luca sich seine Spaghetti in den Mund. Warum wollte Ciro nicht begreifen, dass er es einfach tun musste, um selbst zur Ruhe zu kommen? Er wollte das Gefühl haben, alles getan zu haben, damit die Mörder seines Bruders hinter Gitter kamen. Und wenn er alles meinte, dann machte er es auch.

Er wurde das Gefühl nicht los, dass bei der Polizeiarbeit nicht alles korrekt ablief. Aber ohne irgendwelche Anhaltspunkte konnte er schlecht etwas tun. Ela war seine letzte Chance auf Seelenfrieden – für ihn und seine Eltern. Denn auch wenn die Eltern behaupteten, es überwunden zu haben, so wusste er, dass sie in Wahrheit erst Ruhe fanden, wenn die Schuldigen ihre Strafe bekamen. So ging es sicher auch seinem Bruder, doch der hatte sich für die Strategie der Verdrängung entschieden.

Dennoch hatte Ciro es geschafft, ihm ein schlechtes Gewissen zu machen. Er musste mehr Rücksicht auf Ela nehmen. Er wollte sie nicht in Gefahr bringen. Und es war wirklich nicht fair, wenn sie Gefühle für ihn entwickelte. Und für ihn war es auch nicht gut, wenn er seinen körperlichen Bedürfnissen zu unbedenklich nachgab. Ihr Kontakt musste unverfänglicher werden. Freundschaftlicher. Und er musste langsamer und bedächtiger vorgehen. Vielleicht war das für seine Zwecke ja sogar besser.

Nach dem Essen ging er nach draußen, um eine Zigarette zu rauchen. Er sah Ela am Fenster sitzen und ebenfalls rauchen. Hatte sie nicht gesagt, dass sie aufgehört hatte? Hatte sie gelogen? Warum sollte sie das tun? Warum fing man damit wieder an? Doch nur, wenn man Stress hatte.

Vielleicht waren ihre Gefühle genauso durcheinander wie seine. Vielleicht waren sie schon viel zu weit gegangen. Aber wahrscheinlicher war, dass der Druck von Mario zu groß war. Oder sie fühlte sich zerrissen ... zwischen Mario ... und ihm?

Lucas Herz wurde schwer. Am liebsten würde er sie in den Arm nehmen und vor all dem Bösen beschützen, das Ela da gerade bedrohte. Nachdem er jetzt etwas Zeit mit ihr verbracht hatte, war er überzeugt, dass sie auf eine gewisse Weise naiv war. Wahrscheinlich ahnte sie tatsächlich nicht, in was für einer gefährlichen Lage sie sich befand.

Sie schien nicht zu glauben, was für Schweine manche Männer sein konnten. Aber passte das zu den übrigen Tatsachen? Vermutlich war er der Naive, weil ihm sein verdammter Beschützerinstinkt den Verstand vernebelte. Wahrscheinlich war sie nur eine perfekte Lügnerin.

Oder nicht?

Was, wenn nicht?

Dann wäre sie sicher gerade sehr unglücklich ...

Und er ein Schwein.

Er musste vorsichtiger vorgehen!

Er überlegte, dass er es auch anders anstellen konnte. Er würde mit ihr einen Ausflug machen, der Sache vorfühlen und dann, bei günstiger Gelegenheit, die Karten auf den Tisch legen. Dann würde er ja sehen, wie sie reagierte.

Er war so überzeugt von seiner Idee, dass er nur kurz darüber nachdachte, was passierte, wenn sie ihn bei Mario auffliegen ließ. So abgebrüht war sie nicht. Da war er sich sicher.

Kapitel 13 Sonntag

Als Ela am Sonntag erwachte, hörte sie Lärm aus dem Garten. Es klang, als würde Lina mit zwei Männern Fußball spielen. Ihr Stiefvater ... und Luca? Was wollte er schon wieder hier?

Sie schaute auf ihr Handy. Verdammt! Es war schon elf Uhr. Sie hatte verschlafen. Wie konnte das sein? Wahrscheinlich, weil sie entspannter war, nachdem sie beschlossen hatte, sich nicht mehr herumkommandieren zu lassen.

Gut, dass sie nicht zur Arbeit und kündigen musste. Die Pizzeria hatte Sonntag zu. Dass das komisch war, fiel ihr erst jetzt auf.

Doch Mario musste wissen, dass sie nicht mehr mitspielte. Aber nicht jetzt. Später. Irgendwann.

Sie schrieb Mario, dass sie krank sei, so hatte sie erst einmal Zeit gewonnen. Zeit, sich weiter zu sortieren und Zukunftspläne zu schmieden.

Es saß also vorerst nur ein Stachel in ihrem Fleisch. Luca. Warum war er wieder hier? Wie sollte sie da Abstand gewinnen? Sie musste ja nicht in den Garten gehen.

Erst einmal aufstehen.

Schnell sprang sie unter die Dusche, zog sich ein luftiges Kleid an, und machte sich einen Toast mit Honig. Das sollte bis zum Mittagessen reichen.

Doch der Lärm draußen hörte nicht auf. Lina und Luca kickten sich die Bälle hin und her.

Also ging sie nach draußen, um das Fußballspiel zu beenden. Auch auf die Gefahr hin, dass sie sich bei Lina unbeliebt machte, sie wollte Luca möglichst nicht in ihrer Nähe haben.

»Komm Lina, trink was!«, rief sie.

»Ooochh«, murrte Lina. »Ich hab gar keinen Durst!«

»Komm schon, wir essen sowieso gleich«, tröstete Simone, die von der Terrasse aus zuschaute.

»Lina, meine süße Maus, wenn du nicht ein bisschen runterkühlst, hast du gleich keinen Appetit«, erklärte Ela.

Lina zog eine Schnute, als sie kam. Trotzdem trank sie mit gierigen Schlucken.

»Ich bin dann weg. Tschüss«, verabschiedete sich Luca.

Die anderen nickten oder winkten zum Gruß.

»Was macht dein Fuß Hannes?«, fragte Simone.

Erst jetzt sah Ela, dass ihr Stiefvater auf dem Stuhl saß und Schuh und Socken ausgezogen hatte.

»Was ist passiert?«, fragte sie.

»Ich bin umgeknickt, tut ziemlich weh.«

Ela nickte. »Oh je. Hast du es schon mit Sportsalbe eingecremt?«

»Natürlich. Luca war so nett und hat uns seinen Geheimtipp rübergebracht«, antwortete Hannes lächelnd.

»Hilft sie denn was?«

»Sie kühlt schön. Aber ich fürchte, ich kann heute Nachmittag nicht mit in den Freizeitpark.«

»Nein!«, entfuhr es Lina entsetzt. Dann hellte sich ihre Miene auf. »Willst du nicht mitkommen, Luca?«, rief sie ihm zu.

Luca drehte sich zu ihr um. Er war gerade im Begriff gewesen, zu gehen.

»Nein, das geht nicht. Sorry, dass sie dich so in Beschlag nimmt«, entschuldigte sich Ela bei ihm.

»Fußball spiele ich doch gerne, wirklich. Es macht mir Spaß. Und tatsächlich, ich hätte heute Nachmittag Zeit«, versicherte er.

»Au ja!«, jubelte Lina überglücklich. Es war nicht zu übersehen, dass sie einen Narren an Luca gefressen hatte.

»Das wäre gut, dann könnte ich bei Hannes bleiben«, erklärte Simone begeistert.

Ela war die Einzige, die nicht von der Idee angetan war. »Ich weiß nicht.«

»Ich will aber, dass Luca mitkommt!«, maulte Lina.

Luca zuckte mit den Schultern. »Von mir aus gerne, wirklich.«

Ela biss die Zähne aufeinander. Es passte ihr zwar nicht, aber mit Lina hatten sie ja einen Anstandswauwau. Würde sie sich zu sehr dagegen sträuben, wäre das auch verdächtig. »Na schön, dann meinetwegen.«

Linas Blick hellte sich auf. »Okay. Vielleicht können wir ja heute Abend noch ein bisschen kicken.«

Luca lächelte verständnisvoll. »Wir werden sehen. Als ich so alt war wie du, konnte ich auch nicht genug von Fußball bekommen.«

»Bitte Luca, setz dich doch zu uns«, bat Simone.

»Nein danke, ich muss heute noch etwas erledigen.«

»Ich möchte wirklich nicht, dass du wegen Lina Stress bekommst«, sagte Ela.

»Nein, nein, das ist für mich kein Stress! Versprochen. Also ... tschüss dann, bis gleich«, verabschiedete er sich winkend.

»Tschüss Luca!«, erklang es im Chor.

Ela rang sich ein Lächeln ab.

»Unser neuer Nachbar ist ja so ein netter Mensch«, sagte Simone beiläufig, als sie in der Küche mit ihrer Tochter allein war, und das Geschirr in die Spülmaschine einräumte.

»Hmhm«, brummte Ela. Sie hatte keine Lust auf ein Murmeltiergespräch mit ihrer Mutter. Immer wieder versuchte diese, sie zu einer Beziehung zu bewegen. Manchmal hatte sie sogar den Eindruck, dass ihre Mutter, trotz aller Verschleierungsversuche, etwas von ihrem Liebesleben ahnte. Vielleicht nicht in Gänze, aber doch so weit, um zu ahnen, dass ihre Bekanntschaften nicht für eine richtige Partnerschaft taugten. Vielleicht auch, dass es derer viele gab.

»So freundlich und bodenständig ... und er versteht sich so gut mit Lina.«

»Ja, ist er«, bestätigte Ela, während sie das Tablett abwischte.

»Die Italiener haben so einen tollen Familiensinn ... und lieben Bambinis«, schwärmte ihre Mutter, während sie die Spülmaschine einräumte.

»Mama ... vergiss es«, antwortete Ela mürrisch.

»Wieso? Ich finde, dir könnte jetzt langsam mal klar werden, dass Lina einen Vater braucht.«

»Sie hat doch einen tollen Opa«, maulte Ela.

»Stiefopa ... ja, der *dir* ein toller Vater war. Das Kind braucht langsam einen eigenen Vater. Hat sie das noch nie zu dir gesagt? Bei mir redet sie ständig davon.«

»Mama! Hör doch endlich mal auf! So was kann man doch nicht erzwingen. Ich kann mir doch keinen Vater für Lina backen!«

»Nein, das nicht ... aber zuschlagen, wenn du mit der Nase drauf gestoßen wirst.«

»Für dich ist immer alles so einfach«, schimpfte Ela und warf den Spüllappen ins Becken.

»Nur, wenn es auch so einfach ist«, ließ ihre Mutter nicht locker. »Es ist doch offensichtlich, dass er auch etwas von dir will. Kind! Mach doch mal die Augen auf!«

»Es ist nicht so einfach, klar? Es ist kompliziert ... sehr kompliziert.«

»Kind, langsam könntest du mal Wurzeln schlagen. Ich wünsche mir schon so lange, dass du dich mal so richtig verliebst. In den Richtigen.«

»Super Idee Mama! Hast du ja auch noch nie erwähnt! Ist doch eine Kleinigkeit«, zischte Ela.

Sie war deprimiert über ihre vielen gescheiterten Beziehungen. Die Begegnung mit Luca hatte sie deutlich spüren lassen, dass es da noch etwas ganz anderes gab. Etwas Neues, das sie bisher noch nie gefühlt hatte.

Aber Luca hatte ihre Welt zu gründlich auf den Kopf gestellt, und die Männer vor Luca mussten auch erst einmal verarbeitet werden. Es würde dauern, bis sie ihre Gedanken und Gefühle sortiert, und mit den alten Sachen abgeschlossen hatte. Nie wieder würde sie den Fehler machen und sich kopflos in etwas hineinstürzen, das hatte ihr die Affäre mit Mario gezeigt. Schon gar nicht, wenn Lina dabei emotionalen Schaden nehmen könnte. Das war schließlich genau das, was nicht dabei herauskommen sollte.

»Eigentlich mag ich Luca auch. Ich nehme ihn doch schon mit in den Freizeitpark. Aber so etwas braucht Zeit! Ich will auch keine Enttäuschung für Lina. Also hör auf mich zu drängeln«, erklärte sie versöhnlich.

»Und es braucht Signale von dir. Lina kannst du nur enttäuschen, wenn es mit euch nichts wird.«

»Ich bin eben vorsichtig!«

»Oder zu ängstlich. Es ist nicht zu übersehen, dass du auf ihn reagierst. Allerdings hast du dich noch nie emotional auf jemanden eingelassen.«

»Mama! Jetzt gehst du aber zu weit!« Elas Augen zogen sich zu Schlitzen. »Und überhaupt, vielleicht brauche ich gerade deshalb Zeit.«

»Nimm dir nicht zu viel davon.«

»Würdest du das bitte meine Sorge sein lassen?«

»Ist ja schon gut. Ich habe gesagt, was ich sagen wollte.«

Kapitel 14 Der Ausflug

»Komm! Lass uns noch einmal in die Achterbahn«, rief Lina begeistert.

»Oh nein! Ohne mich, meine Magennerven müssen sich erst mal beruhigen«, antwortete Ela und schüttelte den Kopf.

»Ich brauch auch erst mal 'ne Pause«, bekannte Luca.

»Oh nööö, was seid ihr denn für Weicheier?!«, schmollte Lina.

»Komm, da vorne ist eine Streichelwiese. Da können Luca und ich ein bisschen auf der Bank chillen und du kannst die Tiere streicheln. Willst du noch was trinken?«, fragte Ela und hielt ihr die Wasserflasche hin.

Lina nickte und nahm einen Schluck. Dann wischte sie sich den Mund ab und fasste Luca und ihre Mutter an der Hand. Energisch zog sie beide Richtung Streichelzoo. Die beiden ließen sich lachend ziehen.

»Macht ihr Eins-zwei-drei-Hui?«, forderte Lina nach einigen Schritten.

»Dafür bist du doch eigentlich zu groß ... und zu schwer«, beklagte sich Ela.

»Oma und Opa machen das auch noch.«

»Sicher?« Ela sah ihre Tochter skeptisch an. »Das ist bestimmt schon länger her.«

»Na ja ... aber Luca ist doch soooo stark.«

Luca lachte. »Du weißt aber, wie man Männer rumkriegt.«

»Hä?«, fragte Lina und zog die Nase kraus.

»Ela? Ein paarmal?«, fragte er und zwinkerte mit einem Auge.

»Na gut«, seufzte sie.

Ela und Luca packten die jauchzende Lina unter den Armen und hievten sie bei »Hui« in die Luft.

»So Mäuschen, jetzt ist aber gut. Wir brauchen eine Pause.« Theatralisch außer Atem setzten sich die beiden auf eine Bank.

»Mann, seid ihr lahm! Ich geh auf die Streichelwiese dahinten, ja?«

»Bleib aber in Sichtweite!«, rief Ela ihrer Tochter zu. Diese stürmte bereits auf ein Kaninchen zu, das eilig das Weite suchte.

»Du musst langsamer auf die Tiere zugehen, sonst bekommen sie Angst«, erklärte Luca.

Sein Herz ging auf, als er zu Ela sah. Lächelnd beobachtete sie Lina, die weiter versuchte, ein Tier für sich zu gewinnen, das sie streicheln konnte. Ela war eine gute Mutter. So eine wünschte er sich für seine Kinder. Luca schämte sich, als ihm einfiel, dass er vor Kurzem noch bei so eine etwas ganz anderes gedacht hatte.

»Da vorne ist ein Futterautomat. Komm, ich geb dir Geld, dann kannst du die Tiere füttern«, schlug Luca schließlich vor.

»Nein, kommt nicht infrage ... Du bekommst das Geld von mir.«

»Ihr könnt mir ja beide was geben«, antwortete Lina keck und hielt beide Handflächen auf.

Die Erwachsenen folgten lachend ihrem Vorschlag, das versprach immerhin eine längere

Pause. Eine Weile schauten sie dem Mädchen schweigend zu.

Luca holte seine Zigaretten raus und bot Ela eine an.

»Nein danke, ich rauche nicht.«

»Tatsächlich?«

»Ja, es ist eine dumme Gewohnheit. Ich bin gestern noch einmal rückfällig geworden, aber aus den falschen Motiven. Vor Lina habe ich auch noch nie geraucht, sie soll keine schlechten Vorbilder bekommen.«

»Dann rauche ich auch nicht«, sagte Luca und steckte die Zigaretten wieder zurück.

»Danke.«

»Du hast eine tolle Tochter«, bemerkte Luca.

»Ja, das hab ich«, bestätigte Ela und nickte.

»Ich finde es klasse, dass sie Fußball spielt.«

»Sie ist talentiert.«

Luca betrachtete Ela ernst. Sie war so verschlossen und schwer zu knacken. Bisher musste er ihr alles mühselig aus der Nase ziehen.

»Hat sie das von ihrem Vater?«, hakte er nach, unsicher, ob das jetzt das richtige Thema war. Schließlich war er kein Meister des Small Talks.

»Keine Ahnung. Ich hab keinen Kontakt mehr zu ihm. Wir haben nie viel geredet.«

Lucas Mundwinkel zuckten. »One-Night-Stand?« Er wusste auch nicht, warum ihn das auf einmal so interessierte.

»Nein … zu jung … zu dumm … genügt das? Ich möchte nicht über ihn reden.«

»Sorry, ich wollte dir nicht zu nahe treten«, erklärte Luca verlegen. Wieso trat er bei ihr ständig in Fettnäpfchen? Er war doch sonst nicht so ungeschickt. »Auch das mit dem Kuss gestern ... ich weiß auch nicht, wie das passieren konnte.«

»Schon gut, vergiss es ... es ... Ich entschuldige mich für den von vorgestern.«

Luca nickte und musterte sie aufmerksam. Sie wirkte befangen.

»Hat Lina denn Kontakt zu ihrem Vater?« Das war jetzt nicht gerade die beste Frage, um die Unterhaltung in sicheres Fahrwasser zu bringen, trotzdem lag sie ihm irgendwie auf dem Herzen.

»Was denkst du? Würde sie sich sonst so an dich klammern? Nein ... er ist ein Arschloch ... wie fast alle Männer.«

Das klang so verbittert. Luca schluckte hart, die Luft zwischen ihnen gefror. Anscheinend hatte er da schlafende Hunde geweckt. Wenn sie jetzt allein wären, könnte er vielleicht geschickt nach Mario fragen. Doch was würde er damit auslösen? Er konnte Ela nicht vor Lina vorführen. Trotzdem bohrte die Neugier fast schmerzhaft.

Luca hob die Hände. »Entschuldigung ... ich wollte nicht.«

»Ist schon gut. Ich möchte meiner Tochter nur Enttäuschungen ersparen.«

»Bist du oft enttäuscht worden?«

»Es geht noch um Lina, oder?«

Luca nickte eilig.

»Sie sehnt sich so nach einem Vater. Aber ich will keinen Mann in ihr Leben bringen, der sie enttäuscht.«

»Der dich enttäuscht?«

»Luca, ich bin so desillusioniert. Mich kann man nicht mehr enttäuschen«, seufzte sie.

Das klang so, als würde Mario sie mittlerweile unter Druck setzen. In Lucas Hals bildete sich ein Kloß. Hilflos ergriff er Elas Hand und drückte sie. Sollte er verraten, dass er ahnte, was sie bedrückte? Sie wäre ziemlich sicher reif für ein Gespräch. Am liebsten würde er sie in den Arm nehmen, aber das durfte Lina nicht sehen. Er müsste noch einmal mit Ela allein sein.

»Das ist schade«, flüsterte er. Sie wirkte so zerbrechlich. »Ela, es tut mir leid. Ja, es stimmt, wir Männer können manchmal wirklich Arschlöcher sein.«

Ela lächelte, während sie intensive Blicke tauschten.

Jetzt musste er sie in den Arm nehmen. Lina sah auch gerade nicht her. Es war, als könnte er sie so für seine Absichten entschädigen. Sie ließ es geschehen und schmiegte ihre Wange vertrauensvoll an seine Schulter. Er streichelte ihren Kopf und hätte sie zu gern geküsst, aber dann hätte er sich erst recht wie ein Arschloch gefühlt.

»Was macht ihr da? Ich hab Hunger!«, sagte Lina und zerstörte den friedlichen Augenblick.

Verdammt! Sie hatten nicht genug aufgepasst.

Ela rappelte sich auf und rieb sich über die Augen. Luca betrachtete sie skeptisch. Ob sie schnell Tränen weggewischt hatte?

»Na dann komm, da vorne ist 'ne Pommesbude«, antwortete er anstelle ihrer Mutter, damit sie sich nicht durch ihre Stimme verraten musste.

Während sie an der Bude standen, klingelte Elas Handy. Sie wandte sich ab und ging ein paar Schritte, während sie draufsah.

»Wir müssen bald heim«, erklärte sie, als sie zurückkam.

In Luca regte sich Widerwillen. Ob ER sie gerade zu sich bestellt hatte? Und sie hatte nichts Eiligeres zu tun, als zu springen? Eben hatte sie doch noch den Eindruck gemacht, dass sie desillusioniert war?

Luca biss sich auf die Zunge, damit er nicht danach fragte. Das würde die falschen Signale setzen, denn offiziell wusste er ja gar nichts von Mario. Es war schon alles sehr seltsam. Ob sie ein doppeltes Spiel trieb? Das würde ihm wehtun. Sein Herz schlug schwer.

Diese Frau ging ihm langsam aber sicher unter die Haut. Er musste sich insgeheim eingestehen, dass ihm dieser Gedanke nicht gefiel. Aber wenn sie ihm je die gewünschten Informationen besorgen sollte, dann musste er damit klarkommen, dass sie weiter zu Mario ging. Dazu gab es wohl keine Alternative. Deshalb kämpfte er tapfer gegen die aufkeimende Eifersucht an.

»Och Mama!«

»Kann man nichts machen«, beschwichtigte Luca.

»Ja, es muss sein.«

Wieder zu Hause war Luca zerrissener als je zuvor. Es hatte sich alles so gut angefühlt, als wären Ela und Lina seine Familie und ihr Ausflug ein ganz normaler Nachmittag gewesen. Er war sich bisher gar nicht bewusst gewesen, wie stark sein Wunsch nach einer eigenen Familie war. Wenn das hier alles vorüber war, würde er die Sache angehen und nach der Frau fürs Leben suchen.

Kapitel 15 Pixie Cut

Ela hielt die Luft an, als sie die Nachricht von Mario in ihrem Zimmer noch einmal aufrief. Im Park hatte sie die irrwitzige Angst gehabt, dass jemand mitbekommen könnte, mit wem sie schrieb.

Was haben deine Überlegungen nun ergeben? Das mit der plötzlichen Krankheit nehme ich dir nicht ab. Komm gefälligst vorbei!

Ihre Finger zitterten, als sie die Antwort ins Handy tippte:

Ich bin wirklich krank, habe Fieber und rasende Kopfschmerzen.

Leider war das keine Dauerlösung. Mario würde sicher nicht so ohne Weiteres klein beigeben und die Sache einschlafen lassen. Doch Ela hatte Angst vor dem, was passierte, wenn sie den Kontakt abbrach. Sie musste sich etwas Besseres einfallen lassen. Vielleicht sollte sie eine Beratungsstelle aufsuchen, die Frauen beim Aussteigen aus der Prostitution half? Aber musste man dafür nicht erst einmal Prostituierte sein? Die Hemmschwelle, fremde Hilfe zu suchen war groß.

Vielleicht war es einfacher, ihr Herz in die Hand zu nehmen und Mario die Stirn zu bieten? Was konnte schon groß passieren?

Die Angst wollte trotzdem nicht weichen und Ela verschob es auf morgen. Gleichzeitig hasste sie sich für ihre Vogel-Strauß-Taktik. Aber die Änderungen in ihrem Leben, die sie endlich angehen musste, schienen ihr wie ein unüberwindlicher Berg.

Sie musste sich eine grundsätzliche Strategie überlegen. Das war das Erste, und das würde sie heute noch angehen.

Als Ela Lina am Montag zur Schule fuhr, freute sie sich über ihr neues Leben, das ab heute beginnen würde.

Gestern war ihr tatsächlich klar geworden, wie ihr zukünftiges Leben aussehen sollte.

Sie würde studieren: Sozialarbeit.

Das war etwas Sinnvolles. Damit könnte sie auch anderen helfen, die in einer ähnlichen Situation steckten wie sie. Durch die Motivation, etwas Wichtiges zu tun, fühlte sich die Abhängigkeit von ihren Eltern gleich viel weniger schlimm an. Außerdem war sie immer noch um Längen besser, als die Abhängigkeit von Mario.

Sie hatte wirklich Glück, dass sie eine Familie hatte, die sie auffing. Andere, die nicht so viel Unterstützung bekamen, waren vielleicht gezwungen, in Marios Falle zu tappen. Sie hingegen konnte sich mit diesem Arschtritt des Schicksals endlich freischwimmen.

Man sollte wirklich dankbar sein, für das, was man hatte. Und wer wusste es schon, vielleicht entwickelte sich auf Dauer sogar eine Beziehung mit Luca? Er gab sich wirklich Mühe und schien auch bei genauerer Betrachtung ihren Ansprüchen standzuhalten. Möglicherweise hatte ihre Mutter einen guten Instinkt. Ela wollte trotz aller Widrigkeiten für eine Beziehung offenbleiben, immerhin gab es positive Beispiele.

Lina wurde immer erwachsener. Bis Ela mit dem Studium fertig war, brauchte sie nicht mehr so viel Betreuung und sie konnte ohne Bedenken Vollzeit arbeiten. Vielleicht hatte sie bis dahin ja sogar einen Partner, der ihr helfen würde.

Ela war Feuer und Flamme. Noch gestern Abend hatte sie sich um die Anmeldung gekümmert.

Danach hatte sie sich großartig gefühlt, so stark wie nie. Deshalb wollte sie noch ein sichtbares Zeichen ihrer Veränderung setzen und ihr Äußeres verändern. Eine neue, praktischere Frisur schien ihr perfekt für diesen Zweck. Später würde sie sich mit ihren Freundinnen in der Eisdiele treffen und ihr neues Leben feiern.

Außerdem würde sie Mario einfach eine Nachricht schreiben, dass Schluss war und sie bei Dario kündigte. In das Horror-Haus würde sie bestimmt nicht noch einmal gehen.

Ich hab es mir überlegt. Ich mache Schluss mit dir und kündige auch bei Dario. Bitte richte ihm das aus.

Sie lächelte zufrieden, als sie auf den grünen Pfeil zum Senden tippte. Ihre Angst war wie weggeblasen. Sie würde ja sehen, was passierte. Sie war schließlich ein freier Mensch und lebte in einem Rechtsstaat. Das konnte Mario nicht ignorieren.

»Manuela, hast du dir das wirklich gut überlegt? Willst du es wirklich?«, fragte ihre Friseurin Jennifer, während sie mit den Händen durch die langen Haare fuhr. Die Bewegung ihrer Mähne trieb Manuela die typische Mischung von Parfüm und Chemie eines Friseursalons in die Nase. Mit zusammengepressten Lippen beobachtete sie im Spiegel, wie ihre Haarpracht einmal auseinandergefächert wurde und wieder aus Jennifers Fingern floss.

Manuela atmete einmal tief durch. »Ja, hab ich. Es soll das äußere Zeichen eines ganz neuen Lebens sein. Deswegen möchte ich auch, dass du mich Ela oder Manu nennst. Lieber Ela. Ich kann meinen Namen schon lange nicht mehr hören. Du weißt ja, wir Frauen verändern immer gerne unsere Frisur, wenn wir unser Leben verändern.«

»Und ihren Namen, wenn sie es wirklich ernst meinen«, erwiderte Jennifer. »Aber was können diese wundervollen Haare dafür? Wenn ich sie dir jetzt so kurz schneide, wie du möchtest, werden sie sich nur schwer bändigen lassen. Die Naturkrause wird sich durchsetzen ... spätestens, wenn das Wetter feucht ist.«

»Das ist mir egal, es geht um den Schnitt – ein Einschnitt in mein Leben. Dafür brauche ich eine praktischere Frisur.«

Jennifer seufzte und fasste noch einmal in den wilden Schopf. »Na ja, wenn ich dich nicht überzeugen kann ... Weißt du, die Männer stehen auf solche Mähnen, wie du sie hast. Sieh dir meine dünnen Haare an. Da könnte ich nur mit Extensions etwas machen, aber die kann ich mir nicht leisten«, murmelte sie, während sie die Deckhaare hochsteckte.

»Genau, die Männer stehen drauf.«

»Willst du damit sagen, du willst den Männern nicht mehr gefallen?«

»Ich will mich nicht mehr verbiegen, um ihnen zu gefallen. Das sind die Männer gar nicht wert.«

Jennifer schüttelte verständnislos den Kopf. »Also ... ich finde, das kann man doch nicht so pauschal sagen.«

»Also, meine Erfahrungen sprechen da für sich. Punkt. Und jetzt ab damit. Wenn sie sich wirklich nicht bändigen lassen, werde ich sie mir abscheren.«

Jennifer schnappte nach Luft und schüttelte noch mal mit dem Kopf, als sie das Waschbecken heranzog.

Ela hätte ihr von den Momenten erzählen können, in denen die Männer die Kontrolle über sich verloren und sie so heftig an den Haaren gezogen hatten, dass sie Büschel davon in den Händen gehalten hatten. Die Zeiten waren jetzt vorbei. Außerdem würde sie mit kurzen Haaren viel selbstbewusster wirken.

Ela schloss die Augen und genoss die angenehmen Berührungen der Haarwäsche.

Sie sah über den Spiegel, wie die ersten Strähnen zu Boden fielen. Jennifer wirkte fast so, als hätte sie bei ihrer Arbeit körperliche Schmerzen. Auch sie hätte nicht erwartet, dass sie der Abschied von ihrer Haarpracht so bewegen würde.

Ela kam es vor, als würde sie mit jeder Strähne ein Stück ihrer Vergangenheit von ihr abfallen. Ab mit den alten Zöpfen, rein in ein neues Leben. Ab heute würde sie jedem, der ihr schräg kam, einen Vogel zeigen. Sie malte sich sogar das dumme Gesicht von Dario aus, wenn er die Nachricht erhielt, dass sie kündigte.

Ela entließ auf dem Friseurstuhl einen amüsierten Laut.

Jennifer schaute von ihrer Arbeit hoch. »Alles in Ordnung?«, fragte sie.

»Ja, alles in Ordnung«, antwortete Ela und lächelte.

Während Jennifer schnitt, ließ sie ihr ganzes Leben noch einmal Revue passieren. Die vielen Unsicherheiten, die ganzen Gemeinheiten. Sie hatte sich viel zu viel gefallen lassen. Ab jetzt nicht mehr.

»Alles Okay? Ist alles bequem so?«, fragte Jennifer.

»Ja, alles Okay. Ich musste mich nur mal etwas anders hinsetzen«, beruhigte Ela sie.

»Du musst still sitzen, sonst verschneide ich mich«, tadelte Jennifer.

»Entschuldige, ich musste gerade an was denken«, antwortete Ela.

Es war gut, als Jennifer mit dem Föhnen anfing, denn so musste sie sich keine weiteren Fragen mehr anhören.

Ela bekam einen gehörigen Schrecken, als sie den Friseursalon verließ. Mario stand mit einem Porsche direkt davor. Durch die heruntergelassene Scheibe sah er sie böse an. Ihre Knie wurden weich, Blut wich aus ihrem Kopf. Plötzlich war es mit dem neuen Selbstbewusstsein nicht mehr weit her.

»Einsteigen!«, herrschte er sie an.

Ela zuckte zusammen und schüttelte den Kopf. Hier in der Öffentlichkeit, vor der großen Scheibe des Friseursalons, war sie sicherer als in seinem Auto.

»Woher weißt du, wo ich bin?«, krächzte sie heiser.

»Ich überlasse nichts dem Zufall. Steig ein, wir müssen reden«, erwiderte er scharf.

»Nein, das werde ich nicht tun!«, antwortete sie trotzig. »Du machst mir keine Angst.«

»Du bist mir etwas schuldig.«

»Ich bin dir gar nichts schuldig. Ich werde nicht tun, was du verlangst, denn ich glaube dir kein Wort mehr! Deine Märchen kannst du einer anderen erzählen ... oder besser gar nicht mehr.«

»Das ist aber ziemlich dumm von dir«, kam es hinterhältig aus dem Wagen.

Das fand Ela gar nicht. Sie sagte aber nichts. Das Gespräch stoppte kurz, weil ein Passant vorüberging.

»Also komm, steig ein, ich fahre dich zur Arbeit. Wenn du jetzt kommst, fällt die Strafe für die eigenmächtige Änderung der Frisur milder aus.«

»Ich geh da nicht mehr hin. Du kannst mich nicht zwingen.«

»Nein, das kann ich nicht. Aber glaube mir, es wäre klüger von dir.«

»Was willst du denn tun? Ich habe nichts gemacht.«

»Du hast meine Zeit gestohlen, du zickige Schlampe.«

»Siehst du, endlich hast du mein wahres Wesen erkannt. Mehr kann ich dir nicht bieten. Die Kunden wären nicht zufrieden mit mir, denn die verlangen doch vollen Einsatz. Ich bin nicht für das geeignet, was du von mir forderst.« Ela wunderte sich gerade über sich selber. Noch vor ein paar Tagen hätte sie nicht gedacht, dass ihr jemals solche Worte über die Lippen kommen würden. Die Angst verlieh ihr Flügel und setzte nie erwartete Kräfte frei.

»Wie du meinst. Dann werden aber alle davon erfahren, wer du wirklich bist«, grummelte er böse.

Ela lief ein eisiger Schauer den Rücken hinunter. »Wie meinst du das?«

»Ich hab dir ja gesagt, ich überlasse nichts dem Zufall. So, wie ich dein Handy getrackt habe, habe ich natürlich auch nette Aufnahmen von deiner Ausbildung. Man muss schließlich auf alles vorbereitet sein. Solche Filmchen werden gut gehandelt im Internet. Ich hoffe nur, dass dich keiner erkennt. Dann würde es hier schnell rumgehen, dass du nichts weiter als eine Schlampe bist.«

Natürlich spielte er mit ihren Ängsten. Was sonst. Ela versuchte, cool zu bleiben und sich nichts anmerken zu lassen. »Dich darf aber auch keiner erkennen, nicht wahr?«

Mario lächelte mitleidig. »Das ist nicht dein Ernst, oder? Das ist doch schnell verpixelt. Vorschlag zur Güte, du stellst deine Tochter zur Verfügung.«

Das war zu viel!

Unbändige Wut kochte hoch und alle Unsicherheit fiel von Ela ab. »Ich geh zur Polizei. Verschwinde!«, schrie sie laut. Ein Glück, dass gerade keiner auf der Straße war. Aber dass Mario jetzt anfing, sie mit Lina zu erpressen, war kriminell.

»Wage es ja nicht, die Polizei einzuschalten! Oder liegt dir nichts an deinem Leben?!«, zischte er mit kaltem Blick.

Ela wurde schwindelig. Sie taumelte ein paar Schritte zurück.

»Alles in Ordnung? Belästigt dich der Typ?« Jennifer steckte den Kopf aus der Ladentür.

Ela und Mario wechselten eisige Blicke. »Ja, alles in Ordnung. Mario wollte sich gerade verpissen, weil er weiß, dass ich sonst zur Polizei gehe.«

»Soll ich die Polizei rufen?«

Marios Gesicht war rot angelaufen und er schloss die Autoscheibe. Er ließ den Motor kräftig aufheulen, bevor er mit quietschenden Reifen losfuhr.

»Puh! War das der Grund für deine neue Frisur? Was für ein fieser Typ.«

Ela nickte. »Mehr als fies. Aber nicht nur er ist der Grund. Es wird Zeit, mein Leben selbst in die Hand zu nehmen und den Scheißtypen die Stirn zu bieten.«

Jennifer kicherte. »Mit dem Pixie Cut hast du das ja im wahrsten Sinne des Wortes. Komm rein, trink einen Kaffee mit mir.«

»Das ist lieb, aber nein, danke. Ich bin mit meinen Freundinnen schon auf einen Kaffee verabredet. Vielleicht ein anderes Mal«, log sie. Sie hatte gar nicht vor, zu dem Treffen mit ihren Freundinnen zu gehen. Jetzt nicht mehr.

»Okay, wie du willst. Nächstes Mal wäre schön«, erwiderte Jennifer schulterzuckend.

Niemand sollte sehen, wie Ela zitterte, als sie mit konzentrierten Schritten zu ihrem Auto ging. Mario hatte ihr gedroht und es klang nicht so, als hätte er einen Spaß gemacht.

Fürchterliche Angst beschlich sie, dass das Video über ihre ›Ausbildung‹ durchs Netz gehen würde. War es erst einmal im Umlauf, würde es praktisch nicht wieder einzufangen sein. Als Prostituierte aufzufliegen, war da auch nicht viel schlimmer. Und dass Mario skrupellos genug war, seine Drohung in die Tat umzusetzen, daran hatte sie keinen Zweifel. Mittlerweile würde sie ihm sogar zutrauen, ihrer Tochter etwas anzutun. Gott sei Dank war sie praktisch immer unter Aufsicht.

Sie würde vorerst nicht zur Polizei gehen, um ihn nicht zu provozieren. Aber ob das richtig war?

Wenn ihr etwas passierte, brauchte sie jemanden, der sich über die Großeltern hinaus um Lina kümmerte.

Bevor sie den Wagen startete, schaltete sie das Handy aus. Sie wusste nicht, ob es etwas nützte und das Handy vielleicht trotzdem geortet werden konnte. Deshalb hielt sie am nächsten Mülleimer an und warf das Smartphone hinein.

Ela war auf dem Weg zu Karl. Es war wohl an der Zeit, dass Lina ihn kennenlernte. Bevor sie aber tatsächlich ihre Tochter mit ihrem Erzeuger konfrontierte, musste sie erst einmal die Lage sondieren. Schließlich war inzwischen viel Zeit vergangen.

Auf der Treppe zu dem Mehrfamilienhaus roch es, wie früher – nach Urin. Ein toller Empfang! Ela sah sich in dem kleinen Aufgang um, bevor sie auf den Klingelknopf drückte. Es war nie besonders gepflegt gewesen, und seit sie weg war, hatte sich daran nichts geändert.

Barsch wurde die Tür aufgerissen.

»Was wollen Sie«, brummte Karl, der seinen massigen Oberkörper mit einem schmuddeligen Shirt bedeckte. Ela musste zweimal hinsehen, denn er hatte kräftig zugenommen und das Gesicht war aufgeschwemmt. Aus der Wohnung drang ein sehr merkwürdiger Geruch, der auf keinen Fall von einem Putzmittel herrührte.

»Karl?«, fragte sie ungläubig, als wollte sie sich versichern, dass er es auch wirklich war.

»Kennen wir uns?«, brummte er, dann fing es in seinem Kopf sichtlich an zu rattern.

»Wer ist da?!«, keifte es mit schriller Frauenstimme. Karl zuckte zusammen und eine ältere, schlampig wirkende Frau erschien im Hintergrund. Sie hatte einen harten Zug um den Mund.

Ela grinste in sich hinein, da hatte Karl offensichtlich seine Meisterin gefunden. Ob er mit ihr auch Erotikputzen veranstaltete?

»Hallo«, grüßte Ela und setzte ein unverbindliches Lächeln auf.

Karl rieb sich über den ungepflegten Bart, dann schien ihm ein Licht aufzugehen. »Manu?«

»Was wollen Sie?«, blaffte die fremde Frau.

»Ach nichts!«, erwiderte Ela, die ihr Grinsen kaum noch verbergen konnte. »Hat sich erledigt.«

So einen Vater würde sie Lina bestimmt nicht präsentieren. Ela drehte sich um und wollte gehen. Sie musste jemand anderen finden. Vielleicht eine ihrer Freundinnen. Die würden staunen, wenn sie die Geschichte hörten.

»Warte Manu«, rief Karl ihr hinterher. Er ergriff die Wohnungsschlüssel und ließ er die Tür hinter sich ins Schloss fallen. Kurz darauf öffnete sie sich wieder.

»Kannst du mir mal sagen, was hier gespielt wird!?«, fuhr die unbekannte Frau Karl an.

»Sag mal, geht's noch? Ich möchte kurz allein mit ihr sprechen. Das siehst du doch!«, maulte Karl ungeduldig.

Immerhin, ein kleiner Rest seiner Eier schien noch da zu sein.

»Wer sind Sie überhaupt?«, fragte die Frau sie zickig.

»Lass sie in Ruhe! Erklär ich dir nachher!«, lenkte Karl ein.

War das noch derselbe Karl von früher?

Dass er sich von so einem Biest so anfahren ließ, hätte Ela ihm nie zugetraut. Zugegeben, sie selbst hätte früher so etwas nie gewagt. Vielleicht stand er da drauf und konnte nur energische Frauen ernst nehmen. Ela grinste. Dann hätte sie ihm nie geben können, was er brauchte.

»Hoffentlich! Darum möchte ich doch stark bitten!«, zeterte die Frau und schloss unwirsch die Tür. Karl sog scharf die Luft ein, schüttelte die Hand, als ob er sich verbrannt hätte, und lächelte entschuldigend.

Das war definitiv nicht der Karl, den Ela von damals kannte.

»Komm schon, sag, was du wolltest«, raunte er. »Du tauchst hier doch nicht nach all den Jahren auf, wenn nichts wäre.«

»Ich dachte, du kannst mir helfen ... kannst du aber nicht.«

»Wie soll ich dir helfen?«

»Ist nicht mehr wichtig.«

»Hat es was mit Lina zu tun?« Karl packte sie am Arm, um Ela am Weggehen zu hindern.

»Woher weißt du, wie sie heißt?«

Karl biss sich auf die Lippen.

»Du hast mir hinterherspioniert?«, erkannte Ela. »Warum?«

»Weil ich das Gefühl hatte, einen Fehler gemacht zu haben«, flüsterte er.

»Sag das noch mal ... lauter«, forderte Ela.

»Das kann ich nicht, der Flur ist zu hellhörig.«

»Warum hast du dich dann nicht gemeldet?«

»Ich habe mich geschämt, wie ich mich damals benommen habe ... und ... Anke weiß nichts davon.«

»Und ... Du hättest womöglich zahlen müssen.«

»Quatsch.«

»Tatsächlich?«

»Na ja. Aber Tatsache ist, dass ich meinen Fehler eingesehen habe«, brummte Karl. »Wie geht es ihr?«

»Weißt du das nicht?«

»Nicht mehr, seit sie mich mal am Kindergarten erwischt haben, wie ich sie fotografiert habe.«

»Ach, du warst der mutmaßliche Perverse? Oh Mann, Karl!«

»Pssst! Mensch!«

»Es geht ihr gut ... soweit«, flüsterte Ela. »Sie möchte dich natürlich kennenlernen.«

»Wolltest du das fragen?«

»Ja, aber erst mal muss ja wohl deine – Freundin? – davon erfahren.«

»Ja, du hast recht. Ich sollte es meiner Frau erzählen.«

»Du bist verheiratet? Ich fass es nicht!«, lachte Ela.

»Pssst!«

»Ist das auch ein Geheimnis? Okay, bei Gelegenheit kannst du sie ja mal treffen. Sie braucht gerade einen Vater. Eine männliche Figur in ihrem Leben, die sich um sie kümmert.«

»Das wäre schön«, antwortete Karl gerührt. »Du kannst auf mich zählen.«

»Aber bitte nicht so, wie du jetzt aussiehst, sondern geduscht und rasiert.«

»Bestimmt. Versprochen. Was mag sie so? Was soll ich ihr mitbringen?«

»Fußball, sie liebt Fußball. Du kannst ihr einen mitbringen.«

Karl nickte eifrig und bekam feuchte Augen. Ela musste schlucken.

»Du Karl ...«

»Ja?«

»Versprichst du mir was?«

»Kommt drauf an.«

»Wenn mir etwas zustößt, kümmerst du dich dann um deine Tochter?«

»Warum sollte dir etwas zustoßen?«

»Man kann ja nie wissen. Ich könnte schon morgen einen Unfall haben.«

»Hör mal! Du kannst mir doch nichts vormachen. Da stimmt doch was nicht.«

»Du irrst dich, es ist alles in Ordnung. Also, versprichst du mir das?«

»Ja klar, okay. Aber du sagst mir, wenn ich dir helfen kann, ja?«

Einen Moment war Ela versucht, Karl einzuweihen. Sie seufzte. Nein, das hatte keinen Sinn.

»Ja, versprochen«, versicherte sie. »Lass uns die Handynummern tauschen.«

Ela suchte in der Handtasche nach ihrem Handy. Wenn sie jetzt ihre Mutter fragte, ob sie Lina abholte, würde sie es noch rechtzeitig zum Treffen mit ihren Freundinnen in der Eisdiele schaffen.

Mist! Sie hatte ihr Handy ja gerade entsorgt!

Jetzt musste sie Lina selbst abholen. Trotzdem hatte sie sich inzwischen entschieden, ihre Freundinnen doch zu sehen. Sie brauchte ein Stück Normalität, um ihre Ängste zu bewältigen. Und sie musste sowieso in die Stadt, um sich ein neues Handy zu besorgen.

»Warte, ich habe mein altes Handy vergessen und wollte eh gerade ein neues besorgen. Schreib mir deine Nummer auf, ich schicke dir meine neue Nummer, sobald ich wieder zu Hause bin«, sagte sie nervös.

Während Karl Zettel und Stift von ihr entgegennahm, sah er sie skeptisch an. Mit ernstem Gesicht notierte er die Nummer und gab sie Ela, die sie angestrengt lächelnd entgegennahm.

Kapitel 16 Bedrohlich

»Mama, was ist denn mit deinen Haaren? Wo sind die?«, wurde Ela von Lina, gleich beim Einsteigen ins Auto, begrüßt.

»Hallo, Lina«, erwiderte Ela unbeeindruckt. »Die habe ich abgeschnitten. Oder was hast du gedacht?«

»Ähm ... ja. Seh ich. Aber warum hast du das gemacht?«

»Das lange Haar hat morgens beim Waschen immer so viel Zeit benötigt und die werde ich jetzt nicht mehr haben.«

Lina krauste ihre Stupsnase. »Warum?«

»Weil ich demnächst studieren will.«

»Cool Mama! Was willst du denn studieren?«, fragte Lina aufgeregt.

»Sozialarbeit. Ich will anderen Menschen helfen«, erwiderte Ela erleichtert.

»Wow ja, echt cool. Da verdient man gut, oder?«

»Ja, genau«, antwortete Ela. Wenn sie schon die Mühen eines Studiums auf sich nahm, dann wollte sie die Früchte auch ernten. »Ich will endlich genug Geld verdienen, damit ich bei deinen Großeltern ausziehen kann.«

»Nein!«, rief Lina erschreckt. »Ich will bei Oma und Opa nicht ausziehen.«

»Klar, versteh ich. Noch ist es ja auch nicht so weit. Es wird noch ein paar Jahre dauern. Wahrscheinlich siehst du es dann schon ganz anders.«

»Nein, das werde ich nie anders sehen!«, antwortete ihre Tochter bestimmt, verschränkte die Arme und wandte sich beleidigt ab.

Ela seufzte. Sie hatte nicht erwartet, dass es leicht werden würde. Aber wenn sie jetzt nicht den Absprung fand, würde sie ihn womöglich nie finden.

Als sie zu Hause eintraf, stand Marios Porsche auf der gegenüberliegenden Straßenseite. Ela war im Panikmodus. Er beobachtete sie schon wieder durch die heruntergelassene Scheibe. Seine Finger formten ein V und zeigten abwechselnd auf seine Augen und auf sie. Gott sei Dank bekam Lina nichts davon mit. Ela ging so normal wie möglich mit ihr ins Haus.

»Hallo! Da sind wir wieder!«, rief sie, während sie überlegte, wie sie mit der Situation umgehen sollte. Wollte sie nicht den Arschlöchern die Stirn bieten? Das galt doch auch für ihre Angst. Sie durfte sich nicht von Mario unterkriegen lassen.

Trotzdem war es wohl besser, die Füße stillzuhalten. Der Gang zur Polizei könnte nach hinten losgehen. Was hatte Mario außer dem Video in der Hand? Wenn er aufflog, war es für ihn sicher schlimmer. Jemanden zu Prostitution zu zwingen, war eine Straftat, das wusste sogar sie. Wahrscheinlich war die Angst vor Strafe der Hauptgrund für seine Gemeinheiten. Aber es war mit Sicherheit nicht gut, wenn Mario ihre Angst bemerkte.

»Hallo!«, antwortete ihre Mutter. Doch als sie ihre Tochter sah, schlug sie die Hände an die

Wangen. »Kind! Was hast du mit deinen Haaren gemacht?!«

Ela war innerlich schon auf diese Reaktion vorbereitet, denn ihre Mutter hatte selbst nur sehr feines Haar und war immer neidisch auf ihre Mähne gewesen.

»Hmmm, was wohl?«, erwiderte sie und rieb sich nachdenklich am Kinn. »Was denkst du?«, fragte sie augenzwinkernd.

Ihre Mutter war immer noch entsetzt. »Warum hast du das gemacht?«

»Weil es praktischer ist.«

»Die schönen Haare. Alle weg, nur weil es praktischer ist?«

»Erkläre ich dir später genauer, jetzt möchte ich weg.«

»Wo willst du denn hin?«

»Ich möchte mich noch mit meinen Freundinnen in der Eisdiele treffen, wenn du nichts dagegen hast.«

»Willst du nichts essen?«

»Nein, das Eis hat Kalorien genug.«

»Tatsächlich? Oder hat das was mit dem jungen Mann in dem Porsche zu tun, der schon einige Zeit auf der anderen Straßenseite steht?«, fragte Simone grinsend.

»Nein!«, fauchte Ela.

Die Mutter zuckte zusammen.

Ela war selbst überrascht, wie barsch es ihr über die Lippen gekommen war. Gut daran war jedoch, dass ihre Mutter nicht weiter fragte.

»Du musst unbedingt dein Handy laden, ich habe dich nicht erreichen können«, warf ihr Simone hinterher, als sie schon in der Tür stand.

»Das ist mir runtergefallen, kaputt. Ich hab's schon weggeworfen und will mir gleich ein neues holen.«

Mist! Warum hatte sie es nicht vor dem Wegwerfen kaputtgemacht?

»Hast du die Karte rausgeholt?«, erkundigte sich die Mutter.

»Nein, vergessen, weil ich mich so geärgert habe«, redete sie sich heraus.

Verdammt! Sie hätte die Karte rausnehmen müssen!

»Ich bin schon weg, Handy besorgen.« Sie musste das Smartphone unbedingt noch einmal aus dem Abfall fischen.

Sie konnte die skeptischen Blicke ihrer Mutter spüren, als sie das Haus verließ.

Hinter dem Scheibenwischer ihres Autos klebte ein Umschlag. Ela nahm ihn neugierig in die Hand. Ihr Herz schlug bis zum Hals, als sie ihn öffnete, und erschrak. Der Brief war geschrieben wie ein Erpresserbrief – mit aufgeklebten Buchstaben. Es verschlug ihr den Atem, als sie ihn las:

Wie du siehst, ich finde dich, auch wenn du dein Handy wegwirfst. Zu keinem ein Wort, denn: Kinderpornos mit so süßen kleinen Mädchen, wie deine Tochter sind im Darknet der Renner.

Ela wurde heiß und kalt, sie hatte das Gefühl, gleich in Ohnmacht zu fallen. Nach dem Handy brauchte sie jetzt nicht mehr zu suchen. Wenn Mario wusste, dass sie es weggeworfen hatte, dann war es sicher in seinen Händen. Ela betete, dass er damit kein Schindluder trieb.

Nervös sah sie vom Brief auf und zu dem Porsche hinüber, der die Scheiben wieder hochgefahren hatte. Er startete und fuhr davon.

Die Einschüchterung war ihm gelungen!

Aber Ela wollte es für Mario nicht zu offensichtlich machen. Darauf wartete er doch nur! Wütend zerknüllte sie den Brief und warf ihn in die Büsche. Dann holte sie ihn wieder hervor, denn er durfte auf keinem Fall ihren Eltern in die Hände fallen, deshalb steckte sie ihn in die Jeanstasche. Zitternd startete sie den Wagen und fuhr Richtung Stadt.

Die Eisdiele war überfüllt. Es dauerte etwas, bis Ela ihre Freundinnen erblickte. Sie saßen vor halb vollen Eisbechern und unterhielten sich angeregt.

Ela bestellte bei der Kellnerin ein Spaghettieis, bevor sie sich zu ihnen setzte.

»Hallo ihr Süßen, tut mir leid, dass ich mal wieder zu spät bin, aber der Friseur hat länger gebraucht, als ich gedacht habe.«

»Warum hast du deine Haare abgeschnitten?«, war die erste Frage von Karina.

»Weil es praktischer ist. Es ist auch ein Zeichen meines neuen Lebensabschnittes.«

»Und was daran wird jetzt neu?«, erkundigte sich Lea.

»Ich werde von mir gleich Fotos machen lassen und mich dann bei der Uni anmelden. Für soziale Arbeit.«

»Ich muss den Hut ziehen, dass du das jetzt doch noch in Angriff nimmst«, meinte Frauke.

»Endlich nutzt du dein Potenzial«, meinte Karina.

»Willst du weiterarbeiten?«, fragte Lea.

»Eigentlich schon, aber nicht bei meinem aktuellen Chef.« Ach du je, das mit der Kündigung vom Supermarkt wussten ihre Freundinnen ja auch noch nicht. Die Ereignisse hatten sich nur noch überschlagen. »Ähm ... Chefin meinte ich.«

»Dann willst du im Supermarkt aufhören? Ich dachte, die flexible Arbeitszeit ist so gut?«, überlegte Karina laut.

»Nicht wirklich. Jedenfalls nicht für ein Studium. Außerdem will ich mir nicht alles gefallen lassen. Die Schmidt war in letzter Zeit ganz schön giftig«, erwiderte Ela.

»Recht hast du«, stellte Frauke fest. »Ist etwas Bestimmtes vorgefallen?«

»Lasst uns über was Schöneres reden«, antwortete Ela und betete, dass keine weiteren Fragen gestellt wurden. »Ich bin froh, dass ich hier bin, und für ein paar Stunden mal den ganzen Ärger vergessen kann.«

Sie hatte keine Lust, sich eine Erklärung auszudenken. Sie wollte nur ein paar Minuten durchatmen, bevor es mit Vollgas weiterging. Niemand würde sie jetzt noch aufhalten.

»Warum so geheimnisvoll? Du kannst uns doch alles erzählen«, bohrte Lea nach.

»Will sie aber nicht ... Merkt ihr das nicht?«, verteidigte Frauke Ela.

»Manchmal könnte man denken, du verbirgst etwas vor uns«, setzte Karina nach.

Bingo! Sie hatte den Freundinnen zwar mal etwas von einer wilden Zeit erzählt, aber für die ganze Wahrheit fehlte ihr der Mut. Zu groß war die Angst vor Vorurteilen und offener Verachtung. Was, wenn sich ihre Freundinnen von ihr abwendeten? So prickelnd ein dominanter Mann im Bett auch war, bis ins Privatleben durfte sich das nicht ziehen. Nicht hier, in ihrem Ort, wo alles so schön blitzsauber war.

»Es ist nichts weiter ... so allgemein ... das Betriebsklima. Ich hab doch schon öfter darüber gestöhnt«, versuchte Ela abzuwiegeln.

»Ist ja schon gut. Wir hören ja schon auf«, beschwichtigte Lea.

»Ihr könnt mir einen Gefallen tun und euch umhören. Wenn irgendwo eine studentenfreundliche Arbeit frei ist ...«

»Klar, machen wir«, versprach Frauke.

»Also mehr so Aushilfsjobs ... Abends ... Kellnern, oder so«, ergänzte Ela.

»Versteht sich von selbst«, meinte Lea.

»Es wird nicht leicht werden, was zu finden«, wandte Karina ein.

»Was soll das denn jetzt?«, fragte Frauke und warf ihr einen giftigen Blick zu.

»Ich bin nur realistisch«, verteidigte sich Karina.

»Möglicherweise. Aber Hürden sind dazu da, genommen zu werden«, entgegnete Frauke.

»Es wird schon klappen ... es muss ... sich etwas ändern«, sagte Ela leise.

»Genau. Und irgendwann findest du auch einen passenden Mann«, beruhigte Lea sie. »Hat bei mir auch gedauert«, ergänzte sie augenzwinkernd.

Ela seufzte. »Können wir uns jetzt mal über etwas anderes unterhalten?«

»Okay. Wer von euch hat schon die Verfilmung von Die *Mafia-Familie* gesehen?«, versuchte Karina, auf Elas Wünsche einzugehen.

»Kein Bedarf«, erklärte Frauke. »So ein Blödsinn von einem schmachtenden Mafiaboss ... Also ich weiß nicht, auf mich wirkt das wie dummes Zeug.«

»Wieso ist das dummes Zeug?«, fragte Lea. »Das finde ich gar nicht.«

»Weil ich mir nicht vorstellen kann, dass es romantische Mörder gibt«, antwortete Frauke. »Und dann dieses dominante Getue. Es ist einfach nicht mein Ding.«

»Warum soll sich ein Mafiaboss nicht verlieben können?«, maulte Lea.

»Ach, du bist nur eine hoffnungslose Kitschnudel«, gab Frauke mit einer abfälligen Handbewegung zurück. »Die Mafia ist eine Verbrecherorganisation.«

»Streitet euch doch nicht gleich!«, lenkte Karina ein. »Also ich hab im Internet gelesen, dass über die Hälfte der Frauen auf diese Alphamänner steht. Die genauen Zahlen sind da nicht ganz klar, aber es sind mindestens fünfzig Prozent. Das heißt also, dass so ein Typ theoretisch bei zweien von uns ein Kribbeln auslöst. Damit haben Lea und meine Wenigkeit der Statistik schon Genüge getan. Außerdem ist der Film Unterhaltung, keine Realität.«

»Was du alles so recherchierst, da muss ich mich doch sehr wundern«, warf Frauke ein.

»Wieso, weil ich darüber rede?«, fragte Karina schulterzuckend.

»Hey! Nicht so laut!«, fauchte Lea und sah sich gehetzt um.

Ein grinsender Kellner entfernte sich vom Nebentisch.

»Du bist doch selbst so laut. Du brauchst dich doch nicht dafür zu schämen.«

Ela folgte der Unterhaltung nur mit halbem Ohr und trug nichts dazu bei. Dabei hätte sie doch auf fünfundsiebzig Prozent erhöhen können. Sie hatte ganz andere Sorgen.

»Was ist, Manu? Warum bist du so still?«, fragte Karina.

»Ach nichts, ich denke nur, dass das Thema die Gemüter erhitzt ... Wie man sieht. Da muss ich nicht auch noch Öl ins Feuer gießen.«

»Aber es ist doch nichts Schlimmes dabei, wenn man darüber spricht. Ich für meinen Teil könnte ein bisschen mehr Kitzel in meinem Leben gebrauchen. Und weil ich den nicht habe, kann ich ja wohl solche Filme sehen ... oder Bücher lesen«, verteidigte sich Karina.

»Auf jeden Fall ist es keinen Streit wert«, versuchte Frauke zu schlichten. »Am Erfolg ist sicher die Liebesgeschichte nicht unbeteiligt. Jeder sucht doch nach der großen Liebe. Also bedient dieses Buch nur einen Traum.«

»Stimmt irgendwie, ich war auch enttäuscht vom Film. Die ganzen Gefühle, die im Roman beschrieben sind, haben die Schauspieler nicht wirklich rübergebracht«, sagte Karina.

»Klar, an Kopfkino kommt ein Film nicht dran – und die Wirklichkeit auch nicht. Nur weil viele Frauen solche Sachen gerne lesen, heißt das noch lange nicht, dass sie das auch in der Realität gut finden … nur mal so bemerkt«, erwähnte Frauke.

»Du kennst dich da anscheinend aus«, sagte Lea und grinste. »Also, wenn Thorsten früher einen auf Macker gemacht hat, dann habe ich ihm immer gesagt: Du weißt ja, wo du Rumbossen darfst – im Bett. Hat er aber nie wirklich hingekriegt, der Saftsack.«

»Aha.« Karina räusperte sich und grinste.

»Was?!«, grummelte Lea.

»Pssst!«, machte Karina provozierend.

»Sehr witzig. Was hast du denn sonst noch für Lebensweisheiten im Internet gefunden?«, stichelte Lea zurück. »Du scheinst dich ja sehr mit dem Thema beschäftigt zu haben.«

»Na ja, ich hab eben viel Langeweile, wenn mein Göttergatte wieder einmal auf Dienstreise ist.«

»Und ich hab ein echtes Interview mit einem ehemaligen Killer gefunden. Der hat sich ganz schön selbst bemitleidet, weil er ins Gefängnis musste. Einfach widerlich, denn er hatte einige Menschen ermordet. Doch er bedauerte sich, weil er doch nur getan hat, was *die Familie* wollte«, warf Frauke mit Gänsefüßchenfingern ein.

»Duuu?!«, kam es im Chor.

»Du recherchierst auch?«, fragte Karina.

»Ja, klar. Nachdem Stephan ausgezogen war, hatte ich viel Langeweile.«

»Krass ist ja schon, dass so viele Frauen auf Alpha-Männer stehen«, meinte Karina.

»Vielleicht, weil Frauen die besten Gene für ihren Nachwuchs haben wollen. Und dafür sind Alpha-Männchen einfach besser geeignet, die können die Bären vertreiben«, erläuterte Lea und grinste. »Ein devoter, gefesselter Mann ist da ja ein Vollversager.«

»Mein Hase sagt immer: Er schnarcht, um die Bären zu vertreiben«, lachte Karina.

»Männer ... Ihre Welt ist beneidenswert einfach«, lachte Frauke.

»Der Kosename sagt ja schon alles«, lästerte Lea grinsend. »Ein Hase, der Bären vertreibt.«

»Vorsicht! Überleg, was du sagst«, drohte Karina scherzhaft. »Was ist mit dir, Manu? Du bist so still. Hast du immer noch keine Meinung dazu?«

»Ich meine, dass ihr langsam euer Eis essen solltet. Es ist schon fast geschmolzen.«

Als Ela wieder auf die Auffahrt zum Haus fuhr, hörte sie nicht nur Lina juchzen, sondern auch Lucas tiefe Stimme. Offensichtlich spielten sie schon wieder Fußball.

»Komm, setz dich zu uns«, bat Simone. Sie saß mit ihrem Mann Hannes auf der Terrasse. Auf dem

Tisch standen ein paar Snacks, die Reste eines Tellers mit geschmierten Broten, vier benutzte Gläser, Limo und eine Flasche Wein. Luca hatte also schon bei ihnen gesessen. Als neuer Nachbar legte er sich ja mächtig ins Zeug.

»Du brauchst noch ein Glas. Hol dir eins, mein Schatz.«

Ela folgte und setzte sich. Während sie ihre Tochter mit Luca beobachtete, schob sie sich ein paar Käsewürfel in den Mund. Lina ließ sich nicht von der Ankunft ihrer Mutter beirren. Geschickt schoss sie den Fußball ins Tor und Luca tat fast glaubwürdig so, als könnte er nichts halten. Zwischendurch grüßte er freundlich zu ihr herüber, sie nickte zurück.

Die beiden Fußballspieler hatten offensichtlich einen Riesenspaß.

»Dann bist du auch mal ein bisschen entlastet, Papa, ja?« Lächelnd sah Ela zu ihren Eltern hinüber, ihr Stiefvater zwinkerte ihr zu.

»Was für ein kinderlieber Nachbar, nicht wahr?«, bemerkte ihre Mutter.

Ela nickte nachsichtig. Simone war mal wieder leicht zu durchschauen. Sie würde wohl nie locker lassen. Ein bisschen verstehen konnte sie sie ja. Welche Mutter wünschte sich nicht für ihre Tochter einen Partner, mit dem sie glücklich war?

Den beiden Sportlern war mittlerweile warm geworden. Luca zog sein T-Shirt aus und hängte es über den Torrahmen. Das Muskelspiel des nackten Oberkörpers ließ Elas Herz schneller schlagen. So ausführlich hatte sie ihn noch nie betrachten können. Sie bewunderte das Tattoo auf dem rechten Schulterblatt, eine Motocross-Maschine. Fuck, war dieser Mann heiß!

Linas Haare hingen mittlerweile strähnig um ihren roten Kopf.

»Wollt ihr nicht mal eine Pause einlegen?«, schlug Ela vor.

»Ja, komm Lina! Einmal durchschnaufen«, ermunterte auch Luca die Kleine und legte seine große Hand auf ihre schmale Schulter.

Lina wischte sich mit ihrem Shirt den Schweiß von der Stirn. »Okay«, murmelte sie und stürmte los.

Als sie beide auf den Tisch zukamen, blieb Ela einen Moment der Mund offen. Über den Jeans, die Luca lässig tief auf den Hüften hing, trug er ein tadelloses Sixpack zur Schau, das hinter der Hecke damals nicht richtig zu sehen gewesen war. Was zur Hölle machte dieser Mann? Nicht nur Motorräder verkaufen, sondern sie wahrscheinlich auch stemmen.

»Ich hoffe, es stört nicht?«, fragte er höflich.

Ela schluckte.

Ihre Mutter nickte angetan. »Aber nein, mein Lieber! Wir sind doch Nachbarn«, säuselte sie.

Luca setzte sich auf den Platz neben Ela und schnappte sich die Wasserflasche. Wie hypnotisiert starrte sie auf den Arm mit den tanzenden Muskeln unter der gebräunten Haut. Zu allem Überfluss wehte auch noch ein Hauch seines Duftes zu ihr herüber. Unauffällig schnupperte sie und kam sich vor wie eine läufige Hündin. Luca brachte sie langsam aber sicher um den Verstand. Leider brauchte sie den mehr denn je.

Deshalb war sie auch nicht in der Lage, sein unwiderstehliches Lächeln zurückzugeben. Die altbekannte Unsicherheit kochte hoch und sie wusste nicht, wohin mit dem Blick. Mein Gott, war sie denn in letzter Zeit gar nicht weiter gekommen? Wie sollte sie ihr Leben kontrollieren, wenn es nur einen ordentlichen Bizeps brauchte, um ihr Höschen hemmungslos feucht werden zu lassen? Am liebsten wäre sie im Boden versunken. Sie wich seinem Blick aus, so gut es ging.

Luca räusperte sich und gewann so wieder ihre Aufmerksamkeit. Schon hatte er sich sein Shirt übergezogen, setzte sich und lächelte verlegen.

»Noch ein Glas Wein?«, fragte Simone.

»Nein danke, ich habe mir morgen freigenommen, weil ich das schöne Wetter nutzen und eine Motorradtour machen will.«

»Ein paar Käsewürfel vielleicht?«

Luca schüttelte den Kopf. »Ich glaube, Ciro kocht gerade für uns.«

»Na dann«, antwortete Elas Mutter enttäuscht.

»Ich nehme gerne noch ein Wasser«, lenkte Luca ein.

»Bedien' dich«, forderte Hannes ihn auf und Luca folgte.

»Ela, warum musste ich eigentlich von deiner Tochter erfahren, dass du jetzt doch studieren willst?«, erkundigte sich Simone unerwartet.

Ela holte tief Luft. »Weil der endgültige Entschluss noch ganz frisch ist. Ich hatte noch keine Zeit, es euch zu erzählen. Ab dem nächsten Semester studiere ich Sozialarbeit«, verkündete sie stolz.

Aus irgendeinem Grund verschluckte sich Luca und lenkte die Aufmerksamkeit wieder auf seine Person.

»Kind, warum hast du nicht mit uns darüber geredet?«, kam die Mutter schnell zum Thema zurück.

Ela zuckte mit den Schultern. »Weil es meine Entscheidung ist?«

»Was ist mit deiner Arbeit?«, fragte Hannes.

»Das hat mit zum Entschluss beigetragen. Ich will da nicht mehr hin.«

»Ab wann hast du gekündigt?«

»Sofort.«

Simones Gesicht hellte sich auf. »Na, das sind ja mal nette Überraschungen.«

»Ja, nicht wahr?«

»Aber bist du dir denn sicher, dass es der richtige Studiengang für dich ist? Ich dachte immer, BWL passt zu dir«, sinnierte Simone.

»Bombensicher.«

»Dann hast du ja frei«, freute sich Lina.

»Stimmt. Aber deine Ferien sind ja leider schon vorbei, sonst könnten wir jetzt jeden Tag etwas unternehmen, bis das Studium anfängt.«

»Boah, wie blöd«, maulte Lina.

»Nach der Schule geht es doch immer noch«, tröstete Ela, lächelte nachsichtig, und tätschelte ihrer Tochter die Schulter.

Diese nickte trotzdem enttäuscht.

»Ich werde jetzt wohl viel mehr Zeit für dich haben, Semesterferien sind länger als Urlaub von der Arbeit. Und kellnern werde ich wohl eher abends.«

Auf Linas Gesicht erschien ein Lächeln. »Okay.«

»Vielleicht hast du dann Lust, morgen mit mir auf Tour zu kommen?«, warf Luca plötzlich ein.

»Ich?«, fragte Ela.

Luca nickte.

»Ich weiß nicht.«

»Ich würde mich sehr darüber freuen. Es ist blöd, allein zu fahren, aber tagsüber hat keiner meiner Freunde Zeit, und einer von uns Brüdern muss im Laden sein.«

Ela schwankte.

»Ich kann Lina von der Schule holen«, bot Simone eifrig an.

Warum hatte Ela das nicht anders erwartet?

»Bist du schon mal gefahren? Du wirst sehen, es ist die ultimative Freiheit«, schwärmte Luca.

Freiheit, das konnte Ela gerade gut gebrauchen. Flucht vor den Sorgen. So ein Kerl wie Luca bot Schutz. Es zog sie unwiderstehlich in seine Nähe, aber es war ein Spiel mit dem Feuer. Trotzdem, irgendwie musste sie sich von ihren Ängsten ablenken, sonst würden sie sie zermürben. Da kam ein solcher Ausflug gerade recht.

»Es macht dir Spaß, bestimmt«, lockte Luca.

»Na schön.«

Kapitel 17 Die ultimative Freiheit

»Hier Ela, nimm die hier, ich denke, die passt«, sagte Luca und warf ihr eine Lederjacke zu. »Einen Helm habe ich auch hier. Schau mal, ob er sitzt.«

Luca sah sie liebevoll an, sie lächelte dankbar zurück. Er liebte ihren Blick, er ging direkt in sein Herz.

Ela zog die Schutzkleidung an. »Ja, passt alles«, antwortete sie.

»Bist du schon mal Motorrad gefahren?«

Sie schüttelte den Kopf.

»Du musst dich ganz dicht an mich setzen und jede Bewegung mitmachen. Am besten legst du die Arme um mich. Ich werde mich in die Kurven legen, dann musst du mitgehen. Du darfst auf keinen Fall eine gegenläufige Bewegung machen, sonst stürzen wir.«

Luca musterte sie, während er das sagte. Ela stand schweigend da und wusste anscheinend nicht, was sie davon halten sollte.

»Es braucht ein bisschen Vertrauen. Aber keine Angst, wenn ich Beifahrer habe, bin ich immer besonders vorsichtig. Am Anfang werde ich ganz langsam in die Kurven gehen. Du wirst schon noch sehen, es wird dir mit der Zeit Spaß machen.«

Ela nickte und sagte immer noch kein Wort. Luca wurde nervös. Er konnte mit so viel Zurückhaltung nichts anfangen. Warum war da auf einmal diese unsichtbare Wand? War er zu forsch vorgegangen? Doch dann wäre sie wohl kaum mitgefahren. Hoffentlich war sie am Ziel aufgeschlossener, damit er ein wenig von ihr erfuhr.

Er vermutete, dass etwas geschehen war, das sie wahrscheinlich nicht verraten durfte. Vielleicht hatte Mario sie einem Freier zugeführt und sie hatte kalte Füße bekommen. Warum sonst wollte sie auf einmal studieren? Er musste es unbedingt herausfinden.

»Wir fahren erst ein bisschen auf der Straße, dann in den Wald. Ich kenne dort eine schöne Stelle am Bach. Da können wir dann unsere Füße kühlen, oder richtig baden – je nachdem.«

Ela nickte.

»Bereit? Dann starte ich mal, danach kannst du aufsteigen«, erklärte Luca. »Füße hier auf die Stützen.«

Sie folgte seiner Anweisung.

Luca wurde kribbelig, weil sie immer noch nichts sagte. Wie versprochen fuhr er, als hätte er ein rohes Ei auf dem Beifahrersitz. Er liebte das vertraute Vibrieren des Motorrades, das gab ihm ein Gefühl der Entspannung. Und dass Ela sich so eng an ihn schmiegte, fühlte sich verdammt gut an.

Das überraschte ihn, denn bisher hatte er immer geglaubt, dass das Motorrad seine wahre Liebe wäre, mit der er lieber allein Zeit verbrachte.

Bisher hatte er nur einer Frau erlaubt, mitzufahren – und das war lange her. Damals hatte es Luca den Boden unter den Füßen weggerissen, als er erfuhr, dass seine erste große Liebe ihn monatelang betrogen hatte. Sie hätte ihn nicht enttäuschen und Schluss machen wollen, hatte

Jessica damals behauptet. Doch er hatte erkennen müssen, dass sie ihn nur ausgenutzt hatte. Seither war er allen Frauen gegenüber misstrauisch und hatte nie wieder eine in sein Herz gelassen.

Die Tour ging ins Bergische. Am Wald angekommen verließen sie die befestigte Straße. Ela schien inzwischen Vertrauen gefasst zu haben, deshalb fuhr er zügiger über die Waldwege. Offroad, das war das ultimative Gefühl der Freiheit. Ganz seiner Intuition folgend bahnte er sich den Weg über Stock und Stein durch das Gelände. Ela schien Teil dieser Passion zu sein, fühlte es sich doch an, als wären sie beide aus einem Guss.

Von Glücksgefühlen berauscht, erreichten sie ihr Ziel und stiegen ab. Ein paar Wildenten flogen hoch, als sie zum Wasser kamen. Vor ihnen breitete sich eine kleine Wiesenfläche an einem Bach aus. Malerisch spiegelten sich die Sonnenstrahlen auf der Wasseroberfläche, begleitet von beruhigendem Rauschen.

Luca lächelte zufrieden, als Ela ihren Helm abnahm und eine gelöste, strahlende Frau zum Vorschein kam. Ihre Augen funkelten, sie hatte ihre Sorgen anscheinend völlig vergessen. Es machte ihn ein klein wenig stolz, dass er das geschafft hatte.

»Siehst du? Es macht den Kopf frei.«

»Aber so was von!«, bestätigte Ela. »Danke! Danke, dass ich mitfahren durfte.«

»Freut mich, dass ich dich ein bisschen vom Alltag entführen kann. Komm, wir machen eine Pause und legen uns ein bisschen in die Sonne«, schlug Luca vor, während er bereits eine Decke aus der Packtasche holte.

»Gute Idee«, bestätigte Ela und breitete sie mit ihm aus.

Wie abgesprochen legten sich beide auf die Seite und sahen sich in die Augen. Elas Iriden waren wunderschön. Groß, dunkelbraun mit goldenen Sprenkeln und darum herum lange, schön geschwungene Wimpern. Hatten sie bisher meist traurig ausgesehen, war jetzt Leuchten in ihnen zu erkennen. Lucas Bauch wurde warm.

»Ich glaube, da habe ich jemanden auf den Geschmack gebracht«, vermutete Luca grinsend.

»Ich liebe es«, betätigte Ela. »Fährst du oft?«

»Wenn Zeit und Wetter es zulassen, jeden Tag. Es ist viel besser zum Entspannen, als vorm Fernseher abzuhängen oder was man sonst noch so alles in seiner Freizeit machen kann.«

»Ja, das stimmt. Das beruhigende Geräusch vom Motor, die Vibrationen, der Fahrtwind, die Landschaft und die Natur, die an einem vorbeiziehen ... das ultimative Freiheitsgefühl«, schwärmte sie.

»Wenn du offroad fährst und irgendwo Pause machst ... dort, wo du ganz für dich sein kannst. Diese Ruhe, nur die Geräusche der Natur ... die ultimative Entspannung«, sinnierte Luca.

»Ja, ich kann dich verstehen«, seufzte Ela. »Solche Pausen sind unbezahlbar.«

»Wie sehen deine Auszeiten aus?«, fragte er.

Ela schloss kurz die Augen und bekam einen unergründlichen Gesichtsausdruck. »Ich hab nur wenig«, antwortete sie schnell. »Wenn, dann kann man die Zeit mit meinen Freundinnen noch am ehesten als Auszeit bezeichnen.«

»Gibt es eigentlich einen Mann in deinem Leben? Du sagtest doch, du bist nicht frei«, wagte er sich an die für ihn entscheidende Frage. Ihm war das Risiko, sie zu verschrecken, bewusst, aber das Thema ergab sich gerade so schön. Vielleicht war das für sie der richtige Moment, ihr Herz auszuschütten.

Ihr »Nein« erleichterte und verwirrte ihn zugleich.

»Aber ich will auch keinen – auf unbestimmte Zeit«, ergänzte Ela abweisend.

Und schon sah er seine Felle davon schwimmen. Der Plan würde nicht funktionieren! Wie sollte er ohne Insider-Informationen die Mörder seines Bruders dingfest machen? Wie ging er das jetzt am besten an? Ihr schmeicheln? Mario würde ihr jetzt sicher schmeicheln.

»Ist was? Alles Okay mit dir?«, riss Ela ihn aus seinen Gedanken.

»Ja, ja klar.« Er rang sich ein Lächeln ab. »Ich wundere mich nur, dass eine so tolle Frau wie du manchmal so traurig aussieht, und frage mich, was für einen Grund es dafür gibt. Vielleicht doch ein Mann?«

»Na ja ... bis vor Kurzem gab es da schon jemanden, aber ... wie soll ich das sagen ... er hat sein wahres Gesicht gezeigt ... und das war eine Fratze. Diese ganzen Lügen ... die Skrupellosigkeit, mit der er seine Ziele verfolgte. Nein, ich hab erst mal die Nase voll. Ich fange ein neues, unabhängiges Leben an.«

Luca nickte. »Hast du dir deswegen die Haare abgeschnitten?«

»Neues Leben, neues Äußeres ... also ja.«

Offensichtlich hatte sie sich von Mario getrennt. Das machte ihm einen gewaltigen Strich durch die Rechnung, aber ... seltsam, er ärgerte sich gar nicht darüber.

»Ja, das Leben läuft nicht immer nach Plan«, murmelte er. Auch wenn seine Chancen schlecht standen, er würde auf jeden Fall alles daran setzen, ihr näherzukommen. Er musste ihr Vertrauen gewinnen, daran ging kein Weg vorbei. Sie hatte vermutlich genug Informationen, mit denen er etwas anfangen könnte. Zumindest war er mit ihr an was dran und er hatte gerade weder Zeit noch Lust, sich eine neue Frau aus dem Dunstkreis der Mafia zu besorgen.

»Was ist mit dir? Gibt es in deinem Leben denn gar keine Frau?«, holte sie ihn abermals aus seinen strategischen Überlegungen.

»Doch, seit Neuestem schon«, verkündete Luca.

Ela wirkte enttäuscht.

»Weißt du, ich bin umgezogen und nebenan wohnt so eine heiße Nachbarin, die ...«

Ihre Mundwinkel zeigten wieder nach oben. »Hey!«, rief sie und stupste ihn. »Habe ich dir nicht gerade gesagt, dass mit mir nichts läuft?«

»Wer sagt, dass das meine Absicht ist? Ich habe mir nur vorgenommen, die Traurigkeit aus deinem Blick zu vertreiben – weiter nichts. So wie jetzt gerade gefällst du mir viel besser als vor der Tour. Vielleicht schaffe ich es ja, dass du deine Enttäuschung in Sachen Liebe noch mal überdenkst.«

»Du bist wohl gar nicht eingebildet«, lachte sie.

»Ich weiß nicht ... vielleicht. Eigentlich ... Die Vergangenheit klebt an einem, wie Teer mit Federn.«

»Klingt mittelalterlich. Und Lina? Was sagt sie dazu? Braucht sie keine Vaterfigur?«

Ela seufzte. »Es gab bisher noch keinen Mann, den ich ihr hätte vorstellen wollen.«

»Keinen?!«

»Können wir das Thema jetzt endlich lassen? Sonst verfehlst du deine Mission.«

Luca stützte sich auf den Unterarm. »Ja, die Vergangenheit klebt an einem, aber man muss das Gute daran sehen. Man hat Dinge erlebt, die einen dazu bringen, nun anders zu handeln. Etwas zu ändern. Nicht mehr dieser Mensch zu sein, sondern ein klügerer ... besserer.«

»Ich glaube nicht, dass das alles so einfach ist. Man kann nicht so leicht aus seiner Haut, wenn die Enttäuschungen an der Seele nagen. Und die Welt, die einem zu dem gemacht hat, was man ist, die bleibt ohnehin gleich«, seufzte Ela.

Bei diesen Worten musste Luca schlucken. Sie trafen genau seine Gedanken und Gefühle. Es war, als wäre sie seine Seelenverwandte. Der Wunsch, sie zu trösten, überwältigte ihn.

»Stimmt, aber man sollte es zumindest versuchen, sonst gibt es gar keine Hoffnung und man bleibt garantiert einsam. Das ist traurig.« Luca holte nach seinen eigenen Worten tief Luft, denn ihm wurde gerade klar, dass es eigentlich auch für ihn selbst galt.

»Ja, ist es. Aber das ist Schnee von gestern. Seit Neuestem haben wir da einen ganz netten Nachbarn, der sich super mit Lina versteht.«

»Hey! Was soll das heißen!? Ganz nett?«, fragte er augenzwinkernd.

Ela grinste. »Na ja, es ist nur freundschaftlich ... aber ...«

»Aber?«, fragte er eine unsichere Ela.

»Ich frage mich ... wie ausbaufähig das ist?«, antwortete sie zögernd.

Lucas Herz machte einen Satz. Er streichelte ihre Wange. »Es ist ... es fühlt sich irgendwie gut an ... und Lina ist ein tolles Mädchen. Warum lassen wir die Sache nicht einfach auf uns zukommen?«, flüsterte er. Er war sich nicht sicher, ob er mit dem letzten Satz nicht zu weit ging, aber die Antwort sprudelte spontan aus ihm heraus. Genauso, wie er sie intuitiv am Hinterkopf zu einem Kuss heranzog. Er fühlte sich nur sekundenlang hinterhältig, dann übernahm der Instinkt. Wie hypnotisiert näherte er sich ihren vollen Lippen, deren Weichheit er unbedingt noch einmal fühlen wollte.

Er robbte näher an sie heran, damit er sie besser in die Arme nehmen konnte, und sie schmiegte sich arglos an ihn. Bereitwillig gewährte sie ihm Zugang, um ihre Zungen zu einem zärtlichen Kuss verschmelzen zu lassen. Wie liebte er ihre hingebungsvollen Küsse. Sie wirkten so lange nach. Er musste sich anschließend immer bewusst vor

Augen führen, dass sie mit unzähligen Männern solche Küsse tauschte. Sie waren nichts wert.

Trotzdem konnte Luca nicht widerstehen und erforschte liebevoll ihren Mund. Ela erwiderte seine Küsse am Anfang immer fast schüchtern, dann aber mit zunehmender Hingabe. Wie liebte er es, das aus ihr herauszulocken. Ein leises Seufzen entfuhr ihr, das seinen Bauch vibrieren ließ. Er unterbrach den Kuss und sah sie verzaubert an. Wann hatte er das letzte Mal bei einem Kuss solch ein aufregendes Kribbeln gefühlt? Ihm fiel gar nicht auf, dass sich sein klarer Verstand langsam aber sicher trübte.

»Korrigiere, es fühlt sich verdammt gut an«, flüsterte er ihr lächelnd ins Ohr.

War er das, der das gerade sagte?

Durfte er so etwas sagen?

Er wollte nicht darüber nachdenken, denn diese Worte entsprachen exakt dem, was er gerade fühlte.

Sanft rollte er Ela ganz auf den Rücken und setzte kleine Küsse auf ihre Halsbeuge. Ihr Duft war einfach wunderbar. Ela schloss die Augen und bekam eine Gänsehaut. Ihr Atem ging schneller, als er seinen Mund etwas weiter öffnete, um den Geschmack ihrer Haut zu genießen.

»Hm, du bist einfach wunderbar«, murmelte er, während er weiter ihren Hals erforschte.

Sie stöhnte leise.

Hitze sammelte sich in seinem Unterleib. Er unterdrückte ein Keuchen und fuhr unter ihr Shirt, um diese bemerkenswert weiche Haut zu streicheln. Nur ein einziges Mal wollte er die wunderschöne Brust genießen, die ihn so faszinierte.

Mit geschlossenen Augen wand sie sich unter seinen Berührungen. Keine Frage, Ela war eine sinnliche Frau, die sich fallen lassen konnte. Er würde es lieben, sie auf die Klippe zu treiben.

Nur kurz regte sich noch einmal sein schlechtes Gewissen, denn eigentlich wollte er es mit ihr ja gar nicht so weit kommen lassen. Doch die Forderungen seines Unterleibs wurden immer lauter, sie brüllten geradezu. Gleichzeitig lief das Blut vom Hirn in den Schwanz. Wo war das Problem? Offensichtlich liebte sie Sex und er brauchte es – jetzt.

Seine Hand schob ihr Shirt gleich mit dem BH nach oben. Wunderschön lag sie vor ihm. Ihre Nippel waren erregt, standen aufrecht wie Soldaten. Er saugte sich gierig an einem fest. Ela keuchte leise, während er die andere Brust hingebungsvoll knetete. Immer weiter arbeitete er sich nach oben, betete dabei jeden Quadratzentimeter des perfekt-fraulichen Körpers an, bis er ihren Oberkörper ganz von Kleidung befreit hatte. Sie rekelte sich genussvoll, ließ es geschehen.

Ihr Brustkorb hob und senkte sich schnell, als er auch sein Shirt vom Körper riss. Mit lustverhangenem Blick beobachtete sie ihn. Ehrfürchtig streichelten ihre Finger über die Rillen seines Sixpacks.

Luca genoss es mit Stolz. Jetzt zahlte es sich aus, dass er seine Wut immer wieder im Fitnessstudio gelassen hatte.

In diesem Moment empfand er Dankbarkeit für den schönen Moment, den das Schicksal ihm bescherte. Seine Sorgen verblassten und er verdrängte seine ursprünglichen Motive. Er wollte jetzt jede Sekunde genießen, losgelöst von allem, was ihm schon so lange die Lebensfreude raubte. Es war wunderbar, einfach nur in seinen Gefühlen zu schwelgen.

Die Sonne schien auf Lucas Rücken, während er Ela noch einmal küsste. Die Wärme machte sich auch in seinem Herzen breit. Haut auf Haut, das fühlte sich überwältigend an. Es war lange her, dass ihn etwas so glücklich gemacht hatte.

Ela entließ genüssliche Laute, bog ihren Körper immer wieder sinnlich durch. Lucas klarer Verstand verabschiedete sich vollends. Ihre Brüste hatten die perfekte Größe, sie waren wunderbar weiß, weich und fest zugleich. Leidenschaftlich versank er immer mehr in ihrem Fleisch – bis er zart an ihrer Brustwarze knabberte.

Sie zuckte zusammen, als hätte er gerade Starkstrom durch ihren Körper geleitet.

Verdammt! Was für eine scharfe Braut!

Sie lechzte offensichtlich danach, dass er es ihr besorgte.

Seine Hose war inzwischen unerträglich eng. Seine Eier pochten und zwischen seinen Lenden zog es verlangend. Er konnte ihr geben, was sie wollte, aber es musste bald geschehen.

Ela wehrte sich nicht, als er ihre Hose öffnete. Der Reißverschluss klaffte auseinander und lud ihn ein, die Hand hineingleiten zu lassen. Ihr Atem stockte. Er fuhr über die glattrasierte Scham hinweg, mit den Fingern in die klatschnasse Spalte. Hungrig streckte sie ihm ihr Becken entgegen, als er ihren Lustknopf reizte. Ihre lustvollen Geräusche elektrisierten ihn bis in die letzte Zelle. Er konnte an nichts anderes mehr denken, als seinen Schwanz in ihr heißes Fleisch zu tauchen.

Wie lange war es her, dass er mit einer Frau geschlafen hatte?

Viel zu lange!

Die Gier überwältigte ihn. Nur kurz meldete sich noch einmal der Verstand, um seine Bedenken kundzutun. Doch es war zu spät, um aufzuhören. Und offensichtlich war Ela ja alles andere als prüde und wusste es sicher einzuschätzen, dass es nicht gleich etwas Ernstes war, wenn er jetzt mit ihr schlief.

Einfach Spaß haben.

Nur ein einziges Mal!

Er wollte sich frei fühlen. Frei von allen Zwängen und Erwartungen, die nicht nur andere an ihn, sondern auch er an sich selbst hatte. Den Moment genießen, so, wie sein Bruder es machte – unbedarft und unverbindlich. Ela genoss es ja sichtlich.

Nur ein einziges Mal wollte er nicht an die Konsequenzen seines Handelns denken.

Seine Finger neckten die Klit immer weiter, rührten in der üppigen Nässe und entlockten ihr sinnliche Geräusche. Es zog bis in seine letzte Zelle, gab ihm ein Gefühl der Macht über ihren Körper. Wie liebte er ihre Leidenschaft! Er wollte es ihr besorgen – so richtig.

Sie öffnete die Augen, streckte die Arme nach ihm aus und hauchte: »Küss mich noch einmal, bitte.«

Die sanfte Stimme ging ihm unter die Haut, nur zu gern kam er ihrer Bitte nach. Er vergaß die Zeit, während ihre Zungen miteinander spielten. Ela kraulte seinen Nacken, streichelte seinen Rücken und krallte sich in seinen Oberkörper. Vogelgezwitscher applaudierte, Insekten brummten wohlwollend. Es sprach absolut nichts dagegen, sich der natürlichsten Sache der Welt hinzugeben.

Noch einmal küsste er sich langsam und genüsslich über ihren anbetungswürdigen Körper, bevor er ihre Hose auszog. Willig half sie ihm dabei. Ihr Brustkorb bebte vor Erwartung, als sie splitternackt vor ihm lag.

Ela spreizte ihre Schenkel. Der Anblick des rosa geschwollenen Fleisches, das feucht glänzend vor ihm lag, reizte ihn über alle Maßen. Sie war mehr als bereit für ihn und er konnte es gar nicht abwarten, in sie einzudringen.

Luca platzierte sich zwischen ihre Beine und schaute auf den Sehnsuchtsort, der so einladend vor ihm lag. Gleich würde er sich ganz tief darin versenken. Sein Herz klopfte vor Freude. Er öffnete seine Hose und schob sie samt Unterhose hinunter. Sein knallharter Schwanz sprang sofort hervor, als er aus seinem Gefängnis befreit wurde. Ein Lusttropfen glänzte in der Sonne.

Ela biss sich bei seinem Anblick verführerisch auf die Unterlippe. Luca stockte der Atem bei so viel unverhohlener Lust. Sie hatte es sicher gern, wenn man sie hart rannahm.

Er hatte keine Zeit, seine Hosen ganz auszuziehen, zu groß war die Begierde. Nur kurz dachte er an ein Kondom, was gerade bei dieser Sorte Frau eigentlich unerlässlich war, aber er wollte das volle Vergnügen, und zwar jetzt, wollte sich nicht mit der lästigen Herumfriemelei aufhalten. Mit einem erregten Knurren drang er in sie ein und schob mit einem festen Ruck nach.

Ela stöhnte lustvoll auf. Ihr begehrlicher Gesichtsausdruck feuerte ihn an, sie zügellos zu ficken. Mit jedem seiner Stöße verriet sie ihm auf irgendeine Art, wie viel Vergnügen er ihr bereitete. Ihre Hände streichelten und kratzten über seinen Rücken, krallten sich in seinen Hintern und trieben seine Geilheit weiter voran.

Fieberhaft klappte Ela die Beine noch ein Stückchen weiter auseinander. Luca nahm die Einladung an und stieß noch wilder zu. Es schien ihr zu gefallen. Ihr lustverhangenes Gesicht ging ihm durch und durch.

Rasend schnell erreichte er die Klippe. Doch es sollte noch nicht so schnell vorbei sein, er unterbrach. Ela öffnete keuchend die Augen und ihre Blicke verbanden sich. Es war, als barsten die Eisenbänder, die er sich schützend um sein Herz gelegt hatten. Er fühlte sich befreit.

Von Liebe berauscht ließ Luca sich hinabsinken, um sie noch einmal zu küssen. Tief drang seine Zunge vor, wühlte sich durch ihren hingebungsvollen Mund. Nach und nach verloren sie jede Zurückhaltung. In perfekter Harmonie strebten die hungrigen Becken zueinander. Ela stöhnte bei jedem Stoß und elektrisierte damit seinen ganzen Körper.

So viel hatte er in seinem ganzen Leben noch nicht gefühlt.

Seine Bewegungen wurden immer leidenschaftlicher, ihre Antwort immer forscher. Die verschwitzte Haut klatschte immer schneller aufeinander. Ein Ziehen in den Lenden kündigte viel zu schnell den Orgasmus an, der aber nicht mehr aufzuhalten war. Als Ela ihren Höhepunkt laut herausschrie, gab es auch für ihn kein Halten mehr. Zusammen mit einer gewaltigen Gefühlswoge sprudelte es aus ihm heraus.

Doch mit jedem Zucken, durch das sich seine Lust entlud, drang ein wenig Unbehagen über seinen Nacken in seinen Bauch und verhärteten ihn. Das schlechte Gewissen jagte ihm kalte Schauer den Rücken.

Verdammt! Er hatte schon wieder die Kontrolle verloren!

Wieso konnte das bei ihr nur immer wieder passieren?

Warum musste es ausgerechnet diese Frau sein?

Hoffentlich verstand sie das jetzt nicht falsch!

Es hatte sich angefühlt, als wären sie Adam und Eva, die im Paradies von der verbotenen Frucht probierten. Folgte jetzt die Vertreibung?

Mit einem mulmigen Gefühl rollte sich Luca von der immer noch keuchenden Ela herunter, legte sich auf den Rücken, die Arme von sich gestreckt, und starrte in den Himmel.

»Das war so schön«, hauchte sie und kuschelte sich an seine Schulter.

»Ja, das war es«, erwiderte er um Atem ringend.

Am liebsten wäre er im Boden versunken, doch Ela küsste dankbar seine Brust. Lucas Magen wurde zu Stein. Um sein schlechtes Gefühl zu dämpfen, zog er sie zärtlich an sich. Er musste ihr irgendwie schonend beibringen, dass das nur körperliche Anziehung war zwischen ihnen – nicht mehr und nicht weniger.

»Eigentlich war das nicht geplant«, versicherte sie.

»Eigentlich. Geht mir genauso«, brummte er – unzufrieden mit sich selbst, dass er sich nicht traute, gleich Klartext zu sprechen.

Vertrauensvoll legte sie ein Bein auf seine Oberschenkel und kraulte seine Brust. Das verschaffte ihm unfassbar wohlige Gefühle. Luca entließ die Luft in einem Stoß, um seine Reaktion zu kontrollieren. Ela konnte ja nichts dafür, dass er sich so wenig im Griff hatte. Er küsste ihr Haar und sog tief ihren Duft ein.

Es war friedlich, es war entspannt und warm – einfach fabelhaft. Noch nie hatte er so etwas Befreiendes erlebt. Noch nie hatte er sich so gut gefühlt. Er war so weich und entspannt, dass er zerfloss. Raus aus dem selbstgebauten Gefängnis, das aus seinem Hass erwachsen war. Plötzlich konnte er loslassen. Er wollte einfach nur schweigen, schloss die Augen und lauschte der friedlichen Natur.

Ela schien es ähnlich zu gehen. Ihre Atemzüge wurden immer regelmäßiger und Luca fragte sich gerade, ob sie schlief, da dämmerte er selbst schon ins Land der Träume.

Kapitel 18 Böses Erwachen

Ela erwachte und fühlte sich einfach großartig. Endlich! Ausnahmsweise war sie froh, die Kontrolle verloren zu haben. Manchmal konnte es so einfach sein, seinen Sorgen zu entfliehen.

Und das Beste war, dies war nicht einfach nur Sex. Nein, es war viel mehr!

Sie hatte die Hoffnung schon aufgegeben, dass sie so etwas noch einmal erleben durfte. Und genau im dunkelsten Moment präsentierte ihr das Schicksal Luca. Plötzlich war da ein Hoffnungsschimmer, ein Licht am Ende des Tunnels. Sie hatte sich so geborgen gefühlt, als er mit seinem starken Körper auf ihr gelegen hatte. Als ihre Blicke sich verbunden hatten, war sie sich ihrer Gefühle so sicher gewesen.

Das hier war etwas ganz Besonderes! Diesmal wirklich!

Eine Woge des Glücks erfasste sie und ließ sie seine muskulöse Brust küssen. Er roch einfach fantastisch! Konnte es sein, dass er in den letzten Stunden noch schöner geworden war? Er war nicht nur der attraktivste Mann, mit dem sie je geschlafen hatte. Er war auch noch einer, den man wirklich vorzeigen konnte. Sogar ihre Mutter mochte ihn. Welcher von Elas Männern hätte ihr sonst noch gefallen? Keiner, da war sich Ela mittlerweile sicher.

Wie hatte Luca gesagt? Sie würden die Sache auf sich zukommen lassen. Ja, auch sie würde es langsam angehen lassen, gerade weil die Gefühle gerade übergekocht waren. Anscheinend wollte auch Luca nichts überstürzen, aber das wunderte sie nicht. Er hatte ja auch seine Vergangenheit. Und danach wollte sie ihn unbedingt fragen. Er kam ihr viel aufgeschlossener vor als all ihre anderen Männer.

Luca regte sich. »Fuck! Bin ich etwa eingeschlafen?«, murmelte er, als hätten ihn ihre Gedanken geweckt.

Ela lächelte ihn an. »Ja, ich auch. Bin gerade erst aufgewacht.«

»Oh Mann«, sagte er und sah, dass er es noch nicht einmal geschafft hatte, seine Hose hochzuziehen. Eilig holte er das nach.

Da bemerkte auch Ela, dass sie vollkommen nackt war. Sie lächelte, als sie sich an das fantastische Gefühl von Haut auf Haut erinnerte. Sie wäre gern weiter nackt geblieben, doch als Luca sein Shirt wieder anzog, tat sie das gleiche.

Eine merkwürdige Stimmung lag plötzlich zwischen ihnen, machte Ela das Atmen schwer.

Ob er den Sex bereute?

Luca sagte nichts und vermied Blickkontakt. Wenn sie es wissen wollte, musste sie ihn direkt danach fragen. Als er seine Zigaretten hervorholte und ihr eine anbot, verwarf sie den Gedanken.

»Nein, danke«, sagte sie und schüttelte den Kopf.

Er zog sich eine aus der Schachtel.

Wahrscheinlich wusste er die Sache selbst nicht einzuordnen. Ihr war es bis vor Kurzem ja ähnlich gegangen. Sie wollte sich auch Zeit lassen, nichts überstürzen. Trotzdem sollte Luca kein schlechtes Gefühl haben, weil ihre Leidenschaft hochgekocht war. Es war nichts Schlechtes daran und das Erlebnis viel zu schön, um es irgendwie abzuwerten. Aber ein wenig auf ihn zukommen, etwas mehr von ihm wissen, damit könnte sie schon einmal vorsichtig anfangen.

»Auch, wenn ich einmal rückfällig war, ich will aufhören. Es ist mein fester Wille. Rauchen passt nicht zu meinem neuen Leben. Hast du es schon mal versucht?«, begann sie.

»Was?« Luca wirkte abwesend und ließ die Zigarette in der Hand wieder sinken.

»Aufhören ... mit dem Rauchen. Ob du es schon mal versucht hast? Man braucht eine innere Motivation, die ich bisher noch nicht gefunden hatte. Aber jetzt klappt es.«

Luca nickte. »Ja, aber das ist schon lange her. Als mein Bruder starb, waren die guten Vorsätze jedoch dahin. Ich hätte zumindest jemanden zum Reden gebraucht, um standhaft zu bleiben.«

Ela riss die Augen auf und starrte ihn an. »Dein Bruder ist tot? Wie schrecklich! Und du hattest niemanden zum Reden?«

»Nicht wirklich ... Ich war auch so wütend, konnte mich nicht richtig konzentrieren. Manchmal bin ich es immer noch«, murmelte er heiser.

Ela setzte sich auf und sah ihn mitfühlend an.

Luca lächelte so traurig, dass ihr schwer ums Herz wurde. Mit der Leichtigkeit von eben war es schlagartig vorbei.

»Es ist schön, dass du da bist«, sprudelte es aus ihm hervor, doch sofort presste er wieder die Lippen aufeinander.

Ela streichelte zärtlich über seine Wange. Die Härte in seinem Gesicht löste sich.

Wie von selbst fanden sich ihre Münder zu einem innigen Kuss. Eine lange, zärtliche Verbindung voll gegenseitigem Trost.

»Wieso bist du immer noch wütend?«, fragte Ela danach leise.

Luca schluckte. »Die Verantwortlichen wurden nie zur Rechenschaft gezogen. Die Bullen haben versagt. Aber ich versuche, daran zu arbeiten«, antwortete er, lächelte angestrengt und streichelte jetzt ihre Wange. »Es ist so … es ist … für mich ist er ermordet worden und das kann ich nicht vergessen.«

»Ermordet? Und die Polizei hat den Mörder nicht gefunden?«, keuchte sie entsetzt.

»Na ja, ganz so einfach ist es nicht. Aber ja, die Polizei kann angeblich nichts machen.«

Sie schluckte. »Warum?«

»Er ist an einer Lungenembolie gestorben.«

»Aber das ist ja auch kein Mord.«

»Für mich in seinem Fall schon.«

Luca hob die Zigarette. »Ich darf doch trotzdem?«

Ela nickte.

Sie fühlte seinen Schmerz. Aber nicht nur das, sie fühlte sich überfordert von der Stimmung, die in der Luft lag. Seine Gefühlsausbrüche brachten ihr Seelenleben wieder durcheinander.

»Nur wenn ich auch eine bekomme«, fügte sie eilig an.

»Du rauchst jetzt doch?«, fragt er erstaunt.

»Nur manchmal ... in Ausnahmesituationen.«

»Wie diese hier?«, ergänzte Luca und hielt ihr die Schachtel hin.

»Genau, wie diese hier«, bestätigte Ela und zündete ihre Zigarette mit dem Feuerzeug an, das ihr Lucas hinhielt. Tief sog sie den ersten Zug in ihre Lungen und stieß den Rauch mit geschlossenen Augen wieder hinaus. Im selben Moment ärgerte sie sich darüber, dass sie wieder schwach geworden war. Vielleicht war es doch ein bisschen viel auf einmal. Ein neues Leben, jede Menge aufwühlende Gefühle – und noch mit dem Rauchen aufhören ...

»Ich hoffe, ich bringe dich nicht gerade wieder drauf?«, fragte Luca besorgt.

»Nein, keine Angst ... manchmal ist es schwer ... gerade ist es auch ein bisschen viel. Aber keine Angst, ich schaffe das schon ... wenn die Zeit reif ist.«

»Na, dann bin ich ja beruhigt«, stellte er erleichtert fest und zündete sich seinen Glimmstängel an.

»Erzähl weiter«, forderte sie ihn auf. »Warum siehst du es trotzdem als Mord?«

Ela hatte noch nie einen Menschen gesehen, der so stark an einer Zigarette sog. Er inhalierte sehr tief. Ihn musste etwas stark mitnehmen.

»Hast du schon mal von EPO gehört?«, begann er.

»Gehört schon, aber ich weiß nicht viel darüber.«

»Ein körpereigenes Hormon, das die Produktion der roten Blutkörperchen erhöht, und damit die Sauerstoffversorgung im Körper verbessert.«

Er beobachtete sie genau, während er an seiner Zigarette zog.

»Als Medikament eingenommen, kann man damit seine sportliche Leistung steigern. Doping«, erklärte er und stieß dabei etwas von dem Rauch wieder aus.

Sein bohrender Blick verursachte ihr Beklemmungen.

Ela nahm auch noch einen Zug. Sie blies den Rauch eilig wieder hinaus, als wollte sie ihn gar nicht richtig in die Lungen lassen.

»Okay ... und das hat was mit deinem Bruder zu tun?«

Luca legte die Stirn in Falten, während er die Asche wegschnippte. »Hm, da muss ich wohl weiter ausholen«, erklärte er und zog noch einmal gewaltig an seiner Zigarette. Die Glut näherte sich rasend schnell dem Filter.

»Wir haben als Kinder alle Mountainbikes gefahren, Ciro, Valentino und ich.«

»Valentino ist der verstorbene Bruder, nehme ich an?«

»Genau, und er war der Talentierteste von uns Dreien. Während wir, Ciro und ich, später auf Motocross umschwenkten, weil unser Vater früher auch Rennen gefahren ist, blieb er dem Bike treu. Er wollte Profi werden.«

»Du bist früher Rennen gefahren?«

»Ja, bin ich.«

»Warum hast du aufgehört?«

»Weil meine Mutter nach dem Tod eines Sohnes, nicht noch einen weiteren verlieren wollte.«

»Dein Bruder ist verunglückt und du durftest nicht mehr fahren? Bist du deswegen wütend? Ich kann die Angst deiner Mutter gut verstehen. Es muss schrecklich sein, ein Kind zu verlieren.«

»Nein, das ist schon okay. Wir wären sowieso nicht gut genug gewesen, um ganz vorne mitzufahren. Aber darauf will ich nicht hinaus.«

Er sog noch einmal Rauch ein, der mit dem Reden wieder entwich. »Unter Radfahrern ist illegales EPO-Doping sehr verbreitet.«

»Davon hab ich schon mal gehört.«

»Die roten Blutkörperchen verklumpen leichter. Das führt zu Thrombosen und dadurch kann man leicht eine Lungenembolie bekommen.«

»Und du glaubst, dein Bruder hat EPO genommen? Aber das kann man doch rauskriegen. Werden nicht alle Fahrer auf Doping kontrolliert?«

»Das kann man nur bis zu vier Tagen nach der Einnahme nachweisen, die Wirkung hält aber bis zu siebzehn Tage an.«

Fast brannte der Filter, als er den letzten Zug von seiner Zigarette nahm.

»Vier Tage sind nicht lang«, sinnierte sie.

»Genau. Und beweisen kann man das danach nicht mehr.« Sorgfältig drückte er die Glut auf dem Boden aus.

Sie selbst hatte auf das Rauchen vergessen und tat es ihm mit der halb abgebrannten Zigarette gleich. »Und du meinst, dein Bruder ist daran gestorben? An illegalem Doping? Das tut mir leid.« Mitfühlend legte Ela die Hand auf Lucas Arm. »Aber warum bist du wütend, du kannst doch nichts dafür?«

»Mich macht es wütend, weil ich nichts dagegen unternehmen konnte! Er ist von diesem Dealer und seinem Trainer falsch beraten worden!« Lucas Gesichtsausdruck war hasserfüllt.

Ela zuckte zurück. »Glaubst du? Das wäre dann aber ziemlich skrupellos. Hättest du es wirklich verhindern können? Dein Bruder kannte doch sicher die Risiken.«

»Ich vielleicht nicht ... Oder doch? ... Ich hätte ihn eindringlicher warnen müssen, ihn zur Not mit Gewalt davon abhalten«, seufzte er verbittert und rieb sich über die Augen. »Mehr mit ihm darüber sprechen, dass es das Risiko doch gar nicht wert ist ... Ich weiß es nicht.«

»Glaubst du, dass er auf dich gehört hätte?«

»Ich kannte seinen Trainer und wusste, wie rücksichtslos er ist. Er hat ihm garantiert gesagt, dass er es nehmen soll, und auch verraten, wo er es bekommt. Zumindest hätte er ihn warnen müssen, dass er es nicht übertreibt und viel zu viel davon nimmt.«

»Das ist alles herzzerreißend traurig. Aber wenn die Polizei gegen ihn nichts in der Hand hat, kannst du doch auch nichts dagegen tun.«

Luca sah auf. »Das stimmt nicht ganz ..., du könntest dabei sogar helfen.«

Ela tippte mit den Fingerspitzen auf ihre Brust. »Ich? Wieso? Wie?«

»Du kannst an Beweise gegen ihn kommen. Dieser Scheißkerl verkauft so ziemlich alles an illegalen Substanzen, was man haben will. Nicht nur Dopingmittel, auch alle Arten von Drogen. Alle im Auftrag der Mafia. Mit diesem illegalen Dopingmittelverkauf hat dieser Dreckskerl von Mario Trevisano seinen Handel angefangen. Und du ...«, sagte er und sah sie eindringlich an.

Ela schnappte nach Luft. Ihr Kopf drohte zu platzen.

Was sagte Luca da?

»Mario? Er und Mafia? Woher weißt du, dass ich ...?«, stammelte sie mit sinkender Stimme.

»Ich weiß es nicht, aber ich hab dich mit ihm gesehen. Und dieser Hurensohn Fabio Lucciano wäscht die Kohle!«, schimpfte Luca aufgebracht.

Mafia? Geldwäsche? Drogenhandel? War dieser Scheißkerl von Mario in noch dunklere Machenschaften verstrickt, als sie dachte? Dann war sie mehr in Gefahr, als sie bisher geglaubt hatte. Ela schluckte, ihre Kehle war staubtrocken. Blut schoss in ihren Kopf.

Aber welche Rolle spielte Luca? Er wusste von der Verbindung zwischen ihr und Mario.

Du kannst an Beweise gegen ihn kommen, hallte es in ihrem Kopf nach.

Was hatte das zu bedeuten?

»Moment mal! Moment mal!« Ela hob abwehrend die Hände. »Du spionierst sie aus, weil du denkst, sie haben etwas mit der Mafia zu tun? ... Und mich ...?«

Luca wich ihrem Blick aus und fuhr sich verlegen über die Haare. »Ja, weil sie etwas mit dem Tod meines Bruders zu tun haben.«

»Und ich ... Und Lina ... Jetzt wird mir alles klar!«, dämmerte es Ela. »Du bist nur deswegen mit uns ... Sag schon! Hast du deswegen Kontakt zu mir aufgenommen?«

Luca wurde blass. »Ich ...«, krächzte er.

Das durfte sie wohl als Geständnis werten. Aufgebracht legte sie sich die Hand an die Stirn und schnappte nach Luft. »Du ziehst in unsere Nachbarschaft, um besser an Informationen zu kommen?!«, schrie sie hysterisch und sprang auf. »Stimmt das? Sag die Wahrheit!«

Luca sah sie bestürzt an. »Ela ich ...«

»Hast du nur mit mir gevögelt, damit ich dir Informationen liefere? Sag schon!«, brüllte sie.

Luca schluckte schwer. »Versteh mich bitte nicht falsch.«

Also ja.

Ela wurde kurz schwarz vor Augen. »Da muss ich dich leider enttäuschen, ich weiß von nichts!«, fauchte sie.

»Es ist nicht so, wie du denkst«, versicherte er keuchend und streckte hilflos die Hand nach ihr aus.

»So? Was denk ich denn? Dass du mit unseren Gefühlen spielst, Lina und meinen? Und uns nur ausnutzen willst? Dann liegst du richtig! Das denke ich gerade!« Elas Herz schlug bis zum Hals und brachte ihren Kopf fast zum Platzen. Sie bekam keine Luft und griff sich an die Kehle.

Lucas Brustkorb hob und senkte sich schnell. Sein blasses Gesicht wurde rot, Schweiß trat auf seine Stirn.

»Nein bitte, Ela!«, flehte er und ergriff ihre Hand. »Das ist so nicht richtig. Vielleicht kannst du doch Informationen liefern, um die Scheißkerle dingfest zu machen.«

»Nicht richtig?!«, zischte sie. »Was ist denn richtig?! Ich soll da wieder hingehen, Linas und mein Leben riskieren, mich prostituieren, um so an Informationen heranzukommen?! Das ist es doch, was dir vorschwebt, oder nicht?!«

»Nein! Ich hab das alles nicht richtig überlegt. Ich dachte ...«, stammelte er und war mittlerweile wieder leichenblass.

»Du dachtest, dass du mich nur Weichficken musst?! Hast du deswegen mit mir geschlafen?! Mit so einer kann man es ja machen! Das fällt ja nicht auf ... Die will es doch auch!«

Ela sah ihn durchdringend an. Die Blässe bekam einen Grünstich.

»Sag, wenn es nicht stimmt!«, fauchte sie ungehalten.

»Nein!«, schrie Luca verzweifelt. »Ich wollte das so nicht!«

»Ganz ehrlich?! Das kaufe ich dir nicht ab!«, presste sie hervor.

»Ich wollte es wirklich nicht. Ich hab die Kontrolle verloren«, krächzte Luca und streckte die Hände nach ihr aus.

Ela wich ihm aus. »Ah, die Kontrolle verloren ... Kann ja mal passieren. Kann ja jedem mal passieren! Warum hast du dann nicht von Anfang an mit offenen Karten gespielt? Scheiße!« Elas Stimme brach.

Sie biss vor Wut so fest ihre Zähne zusammen, dass die Kiefer schmerzten. Sie hatte das Gefühl, ihr Kopf platzte. Tränen schossen hervor.

Beschwichtigend hielt er sie am Arm fest.

»Du spielst mir Gefühle vor! Machst einen auf zärtlicher Liebhaber und willst dabei nur an Informationen? Mario will ... Er setzt mich sowieso schon unter Druck, weil ich mich nicht prostituieren will. Wenn ich dir Informationen besorgen würde, wäre mein Leben gefährdet! Und Linas erst recht! Er hat sogar gedroht, mit ihr Pädophilenpornos zu drehen. Hast du dir das auch mal überlegt?! Aber nein, das ist dir ja scheißegal!«, schrie sie, zog den Drohbrief aus der Jeans und warf ihn vor Luca in den Staub. »Hier!«

Luca warf einen flüchtigen Blick darauf, wurde noch grüner und keuchte, als würde er keine Luft bekommen.

»Es ist mir nicht scheißegal«, würgte er hervor. »Ich wusste doch nicht ...«

»Ich wusste doch nicht!«, äffte sie aufgebracht nach und wischte sich die Tränen aus dem Gesicht. Auf einmal überkam sie eine rasende Wut auf alle Mistkerle dieser Welt.

Jetzt war Schluss! Endgültig!

Patsch! Ihre Hand landete mit überraschender Kraft an seiner Wange.

Luca fasste sich schuldbewusst an die Stelle und starrte sie mit weit aufgerissenen Augen an.

»Jetzt weißt du's!«, brüllte sie so laut, wie ihre Lungen es zuließen.

Luca schloss die Augen und senkte demütig den Kopf. »Ich ... es war wohl keine gute Idee. Ich hätte es nie gemacht, wenn ich das alles gewusst hätte. Aber wir können zusammen zur Polizei gehen ... wenigstens das«, flüsterte er heiser.

Da hörte sich doch alles auf!

Jetzt hatte er die Dreistigkeit, ihr einen blöden Rat zu geben?! »Anzeigen?! Gerade das will Mario doch mit der Drohung verhindern! Wenn ich ihn verpfeife, macht er wahrscheinlich Ernst! ... Nein, er macht garantiert Ernst ..., wenn die Mafia involviert ist ...« Ela sackte kraftlos zusammen. »Wann ich jemanden anzeige, bestimme immer noch ich.«

»Du *musst* mir helfen, sonst macht das Schwein immer weiter. Hast du das schon mal überlegt?«

Ela schloss die Augen und rieb sich angestrengt darüber. »Ich muss? Jetzt nur noch mal zum Mitschreiben ... Du baggerst mich an, obwohl du vermutest, dass ich mit Mario zusammen bin?«

»Du hast es doch selbst zu mir gesagt ...« Luca schluckte. »Außerdem kann man das ja wohl nicht so nennen ..., dass du mit ihm zusammen bist ... warst. Er hat dich zugeritten, dich auf deine Aufgabe vorbereitet.«

Ela blieb die Luft weg. Sie griff sich verzweifelt in die Haare, um festzustellen, dass die Mähne nicht mehr da war. Empört schnappte sie nach Luft.

»Und das hat dich nicht gestört? Du hältst mich für eine Nutte? ... Und ich dumme Kuh ... werde niemals schlauer«, krächzte sie.

»Es tut mir ehrlich leid«, gestand er heiser.

Es tat ihm leid!

Er sagte das so lapidar. Das wunderte sie jetzt auch nicht mehr. Wieder einmal war sie naiv gewesen. Was musste eigentlich noch passieren, damit sie klüger wurde? Wann endlich lernte sie, dass alle Männer Scheißkerle waren? Ihre Naivität schien keine Grenzen zu kennen. Ihre Menschenkenntnis lag offensichtlich nah am absoluten Nullpunkt. Sie schien nichts anderes verdient zu haben.

Ela sackte zusammen wie eine Marionette, die nicht mehr von ihrem Spieler gehalten wird, und brach in Tränen aus. Heiß liefen sie ihr über die Wangen.

»Jetzt weißt du genug, um zu wissen, dass es brandgefährlich für mich ist, zur Polizei zu gehen«, schluchzte sie.

Luca streichelte über ihren Rücken. »Ela, es tut mir leid, wirklich. Aber ich glaube, sie werden dich immer weiter erpressen. So lange, bis du tust, was sie wollen, und dann bist du erst recht erpressbar. Es ist genauso brandgefährlich, wie nicht zur Polizei zu gehen.«

Ela schlug seine Hand weg, als ob er die Pest hätte. »Wann ich zur Polizei gehe, entscheide ich!

Sag mir nur eins: Empfindest du überhaupt was für mich? Hast du irgendwann auch nur ansatzweise etwas gefühlt?«, zischte sie.

Lucas blasses Gesicht lief rot an. Er wischte den Schweiß von der Stirn, öffnete den Mund und schloss ihn wieder, ohne dass ein Wort herauskam.

Die bittere Enttäuschung, die sich in Elas Herz breitmachte, wandelte sich in bloße Abscheu. Doch seltsamerweise blieb sie ruhig – kraftlos ruhig.

»Also ist es tatsächlich so. Du hast gedacht, über die sind schon so viele drüber, da ist es egal, wenn ich auch drüber rutsche. Stimmt doch, oder?!«, stellte sie nüchtern fest und sah ihn prüfend an. Sie fühlte sich auf einmal seltsam distanziert. So, als ob das alles gerade einer anderen Frau passiert wäre.

Luca sah aus, als unterdrückte er ein Würgen.

»Weißt du was?! Der größte aller Scheißkerle, die ich je im Leben kennengelernt habe – und das waren eine Menge – bist du! Du bist das Letzte! Viel schlimmer als Mario ... Der übelste Abschaum, der mir je begegnet ist«, presste sie verächtlich hervor. Ihre Stimme brach und sie verlor ihre Fassung wieder. Tränen rannen hemmungslos über ihr Gesicht.

Ela stand auf, ihre Knie wackelten. Am liebsten wäre sie abgehauen und nach Hause getrampt, doch sie war mitten in der Einöde. Zu weit von der nächsten Straße entfernt. Sie würde sich verirren.

Luca stand wie gelähmt da, die Arme hingen hilflos herab, sein Gesicht war immer noch grün. Er wirkte, als würde er sich jeden Moment übergeben. »Ich ... Es tut mir leid ... Alles.«

»Es stimmt, auf meine Vergangenheit bin ich nicht stolz. Aber ich kann sie nicht ändern. Ich habe viele Dinge passieren lassen, die ich heute ganz anders gemacht hätte. Ich will so nicht mehr sein! Ich habe lange gebraucht, um zu lernen, dass es nur aus mir heraus besser werden kann. Ich muss mutiger werden, *meine* Stärke finden und endlich *meinen* Weg gehen. Ich will mich nicht mehr von so miesen Typen wie dir beeinflussen lassen. Niemand hat mir zu sagen, was ich zu tun und zu lassen habe. Niemand! Nie mehr!«

»Ela, bitte!«

»Ela, bitte!«, äffte sie ihn nach. »Danke! Ich gebe dir mal einen Tipp. Mit diesem ganzen Hass vergiftest du nur dein Leben und das der anderen. Lass los! Sonst wirst du eines Tages ganz allein sein.«

»Ela ...«, krächzte er und streckte die Hand nach ihr aus.

Ela entließ ein verächtliches Stöhnen. »Wenn man glücklich werden will, muss man ehrlich zu sich sein«, sagte sie und zuckte mit den Schultern. »Ich bin das mal: Ich bin eine Idiotin, die sich ständig ausnutzen lässt. Ich war – bis jetzt – zu loyal, zu treu und auch zu nett. Bis jetzt. Keiner von euch Arschlöchern hatte das verdient. Dafür habe ich anscheinend bekommen, was ich verdiene. Die Rechnung für grenzenlose Dummheit. Aber das kommt – ab jetzt – nie wieder vor! Nie wieder! Hörst du?!«

»Du bist keine Idiotin«, flüsterte Luca betroffen.

»Bring mich sofort zurück! Ich will nie wieder etwas mit dir zu tun haben! Nie wieder! Und wage es ja nicht, noch einmal Kontakt zu Lina aufzunehmen, sonst zeige ich DICH an! Du hast es genauso verdient wie Mario!«

Luca schluckte betreten.

»Ich bin fertig mit dir!«, setzte sie nach.

Kapitel 19 Erwischt

Luca sah betrübt zu, wie Ela vom Motorrad stieg, ihm den Helm reichte und ohne ein Wort im Haus verschwand. Er fühlte sich so schlecht wie noch nie in seinem Leben. Und einsam. Verdammt einsam. Es kam ihm vor, als ob sein Herz krampfte, der Magen aus Stein wäre und ein Eisenband um seine Brust das Atmen behinderte. Der Kopf schmerzte, als wollte er platzen.

Erschöpft und frustriert ging er ins Haus. Er nahm sich eine Schmerztablette und warf sie ins Wasser. Nachdenklich sah er zu, wie die Blasen in dem Glas nach oben stiegen, während sich die Tablette auflöste. Dann kippte er es in einem Zug hinunter. Eigentlich sollte er etwas essen, aber er hatte keinen Appetit.

Obwohl er eigentlich mit Ciro abgemacht hatte, im Haus nicht zu rauchen, steckte er sich eine Zigarette an. Ihm war alles egal. Er fühlte sich dumpf, hohl und leer. Eigentlich fühlte er gar nichts.

Luca beschloss, den mangelnden Hunger mit einem Bier zu bekämpfen, und setzte sich vor den Fernseher. Es lief eine Dokumentation über die Urmenschenforschung. Luca erinnerte sich, wie er als Kind im nicht weit entfernten Neandertal und dem dortigen Museum gewesen war. Damals war die Familie noch heil und vollständig gewesen – was für schöne Zeiten.

Der Sprecher im Fernsehen erzählte davon, dass die Neandertaler wahrscheinlich gar nicht ausgestorben waren, wie man noch zu seiner Kinderzeit angenommen hatte, sondern dass sie sich mit dem modernen Menschen gemischt hatten. »Wann immer sich Mann und Frau begegnen, wird etwas passieren«, tönte es aus dem Fernseher. Luca hörte gar nicht richtig zu.

Er dachte an Ela und Lina. Für eine viel zu kurze Zeit hatte es sich wie eine Familie angefühlt. Und jetzt war da nur noch diese unerträgliche Leere. Ihm wurde gerade erst so richtig bewusst, dass er sich immer stärker nach der Wärme und Geborgenheit einer eigenen Familie sehnte.

Und er sehnte sich nach Liebe – genau wie Ela. Daran war doch gar nichts Schlechtes.

Die Gefühle, die wie ein zartes Pflänzchen zwischen ihnen gekeimt waren, hatte er skrupellos zerstört. Er hatte unsensibel drauf herumgetrampelt, wie auf Unkraut.

Ela und Ciro hatten recht. Er war so mit seinem Hass beschäftigt, dass er sein eigenes Leben darüber vergaß. Es war, als hätte die Wut all die Jahre seinen Verstand gelähmt. Doch was hatte es ihm gebracht – außer zehn Kilo zusätzlicher Muskelmasse? Nichts. Absolut nichts. Und der Familie auch nicht.

Wahrscheinlich wäre es seiner Mutter viel lieber, wenn er mit Enkelkindern um die Ecke kommen würde.

»Wir müssen nach vorn sehen«, sagten seine Eltern immer.

Warum hatte er nie richtig über den Sinn dieser Worte nachgedacht?

Luca rieb sich die Augen und versuchte, den Kloß im Hals loszuwerden.

Warum hatte er nicht früher auf seinen Bruder gehört?

Ela fehlte ihm plötzlich. Jede Zelle seines Körpers sehnte sich nach ihr. Nie mehr mit ihr zu reden oder mit der kleinen Lina Fußball zu spielen, das konnte er sich gar nicht vorstellen. Doch auch die Zärtlichkeit, die berauschenden Gefühle, die er mit ihr erlebt hatte. Das sollte alles vorbei sein? Diese Sehnsucht konnte er doch nicht abstellen – geschweige denn, das Geschehene vergessen.

Es war ein großes Geschenk, das sie ihm gemacht hatte. Das wurde ihm jetzt erst so richtig klar. Und er hatte ihr Vertrauen rücksichtslos zerstört. Obwohl sie allen Grund hatte, niemandem mehr zu glauben, hatte sie es doch gewagt – bei ihm.

Es hatte sich aber auch verdammt gut angefühlt – so vertraut, so warm, so herzlich.

Pure Glückseligkeit hatte sein Herz zum Überlaufen gebracht.

Ihm schwante, wie einzigartig das war, und dass er so etwas wohl nie wieder erleben würde.

Er musste es wieder in Ordnung bringen. Morgen.

Luca schämte sich über alle Maßen für sein Verhalten Ela gegenüber und musste seine Tränen unterdrücken. Er hatte die erste Dose Bier leer und schmiss den Zigarettenstummel hinein, bevor er sich die nächste anzündete.

Ihm war übel – vor allem wegen sich selbst.

»Was ist denn hier los?!« Ciro stand plötzlich mit einem Nachbarmädchen im Wohnzimmer und wedelte mit demonstrativem Husten den Rauch weg. »Was wird das hier?« Entsetzt starrte er auf die Ansammlung leerer Bierdosen. »Was hast du angestellt?«

»Lass mich in Ruhe!«, knurrte Luca.

»Aha! Hab ich's doch geahnt, dass du Mist bauen wirst. Wir reden morgen darüber. Jetzt muss ich der süßen Kira meine Motorrad-Miniaturmodelle zeigen.« Er lächelte seine Eroberung an und zog sie die Treppe hinauf zu den Schlafzimmern.

Schlafen ist eine gute Idee, dachte Luca und warf die letzte Kippe in die letzte halb volle Bierdose. Er ging lediglich pinkeln, bevor er sich mitsamt Kleidung auf sein Bett warf und in einen komatösen Schlaf fiel.

Luca wusste nicht, wie spät es war, als er erwachte. Er war von lautem Stöhnen, Kichern und rhythmischem Bumsen aufgeweckt worden. Wer hatte hier so unverschämt lauten Sex? Er stand auf, um nachzusehen. Das Laufen fühlte sich merkwürdig an – so wattig – als ob er schwebte. Die Küche war auch nicht weit. Seit wann lag sie hier in der ersten Etage? Luca war verwirrt und sah neugierig durch den Spalt.

Ela! Sie lag auf dem Küchentisch, hatte die Beine abnorm weit gespreizt und ließ sich von Mario begatten. Als sie sah, dass er durch die Tür blickte, fing sie lauthals an zu lachen.

»Ja, da bist du eifersüchtig, nicht wahr?«, spottete sie.

»Ich ficke sie, bis sie vor Begeisterung heult!«, warf Mario ihm hinterher, bevor sie weiterrammelten.

Elas Stöhnen wurde immer lauter. So, als ob sie ihm absichtlich damit wehtun wollte.

Lucas Herz schmerzte. Es war so kalt! ... So kalt wie der tiefste Winter!

»Luca! Hallo!« Er wurde geschüttelt. »Luca!«

»Hm?«, fragte er erschrocken.

»Du bist schlafgewandelt. Waren wir zu laut?«, erkundigte sich Ciro.

Jetzt erst wurde Luca klar, dass er geträumt hatte und auf dem Flur in der ersten Etage stand.

»Verdammt«, sagte er und fasste sich an den Kopf.

»Alles in Ordnung?«

Luca nickte. Doch eigentlich war gar nichts in Ordnung.

Ciro schüttelte den Kopf und ging wieder ins Schlafzimmer.

Luca atmete durch. Erst der Traum hatte ihm endgültig klargemacht, wie stark seine Gefühle für Ela waren. Er brauchte sich nichts vorzumachen, er hatte sich schon längst in sie verliebt. Er musste mit Ela reden. Angst überkam ihn, dass er die Sache unwiederbringlich vergeigt hatte.

Nachdenklich ging er ins Bad, füllte den Zahnputzbecher mit kaltem Wasser und trank in einem Zug aus.

Du kennst ihre Vergangenheit nicht, hörte er Ciro in Gedanken. Nein, aber jetzt konnte er ahnen, dass sie es nicht leicht gehabt hatte, und von ihren Männern immer wieder enttäuscht worden war. Genau wie er von den Frauen.

Er hatte sich nach der ersten großen Enttäuschung in sein Schneckenhaus verkrochen. Aber Ela war mutig, sie wagte es immer wieder, sich auf jemanden einzulassen. Wahrscheinlich wusste sie gar nicht, wie mutig sie war.

Sie war überhaupt nicht unanständig, sondern eine tolle Frau und eine gute Mutter. Eine, die auch den Mut hatte, so einem Scheißkerl wie Mario die Stirn zu bieten. Und die ihm, Luca, ungeschönt ihre Meinung um die Ohren haute.

Zu recht, denn er hatte sich wirklich wie ein egoistisches Arschloch benommen. Er hätte von Anfang an mit offenen Karten spielen müssen, aber er war zu feige gewesen. Er war der Hornochse und sie hatte ein Recht darauf, es zu erfahren.

Ela musste wissen, dass er sie liebte.

Unbewusst hatte er es doch schon längst geahnt. Es war nur seine Angst gewesen, wieder enttäuscht zu werden, die ihn davon abgehalten hatte, sich richtig auf sie einzulassen und zu erfahren, was sie quälte. Und er hatte sie beleidigt, erniedrigt und tief verletzt.

Wie viele Enttäuschungen konnte man er-tragen?

Wenn man glücklich werden will, muss man ehrlich zu sich sein, hallte ihr Satz in seinem Kopf nach. Genau das hatte er verpasst. Hätte er sich früher seine Gefühle eingestanden, wäre das alles nicht passiert ...

Luca wankte zurück ins Bett, seine Glieder zitterten. Der Schlaf ließ auf sich warten. Seine Gedanken rotierten in Endlosschleife. Er musste sein Leben ändern und Ela vor Mario beschützen. Er fragte sich wieder und wieder, wie er sich bei Ela entschuldigen konnte. Wie sollte er ihr sagen, dass er sie liebte? Wie würde sie reagieren? Er musste sich darauf vorbereiten, dass er sie abweisen würde. Aber er war fest entschlossen, ihr Vertrauen wiederzugewinnen.

Am nächsten Tag saß Luca in der Küche und ließ Ciros Schimpftiraden über sich ergehen. Ihm war kotzübel und das nicht nur vom Bier, sondern auch von ihm selbst! Er sagte nichts zu Ciros Kritik, er hatte sie ja verdient!

»Du gehst auf die vierzig zu! Manchmal denke ich, du willst in deinem Alter noch eine Jungfrau!«, meckerte Ciro. »Aber ich sag dir was. Selbst wenn du eine finden solltest, ist sie keine Garantie gegen Enttäuschungen – im Gegenteil.«

»Nein ... Ja ... Ist mir klar.« Lustlos rührte Luca in seinem Müsli.

»Dir ist außerdem klar, dass du für eine Unschuld heutzutage auf Minderjährige zurückgreifen musst?«

»Ich will keine Jungfrau«, verteidigte sich Luca genervt.

»Warum dann das ganze Theater? Du bist doch in Ela verknallt! Das sieht jeder! Und sie himmelt dich auch an. Wo ist also das Problem?«

»Es ist vorbei.«

Ciro legte sein Nutellabrot auf den Teller zurück. »Warum?! Weil du so dämlich warst und ihr das Gefühl gegeben hast, dass sie eine Nutte ist?!«

»Nein.«

»Warum dann?«

»Sie fühlt sich benutzt.«

»Das ist ja wohl so ziemlich dasselbe. Hast du sie gefickt?«

»Das geht dich nichts an.«

Ciro schlug sich vor den Kopf. »Also ja. Du bist ein Idiot! Frauen fühlen sich immer benutzt, wenn du nicht von Anfang an klarmachst, was Sache ist. Das weißt du doch! Ich hab dir gesagt: Lass es sein! Warum hast du nicht auf mich gehört?!«, schimpfte er sich in Rage.

Lucas Kloß im Hals war so dick, dass er nicht mehr sprechen konnte. Erschöpft rieb er sich über die Augen. »Wollte ich ja, aber ich hab die Kontrolle verloren.«

»Kein Wunder, wenn Gefühle im Spiel sind, die lassen sich nicht kontrollieren.«

»Ich weiß, verdammt! Und jetzt hör endlich mit deiner Predigt auf. Ich weiß, dass ich alles falsch gemacht habe«, erwiderte Luca verärgert, und pfefferte den Löffel so heftig in die Müslischale, dass Milch herausschwappte.

Ciro fiel die Kinnlade herunter. »Ach du heilige Scheiße! Dich hat es ja richtig erwischt! Und du hast es so richtig vergeigt.«

Luca senkte den Kopf. »Ich weiß nicht mehr, was ich machen soll. Wie ich das wieder hinbekommen soll«, murmelte er mit gebrochener Stimme und schob die Schale von sich weg.

»Fuck!«

»Du sagst es.«

Kapitel 20 Erkannt

»Du gefällst mir in letzter Zeit gar nicht, Mädel«, grummelte Simone sorgenvoll, als Ela beim Frühstück in ihrem Müsli rührte. »Du isst ja gar nichts ... und dann diese Augenringe.«

Sie hatte immer noch keinen Hunger, obwohl sie schon vierundzwanzig Stunden nichts mehr gegessen hatte. Nachdem Luca sie nach Haus gebracht hatte, war sie einfach auf ihr Zimmer gestürmt und hatte sich mit Kopfschmerzen entschuldigt. An dem Abend war sie nicht mehr heruntergekommen.

Daher hatte ihre Mutter es wohl nicht gewagt, sie heute Morgen zu wecken. Als Ela kurz vor Mittag dann endlich beim Frühstück saß, gingen ihr die neugierigen Blicke ihrer Mutter ganz schön auf den Keks. Gott sei Dank hatte sie sich bis jetzt nicht getraut zu fragen, was los war. Das dürfte allerdings nicht mehr lange dauern. Ela wartete fast darauf.

»Was ist los?«, nahm sich Simone ein Herz.

Na prima! Sie hätte es nicht denken sollen.

»Nichts«, antwortete Ela gereizt. »Vielleicht bekomme ich eine Grippe. Lass mich bitte mit deiner Überfürsorge in Ruhe.« Lustlos kaute sie auf einem Bissen herum. Es schmeckte wie Pappe.

»Vielleicht gehst du dann mal zum Arzt?«

»Ich werde gleich zur Uni fahren und die Unterlagen hinbringen«, murmelte sie.

»Aber das klingt doch gut. Da müsstest du doch gute Laune haben?«

»Schon, aber meine Mutter geht mir auf den Keks.«

Beleidigt drehte sich Simone weg.

Ela schluckte. »Tut mir leid. Ich weiß auch nicht, warum ich so schlecht drauf bin.«

»Willst du mir nicht verraten, was los ist? Hat es was mit der Tour gestern zu tun?«

Warum musste ihre Mutter ausgerechnet dieses Mal so zielsicher ins Schwarze treffen? »Nein.«

Simone krauste die Stirn. »Das sah aber gestern anders aus. Ohne ein Wort bist du davon gestürmt.«

Ela warf den Löffel ins Müsli, sodass die Milch schwappte, und schob die Schale von sich weg. »Na und? Das geht dich nichts an.«

»Nein, das geht mich nichts an. Es ging mich noch nie etwas an. Aber glaubst du etwa, dass ich nie gemerkt habe, wenn etwas nicht in Ordnung war?«

»Pffft!« Ela lehnte sich zurück und verschränkte die Arme.

»Sie wird schon ihren Weg gehen, habe ich dann gedacht. Sie ist ja noch jung und braucht ihre Erfahrungen und keine guten Ratschläge. Aber langsam frage ich mich, ob das die richtige Strategie war.«

»Oh nein! Jetzt bloß keine guten Ratschläge!«, stöhnte Ela mit erhobenen Händen. »Verschone mich.«

»Es war so schwer, nichts dazu zu sagen, obwohl ich Angst hatte, dass du denselben Fehler machst, wie ich.« Simone hatte den Tisch abgeräumt und tätschelte ihrer Tochter die Schulter. »Ich habe dir nie abgenommen, dass du so viel bei deinen Freundinnen bist. Aber dass du uns noch nie jemanden vorgestellt hast, beunruhigt mich schon länger. Kind, wenn bei dir … etwas nicht normal ist, dann sag es doch einfach.«

Ela schloss die Augen. »Definiere *normal*«, forderte sie und griff zu ihrer Kaffeetasse.

»Ja, ich weiß nicht … Vielleicht magst du gar keine Männer«, kam es zögernd von ihrer Mutter.

Der eben geschlürfte Kaffee landete mit einem Prusten wieder in der Tasse. »Bingo Mama!«, antwortete Ela grinsend.

Simones Kiefer klappte nach unten, bevor sie sich auf die Lippe biss.

»Aber nicht aus dem Grund, den du jetzt vielleicht denkst. Ich bin nicht lesbisch, ich hab nur die Nase voll. Und jetzt gib endlich Ruhe.«

Ihre Mutter schluckte. »Ist es wegen Luca? Was hat er getan?«

Auf diese Art von Erklärung hatte Ela leider gar keine Lust. »Was Männer halt so tun … Arschloch spielen«, zischte sie.

Simone nickte wissend. »Ja … Die vermeintlich attraktiven Männer entpuppen sich oft als Flachwichser. Ansonsten sind die guten immer verheiratet oder schwul.«

»Mama!«, antwortete Ela gespielt entrüstet. »Das aus deinem Mund.«

»Luca hatte ich eigentlich nicht dazu gezählt – und ich irre mich selten.«

»Selten heißt nicht nie.«

»Ich musste auch lange suchen, bevor ich deinen Vater gefunden habe.«

»Er ist nicht mein Vater.«

»Natürlich ist er das. Er hat dich adoptiert. Er ist mehr dein Vater, als ...«

»Mein Erzeuger ... der Ar...«

Simone nickte. »Weißt du. Irgendwann musst du dich davon lösen, den perfekten Mann zu finden. Frauen sind auch nicht immer perfekt.«

»Aha«, erwiderte Ela spöttisch.

»Ich habe auch Fehler gemacht. Wahrscheinlich ähnliche wie du. Aber irgendwann muss man damit abschließen und ein neues Kapitel in seinem Leben aufschlagen«, fuhr ihre Mutter unbeirrt fort.

»Oh, was für weise Worte. Was denkst du, was ich gerade tue?«, ätzte Ela pathetisch, kippte den letzten Schluck Kaffee hinunter und stand genervt auf.

»Irgendwo ankommen und endlich anfangen zu vertrauen«, setzte Simone nach.

Ela war schon auf dem Weg zur Tür und drehte sich noch einmal um. »Richtig. Genau das bin ich gerade. Angekommen ... Und zwar bei mir selbst! Vertrauen darf man nur sich selbst.«

Resigniert sank Simone auf einen Stuhl. »Wenn du mal reden willst.«

»Ich glaube, das willst du nicht hören.«

Kaum hatte Ela die Unterlagen bei der Uni abgegeben, war ihr Appetit wieder da gewesen. Dagegen hatte sie sich einen Schokoriegel in der Mensa besorgt. Das war nach dem unregelmäßigen Essen in letzter Zeit nicht gerade eine vorbildliche Lösung, aber es stillte den ersten Hunger. Wenn ihr Leben wieder in ruhigeren Bahnen verlief, würde sie sich wieder besser ernähren. Dafür würde schon ihre Mutter sorgen ...

Seit sie beschlossen hatte, auf eigenen Beinen zu stehen, hatte sie nicht einmal mehr Lust, Hilfe von ihren Eltern anzunehmen. Das hatte sie schon viel zu lange getan. Doch leider ging kein Weg dran vorbei, denn Lina sollte nicht allein in der Wohnung sein, wenn sie arbeitete. Schon gar nicht nach Marios Drohung. Da war ihre Tochter bei den Eltern noch am sichersten und Lina konnte sich sowieso nicht vorstellen, allein mit ihr zu leben.

Als sie aus dem Gebäude der Uni trat, brannte die Nachmittagssonne auf das Pflaster des Parkplatzes und verwandelte ihn zur Gluthölle. Sie war froh, dass sie ein luftiges Kleid anhatte, denn das Auto hatte keine Klimaanlage. Sie liebte es, wenn die Kleidung sie nicht beengte. Und das dünne Blumenkleid war eins ihrer liebsten Kleidungsstücke. Mit durchgehender Knopfleiste, um oben und unten die Kühlung zu regulieren. Sie knöpfte ihr Dekolleté so weit auf, wie es ging – es sah ja keiner. Danach ein paar am Rock, um ordentlich Auto fahren zu können.

Ela freute sich, als sie den Wagen startete. Jetzt konnte sie es gar nicht mehr erwarten, auf eigenen

Beinen zu stehen. Die paar Semester würde sie zu Hause auch noch überleben und Lina war es mehr als recht. Doch sie würde beim Studieren bestimmt nicht bummeln.

Um Lina abzuholen, war es noch zu früh, also fuhr sie schnurstracks zurück und wollte ein paar versöhnliche Worte mit ihrer Mutter wechseln. Diese konnte schließlich wirklich nichts dafür, dass sie mit ihrem Männergeschmack immer ins Klo griff. Und sie konnte nachvollziehen, dass Simone so auf Luca abfuhr, bei dem bekamen sicher viele Frauen weiche Knie ... Dazu der seriöse und liebenswürdige Auftritt ... Die perfekte Maske. Im Nachhinein wunderte sie es nicht, dass er keine Freundin hatte, denn dahinter steckte ein verbitterter Spießer.

Ela verfluchte sich. Warum mussten selbst auf der Fahrt ihre Gedanken ständig zu Luca wandern? Auch gestern musste sie den ganzen Abend und die halbe Nacht zwanghaft darüber nachdenken, wie es sein konnte, dass sie sich so hatte täuschen lassen.

Es wirkte einfach alles so echt. Zu glaubwürdig. Bei Mario hatte sie, wie bei allen anderen, immer irgendwelche Zweifel im Hinterkopf gehabt. Auch, wenn sie diese erst zugelassen hatte, nachdem sie enttäuscht worden war. Spätestens im Nachhinein war ihr immer klar gewesen, was falsch gelaufen war – auch wenn sie offensichtlich nicht viel daraus gelernt hatte.

Aber bei Luca? Bei ihm war sie völlig arglos gewesen. Die Geborgenheit, die sie bei ihm gefühlt hatte, war über jeden Zweifel erhaben. Wie konnte jemand, der so zärtlich und einfühlsam sein konnte, nur so rücksichtslos sein? Sie hatte ihm blind vertraut, sie blöde Gans.

Wahrscheinlich auch, weil so viel Unverfrorenheit einfach unvorstellbar für sie war. In ihrer Vorstellung ging sie noch einmal jede Begegnung, jede Geste, jedes Wort und seine Mimik durch. Sie fand immer noch nichts. Keine Anzeichen für falsche Gefühle. Er musste im Inneren eiskalt sein, anders war das nicht zu erklären.

Sie sinnierte noch immer, als sie auf die Auffahrt zum Haus bog. Ganz in Gedanken stieg sie aus, da stand plötzlich Luca vor ihr. Ein Schreck fuhr ihr durch die Glieder, denn er sah zweifellos übernächtigt aus. Seine Augenringe waren mindestens so dunkel wie ihre. Doch seine waren nicht überschminkt.

»Was willst du?«, fragte Ela und warf gereizt die Autotür zu.

Luca atmete tief durch. Er wirkte nervös. »Ich schulde dir noch eine Antwort.«

»Du schuldest mir nichts«, entgegnete sie und schloss das Auto ab. »Und ich schulde dir nichts. Ich schulde niemandem etwas!«

»Auf deine Frage gestern«, setzte er nach.

»Beantworte mir lieber die heutige Frage!«

Lucas Stirn krauste sich. »Was meinst du?«

»Was willst du von mir«, giftete sie.

»Reden«, antwortete er mit einem verlegenen Lächeln.

Ela sah ihn traurig an. »Luca, wir haben gestern genug geredet, oder?«

»Nein, zumindest nicht ich. Mir war nicht klar, was ich da tue. Du hattest recht, der Hass hat mich verblendet. Es tut mir leid. Ich bereue es so sehr. Das meine ich wirklich ehrlich«, stammelte er und streckte den Arm nach ihr aus.

Konnte sie ihm glauben? Wohl kaum! Ela schüttelte den Kopf. »Weißt du, du wirkst so aufrichtig. Aber dann stellt sich heraus, dass du der größte Schwindler unter Gottes Sonne bist. Warum also sollte ich dir jetzt glauben?«

Luca presste die Lippen aufeinander. »Du hast mir gestern die Frage gestellt, ob ich etwas für dich empfinde ... Ich habe nicht geantwortet. Dazu bin ich nicht gekommen«, erwiderte er heiser.

Ela spürte, wie ihr Herz gegen den Brustkorb hämmerte. Hitze stieg in ihre Wangen. Es war aber auch verdammt heiß!

»Fuck, ich habe es selbst vielleicht nicht wahrhaben wollen ... Aber die Antwort ist ja. Ja, ich empfinde was für dich. Schon vom ersten Moment an, aber ich habe es verdrängt«, stammelte er verlegen.

»Das tut mir leid für dich.«

Luca hob überrascht die Augenbrauen und trat einen Schritt auf sie zu.

Ela war wie gelähmt.

»Mir nicht«, raunte er und packte sie am Arm.

Sie schluckte und wich einen Schritt zurück. »Warum kommst du jetzt damit? Es ist zu spät. Selbst wenn du mir jetzt einen Heiratsantrag machen würdest, ich könnte dir nicht mehr vertrauen. Und jetzt lass mich los!«

»Von wo kommst du eigentlich gerade?«

»Was soll diese Frage? Das geht dich nichts an!«, sagte sie und versuchte, ihm ihren Arm zu entziehen.

Doch Luca packte nur fester zu. Anscheinend war er fest entschlossen, sie nicht so leicht gehen zu lassen. »Lässt du dich jetzt aus Trotz wieder mit Mario ein?«

»Spinnst du? Und selbst wenn, das kann dir doch egal sein. Im Gegenteil. Vielleicht liefere ich dir dann die gewünschten Informationen. Dann hättest du doch, was du willst.«

Luca schloss gequält die Augen. »Ich habe Angst um dich. Kannst du das nicht verstehen?«

Er startete einen Versuch, sie weiter an sich zu ziehen, aber Ela wehrte sich.

»Das kaufe ich dir nicht ab! Wenn du wirklich Angst um mich hättest, hättest du dich anders verhalten!«, fauchte sie.

»Ich wollte es nicht wahrhaben, aber ich hab mich in dich verliebt, verdammt!«, bekräftigte Luca verzweifelt.

Was?! Verliebt?

Ela stutzte. Das hatte noch nie ein Mann zu ihr gesagt. Der Puls rauschte in ihren Ohren. Es waren die Worte, die sie immer hatte hören wollen. Ob sie ihnen trauen konnte? Oder waren sie doch nur Ausdruck seiner Skrupellosigkeit? Sie schluckte. Nein, sie konnte ihm nicht mehr glauben. Egal, wie ehrlich das jetzt gemeint war. Sie ermahnte sich, alle Gefühle aus ihrem Herzen zu verbannen. Schluss mit Seelenschmerz und Enttäuschungen.

»Bitte, Ela. Versuche wenigstens, auch meine Seite zu sehen. Es war nicht nur der Hass auf die Mafia, der mich dazu trieb. Auch ich bin in der Liebe enttäuscht worden, deswegen kann ich mich nicht so einfach auf meine Gefühle einlassen. Wir Männer ...«, flehte er.

Er bat sie aufrichtig um Verzeihung, das war zu spüren, doch Ela war es egal.

»... sind von Natur aus feige Arschlöcher? Oder was wolltest du sagen?«

»Ja! Ja, ich bin feige! Ich habe Angst vor meinen Gefühlen. Wenn ich sie mir früher eingestanden hätte, wäre das alles nie passiert.«

»Schade eigentlich«, antwortete Ela und versuchte angestrengt, keine Regung zu zeigen. Doch der Klang in Lucas Stimme, seine suchenden, unsicheren Blicke prallten ganz und gar nicht von ihr ab. Er hatte tatsächlich ein schlechtes Gewissen – oder war der grandioseste Schauspieler aller Zeiten.

»Du ... du bestimmst, ob du zur Polizei gehst. Es ist deine Sache, was du mit den Informationen machst. Aber bitte, lass mich dir helfen, wenn du Unterstützung brauchst. Ich habe Angst um dich – und Lina«, versicherte er.

»Soso«, murmelte Ela mit gesenktem Blick. »Das fällt dir ja früh ein.«

»Ich weiß, es ist eigentlich zu spät – auch für die ganzen Geständnisse. Aber glaub mir, ich will alles tun, um dich zu beschützen und zu unterstützen.«

Unterstützung konnte sie tatsächlich gebrauchen. Aber was war der Preis dafür?

»Und warum jetzt auf einmal?«, fragte sie skeptisch.

»Nicht jetzt auf einmal, immer schon. Ich weiß, dass ich das mit unserer Liebe wahrscheinlich verbockt habe, aber ich will immer für dich da sein. Das musst du mir glauben. Ich liebe dich, das ist die Wahrheit. Aber ich weiß, dass ich dasselbe nicht von dir erwarten kann. Ich möchte eine zweite Chance, aber ich kann das nicht von dir verlangen, nur darum bitten. Dazu ist zu viel passiert, das ist mir klar. Trotzdem will ich, dass du es weißt und mir glaubst. Und ich bitte dich, wenigstens darüber nachzudenken. Ich werde mich nie wieder wie ein rücksichtsloser Egoist benehmen. Bitte, gib mir eine Chance, dann werde ich es dir beweisen. Ich schwöre, dass ich jedes Wort so meine, wie ich es sage.«

Obwohl sie Luca noch nicht einmal in die Augen sah, drangen seine Worte bis in ihr Innerstes. Sie konnte sich nicht dagegen wehren. Sie spürte, er sagte die Wahrheit. Es wäre dumm von ihm, jetzt noch zu lügen.

Luca hob ihr Kinn. »Mir war meine Einsamkeit gar nicht richtig bewusst, doch auf einmal ist sie schmerzlich präsent. Ich will das nicht mehr. Ich will dich ... mit Lina ... eine Familie ... das ganze Paket.«

Seine Stimme zitterte und brachte auch ihre Knie zum Zittern. Ela fehlten die Worte. Sie sahen sich lange in die Augen. Ela konnte seine Hilflosigkeit und Reue darin erkennen.

»Sag doch was. Jetzt bist du dran. Jetzt möchte ich von dir wissen, was du für mich fühlst?«, krächzte er dunkel. »Sieh mir in die Augen und sag mir, dass du nichts mehr für mich empfindest.«

Lucas eindringliche Worte lösten ein Gefühl in ihr aus, das sie nicht nur warm und weich werden ließ, sondern auch schwach und wehrlos. Er war wild entschlossen und das berührte sie zutiefst.

Wenn Luca wollte, dann hatte sie keine Chance. Und jetzt wollte er sie küssen. Mit seiner überlegenen Kraft war es für ihn eine Kleinigkeit, sie heranzuziehen. Er umarmte sie, als wollte er sie nie wieder loslassen. Halbherzig presste sie die Arme gegen seinen mächtigen Brustkorb. Luca dachte nicht daran, seinen Griff zu lockern.

Irgendwann gab Elas Körper den Widerstand auf und bog sich durch. Ihre Leiber pressten sich aneinander. Sein wilder Kuss reichte für einen berauschenden Höhenflug, ihr wurde egal, dass sie sich möglicherweise wieder auf einer Achterbahn befand. Warum wollte sie ihn meiden? Wie eine Explosion bahnte sich die Leidenschaft ihren Weg und ließ sie alle Vorsicht, Vorsicht sein lassen.

Nur einen kurzen Moment …

Sie seufzte. So ein kleines bisschen küssen konnte doch nicht schaden. So unvernünftig das war, ihr Verstand hatte sich in Sekundenschnelle aufgelöst. Sie schlang die Arme um seinen Hals und ergab sich Lucas rauem Verlangen. Seine Hände wanderten ihren Rücken auf und ab, drückten sie so dicht an ihn heran, dass ihr fast die Luft wegblieb.

Langsam zog sie Luca zur Wand, denn Ela hatte Angst, dass ihre Mutter vom Küchenfenster aus sehen könnte, was sie hier veranstaltete. Sie hatte keine Lust, noch einmal Auskunft über ihr Liebesleben zu geben.

Sie würde später darüber nachdenken, was sie da machte ...

Der leidenschaftliche Kuss weckte wieder einmal ihre unterdrückte Sehnsucht nach Liebe. Die Schmetterlinge im Bauch flatterten wie wild und besetzten triebhaft Herz und Unterleib. Der warme Sommerwind kühlte die feuchte Haut, als sich Luca mit Küssen einen Weg den Hals hinunter bahnte.

Sein Gesicht vergrub sich in Ihrem Dekolleté.

»Wir waren uns so nah«, murmelte er, während er den Stoff ihres Kleides ein Stückchen beiseiteschob, um an den Brustansatz zu kommen. Seine Worte vibrierten bis in die letzte Zelle ihres Körpers. »Ich will dir immer so nah sein. Ich will dich und deine Tochter in meinem Leben.«

Warum nur hatte sie ihre Knöpfe nicht wieder geschlossen?

Ela keuchte. »Du machst es dir ja ganz schön einfach«, presste sie hervor. »Was wird das, willst du mich hier ausziehen?«

Mit einem erschrockenen Gesichtsausdruck ließ Luca von ihr ab. »Entschuldige, ich war schon wieder dabei, die Kontrolle zu verlieren. Das macht mir selber Angst«, sagte er, während er Elas Kleid wieder zurechtrückte. »Du übst eine wahnsinnige Anziehung auf mich aus. Ich kann mir das nicht erklären und ich kann mich nicht dagegen wehren.«

»Luca, das mit uns beiden macht keinen Sinn. Egal, was da zwischen uns ist, unsere Zeit ist vorbei.«

»Sag das nicht. Es tut mir leid, dass ich so eine lange Leitung habe. Aber ich kann auch nicht so schnell vertrauen ... Doch jetzt weiß ich, dass ich dich liebe und eine Familie mit dir will. Das ist mir jetzt erst klar geworden, nachdem ...«, flehte er.

Ela nickte. Plötzlich wurde ihr bewusst, dass seine Worte das Problem waren. »Deine Worte ... Das habe ich vor gar nicht langer Zeit ganz ähnlich gehört. Großartiger Sex und eine Familie. Aber damit der Umbau von Marios Wohnung finanziert werden kann, soll ich als Prostituierte arbeiten. Sorry, mein Vertrauen ist mehr zerstört, als deins. Und dann kamst du als Licht am Horizont ... und wolltest mich auch nur ausnutzen.«

»Du hast ja recht, es war nicht in Ordnung. Mir war nicht klar, was ich anrichte. Aber ich will alles tun, um es wiedergutzumachen. Du musst mir nur sagen wie.«

Ela schüttelte den Kopf. »Tut mir leid, aber dafür ist das Geschehene zu schwerwiegend.«

»Ich habe aber umgedacht. Man kann das Vergangene nicht rückgängig machen, aber man kann aus Fehlern lernen ... deine Worte«, erwiderte er flehend. »Du musst mir verzeihen.«

»Ich muss? Wie soll ich das, wenn mein Vertrauen weg ist? Ich habe gestern beschlossen, dass ich ab jetzt nur noch einem Menschen vertraue, und das bin ich selber. Das war sowieso überfällig.«

Luca senkte den Kopf. »Bitte, versuche es wenigstens. Alles, worum ich dich bitte, ist eine Chance.«

Aus dem Augenwinkel bemerkte Ela plötzlich, wie Marios knallroter Wagen drohend langsam vorbeifuhr. Sie drehte den Kopf in seine Richtung. Luca tat es ihr gleich. Mario deutete mit zwei Fingern auf seine Augen. Eine Warnung, dass er sie beobachtete.

Ela lief rot an und schlug erschrocken die Hand vor den Mund. »Hast du das gesehen?«

»Ja! Fuck, Mann!«, krächzte Luca.

»Wissen sie, wer du bist?«

Luca schüttelte den Kopf. »Ich weiß nicht«, stammelte er.

»Ich muss das wissen«, flehte Ela, die inzwischen weiß wie eine Wand war. »Wenn, dann sind wir jetzt richtig in Gefahr.«

»Ich weiß es wirklich nicht. Ich glaube, nein«, murmelte Luca, während er die geschockte Ela zu sich heranzog.

»Glaube ...«

»Vielleicht ist es wirklich besser, wenn du zur Polizei gehst. Ich komme mit«, schlug er vor, während er beruhigend über ihr Haar streichelte.

»Nein! Sonst machen sie ihre Drohungen wahr und ... Lina ... Außerdem weiß ich doch gar nichts«, wimmerte Ela. »Wer kann mir garantieren, dass die Situation nicht noch gefährlicher wird, wenn ich zur Polizei gehe?«

Luca umfasste Elas Kopf mit beiden Händen und zwang sie, ihn anzusehen. »Beruhige dich. Wir müssen einen kühlen Kopf bewahren. Eins kannst du mir glauben, ich will auch nicht, dass euch etwas passiert. Wirklich«, erklärte er eindringlich.

»Ach ja?«, zischte sie.

»Ja. Ich habe gedacht, wenn du ein paar Leute nennst, die von den Verbrechern unter Kontrolle gehalten werden, muss die Polizei was tun. Aber das war dumm, und naiv, ich habe nicht bedacht ... Ach, ich weiß auch nicht ...«

Ela zog ihre Augen zu Schlitzen. »Was hast du nicht bedacht?«

»Lass uns in Ruhe darüber reden, ja? Komm mit zu uns rüber. Wir können einen Kaffee trinken.«

Ela drückte Lucas Arme von sich weg. »Nein. Ich kann gerade keinen klaren Gedanken fassen. Ich muss gleich Lina abholen«, antwortete sie und schüttelte heftig den Kopf.

»Wollen wir das nicht zusammen machen?«

»Du spinnst wohl! Halt dich endlich von uns fern!«, erwiderte sie entrüstet.

»Was ist mit Lina, wenn sie mich ruft und Fußball spielen will? Soll ich ihr dann absagen? Ich will das Mädchen doch nicht enttäuschen.«

»Dir wird ja wohl noch eine Ausrede einfallen.«

Luca blieb in der Auffahrt stehen. Als sie sich noch einmal umdrehte, bevor sie um die Ecke verschwand, sah sie, dass er ihr traurig hinterher sah.

Ihre Beine zitterten, als sie ins Haus ging. Was war bloß auf einmal los? In den letzten Tagen fühlte sich ihr Leben wie eine Achterbahn an. Ihr war nur noch übel.

»Das sah mir jetzt aber nicht danach aus, als wäre da nichts zwischen euch«, begrüßte sie ihre Mutter. »Knöpf dein Kleid richtig zu.«

Ela verdrehte die Augen, weil sie das vergessen hatte. »Mama, lass mich einfach in Ruhe.«

Simone nickte. »Soll ich Lina abholen?«

Sie musste ihre neu aufgekochte Angst überwinden und es selber machen – sie durfte sich nicht unterkriegen lassen. »Nein, brauchst du nicht.«

»Gut. Später musst du sie sowieso zum Fußball bringen. Ich bin nachher nämlich nicht da, will noch in der Stadt Einkäufe machen.«

Der Blick ihrer Mutter war besorgt, als Ela sich ohne ein weiteres Wort zurückzog.

Ela ging ins Bad, drehte das Wasser auf, formte die Hände zu einer Schaufel und schlug sich kühles Wasser ins Gesicht. Am liebsten hätte sie geduscht, doch es war nicht mehr genügend Zeit.

Vielleicht sollte sie eine rauchen?

Nein!

Lieber nur etwas trinken. Schon bald musste sie wieder los. Sie durfte auf keinen Fall zu spät kommen, denn ihre Tochter durfte nicht unbeaufsichtigt bleiben.

Kapitel 21 Die Schlinge zieht sich zu

»Hier Mama!«, begrüßte Lina ihre Mutter strahlend, als sie sie abholte, und wedelte mit Elas altem Handy in der Luft. »Dein Handy war gar nicht kaputt!«

Elas Herz schlug bis zum Hals. »Woher hast du das?!«

»Einen schönen Gruß von Mario soll ich bestellen«, erklärte Lina unschuldig.

»Woher du das hast, habe ich gefragt«, fauchte Ela nervös.

»Das hat mir ein Mann am Schulhoftor gegeben.«

»Wie sah er aus? War er groß?«

»Ja, groß und stark. Er hatte so eine Narbe, wieso?«

»Ich will nicht, dass du dich mit fremden Männern unterhältst. Hast du verstanden? Halte dich nie allein abseits auf, und wenn dich wer anspricht, geh weg, zu Leuten, die du kennst.«

»Wieso?«

»Mach es einfach. Das sollst du doch sowieso.«

»Mach ich ja eh. Warum bist du so komisch? Der Mann hat doch nur dein Handy gefunden.«

Ela wollte Lina nicht verängstigen. Aber das war gar nicht so einfach, schließlich hatte sie selbst Mühe, ihre Nervosität zu verbergen.

»Ja ... vielen Dank«, murmelte sie und nahm es entgegen. »Lass uns nach Hause fahren, ja?«

»Gehen wir vorher ein Eis essen? Büüütte!«

»Nein, das wird zu knapp. Du hast ja auch nachher Fußball«, wiegelte Ela ab, obwohl die Zeit eigentlich reichen würde.

Sie wollte so wenig wie möglich in die Öffentlichkeit, denn das machte sie zur Zielscheibe. Wie das weitergehen sollte, war ihr auch noch nicht klar. Dass Mario trotz aller Vorsicht ganz dicht an Lina gekommen war, ließ die Dinge abermals in einem neuen Licht erscheinen. Der Dreckskerl wollte ihr demonstrieren, dass er die Kontrolle hatte.

Ein halbwegs sicheres und normales Leben war auf absehbare Zeit nicht möglich. Das wurde ihr schlagartig klar. Wie lange konnte sie das aushalten? Es würde sie über kurz oder lang zermürben. Vielleicht sollte sie doch zur Polizei gehen? Doch allein der Gedanke ließ ihr das Blut in den Ohren rauschen. Für diesen Schritt war sie trotz allem nicht bereit – noch nicht. Ihre Angst war nicht so leicht zu überwinden. Sie fühlte sich in der Zwickmühle.

Dennoch war ihr klar, irgendwann musste es sein. Irgendwann.

»Nein, Eis essen geht ganz schnell. Nur eins auf die Hand«, erwiderte ihre Tochter.

»Bitte hör auf. Ich habe Kopfschmerzen.«

»Ooooch ... na gut«, grummelte Lina und stieg ins Auto.

Sie wirkte so beleidigt, dass Ela ein schlechtes Gewissen bekam. Sonst war sie auch nicht so konsequent, so kannte sie Lina nicht. Sie musste ihr Normalität vorgaukeln.

»Bring schnell den Tornister rein und hole deine Sporttasche, dann können wir vorm Training noch ein Eis auf die Hand essen«, schlug Ela vor, als sie zu Hause angelangt waren.

»Wieso wir? Willst du etwa mit?«

»Ja, ich hab doch schon lange nicht mehr zugesehen. Ich weiß gar nicht, wie gut du geworden bist.«

»Ich will aber nicht, dass du beim Training zuguckst. Das ist peinlich.«

»Warum das? Früher klang es ganz anders.«

»Jetzt ist es peinlich. Ich bin doch kein Baby. Die anderen Eltern kommen auch nur noch zum Spiel, nicht mehr zum Training. Außerdem dachte ich, du hast Kopfschmerzen.«

»Warum willst du nicht, dass ich zusehe.«

»Warum willst du unbedingt zusehen?«

»Okay«, seufzte Ela, »aber du musst mir versprechen, dass du dich nicht von der Gruppe entfernst. Hörst du?«

»Was ist denn los? Stimmt was nicht? ... Ist dieser Mario mein Vater, oder was?«

Ela blieb die Luft weg. »Nein, wie kommst du darauf? Bestimmt nicht.«

»Ich fände es cool, wenn auch mal mein Vater zum Spiel kommen würde.«

»Das wird er ... bald. Ich habe mit ihm gesprochen«, lenkte sie ihre Tochter ab.

Lina schnappte überrascht nach Luft. Strahlend klatsche sie in die Hände. »Hast du? Wann denn?«

»Bald. Wir können ihn nach dem Fußball anrufen, wenn du willst.«

Es konnte auf jeden Fall nicht schaden, noch jemanden zu haben, der auf Lina aufpasste. Hoffentlich gab sie mit dem Vorschlag vorerst Ruhe.

»Echt?! Will er doch was von mir wissen?«, fragte ihre Tochter ungläubig. Ihre schönen blauen Augen leuchteten hoffnungsvoll.

Es tat Ela unendlich leid, dass sie ihrer Tochter immer erzählt hatte, dass Karl nichts von ihr wissen wollte.

Sie streichelte flüchtig über Linas Knie. »Ja, es war so etwas wie … Er hat es sich überlegt und will dich schon länger kennenlernen, hat sich aber nicht getraut.«

»Oh. Hat sich nicht getraut … Du hast in gesprochen? Kommt ihr jetzt wieder zusammen?«

»Nein, er ist mit einer anderen Frau verheiratet. Aber dass du Fußball spielst, findet er gut.«

»Mag er auch Fußball?«

Ela nickte. »Ich denke schon.« Was sollte sie auch sagen? So viel hatten sie damals ja nicht geredet.

»Nun geh schon und hol die Tasche«, sagte sie.

Sie holte das alte Handy hervor und warf einen Blick darauf. Mario hatte ein Video geschickt.

Als Lina im Haus verschwunden war, spielte Ela es ab. Ihr wurde heiß und kalt. Ihre Hände zitterten, während sie es ansah. Es war die angedrohte Aufnahme von ihrer ›Ausbildung‹. Die Luft blieb ihr weg vor Scham. Ihre Kehle schwoll zu, als sie den Text darunter las:

Du hast es in der Hand, ob alles in der Familie bleibt.

Verzweifelt sammelte sie sich. Lina sollte nichts merken. Ja, durfte nicht einmal skeptisch werden.

Ob sie doch Luca um Hilfe fragen sollte? Der schien ja heute nicht im Laden zu sein, wenn er sie vorhin am Auto abpassen konnte. Nein, ausgerechnet Luca ... Wenn das Mario mitbekam und er ihn doch kannte ... Besser nicht.

Ela kam zu dem Schluss, dass ihr nichts anderes übrig blieb, als ihrer Tochter zu vertrauen, wenn sie sie nicht ängstigen wollte. Sie war schließlich selbst dran schuld, dass ihr Sicherheitsgefühl ganz verloren gegangen war. Wenn sie es je wiederbekommen wollte, musste sie zur Polizei gehen. Am besten so schnell wie möglich. Sie durfte sich jetzt nichts mehr vormachen.

Hoffentlich würde die Polizei die Gefahr ernst nehmen. Dumm, dass sie den Drohbrief nicht von Luca zurückgefordert hatte. Was hatte er damit gemacht? Ob sie doch mit Luca zusammen zur Polizei gehen sollte? Auch der Gedanke machte ihr Angst.

Alles machte ihr Angst. Sie war nur noch ein Nervenbündel.

Ela rang um Luft, als ihr das alles klar wurde. Die Polizei würde sie schon beschützen, redete sie sich ein. Vielleicht konnte sie Lina einige Zeit bei Karl in Sicherheit bringen, bis Mario hinter Gitter war. Sie würde ihn gleich anrufen und fragen. In Ruhe, nachdem sie Lina weggebracht hatte. Dann würde sie nur zum Schein vom Sportplatz wegfahren. Danach zurückkommen und ihre Tochter heimlich beobachten. Ja, so würde sie es machen!

Alles schien glatt zu laufen. Mario war weit und breit nicht zu sehen. Doch als sie vom Sportplatz losfuhr, bemerkte Ela, dass sie von Marios Porsche verfolgt wurden.

Heilige Scheiße!

Wann nahm das ein Ende? Ela zitterte am ganzen Körper und konzentrierte sich mit aller Kraft aufs Autofahren.

Jetzt konnte sie ihren Plan, bei Lina zu bleiben, vergessen. Sie musste Mario von Lina weglocken. Er würde ihr sicher weiter folgen.

Das Telefon läutete. Ihre Mutter rief an.

Gott sei Dank!

Erleichtert atmete Ela aus. Jetzt hatte sie schon Angst gehabt, dass Mario auch ihre neue Nummer kannte.

»Mama, kannst du Lina nachher vom Sport abholen?«, begrüßte sie sie.

»Ja, das wollte ich gerade vorschlagen. Ich habe gerade deinen Vater von der Arbeit abgeholt. Er hat gemeint, er will beim Training zuzusehen. Das haben wir schon lange nicht mehr gemacht.«

Ela atmete erleichtert durch. »Super. Dann kann ich nach Hause fahren. Ich hab ziemliche Kopfschmerzen und brauche erst einmal eine Tablette.«

»Okay. Gute Besserung. Bis dann, mein Schatz.«

»Wir sehen uns«, antwortete Ela und setzte in Gedanken ein ›Hoffentlich‹ dazu. Sie überlegte, dass sie doch besser ihre Eltern einweihen sollte. Vielleicht könnten sie mit Lina an einen sicheren Ort fahren.

Dumm war, dass sie wieder zur Schule musste. Allerdings könnte sie sie krankmelden ... Nein, das würde sicher auffallen und unnötige Fragen provozieren. Es musste einen anderen Weg geben.

Ach! Die Sache war verdammt vertrackt!

Ela hatte das Bedürfnis, sich mit Luca zu beraten. Bei ihm hatte sie sich so sicher gefühlt. Er hatte auch vorausgesehen, dass es so kommen würde. Vielleicht hatte er die rettende Idee?

So wollte sie es machen. Sobald sie daheim war, würde sie zu Luca rübergehen.

Als sie auf ihr Haus zusteuerte, wagte sie wieder einen Blick in den Rückspiegel. Panik stieg auf, als sie sah, dass Mario ihr immer noch folgte. Ihre schweißnassen Hände klammerten sich an das Lenkrad. Sie bekam keine Luft. Dieser Terror brachte sie an den Rand eines Nervenzusammenbruchs. Mario war unberechenbar. Machte er wieder einen auf Stalker? Oder hatte er mehr vor, als ihr Angst zu machen?

Wie sollte sie da unbemerkt zu Luca kommen?

Vielleicht verzog er sich ja, wenn sie ins Haus ging ... Ja genau. Wie das ein Mafiosi, der mit Vergewaltigung eines Kindes droht, halt so macht. Er denkt sich: Hach, die Frau geht da allein ins Haus, da bin ich machtlos und fahr davon ...

Doch blieb ihr etwas anderes übrig? Zur Not müsste sie sich verschanzen und schnell die Polizei rufen.

Elas Puls raste und pochte in den Schläfen, als sie ihren Wagen auf die Auffahrt fuhr. Sie öffnete die Wagentür und sah gehetzt zur Straße. Mario sprang behände aus dem Porsche. Sein überlegenes Grinsen lähmte sie. Ihr Kopf funktionierte nicht mehr. Es kam ihr vor, als stiege sie in Zeitlupe aus dem Wagen.

Sie musste schneller werden!

Zwecklos. Eh sie sich versah, stand Mario auch schon neben ihr. Er packte sie grob und drückte sie gegen die Hauswand. Die raue Backsteinmauer kratzte durch das dünne Kleid.

»Ela, Ela! Tsetsetse. Willst du immer noch nicht parieren? Ich hätte gedacht, dass du schlauer bist«, tönte er herablassend.

Kleine Speicheltröpfchen landeten dabei in ihrem Gesicht. Ela schloss die Augen, sie ekelte sich. Was hatte sie nur an diesem Widerling gefunden?

»Lass mich einfach in Ruhe«, keuchte sie.

Mario klemmte ihr Kinn in seine Hand. »Das geht leider nicht mehr.«

Ihr Hinterkopf schlug schmerzhaft gegen die Hauswand. Ela blieb die Luft weg.

»Warum nicht? Ich weiß doch nichts! Und ich sage nichts. Ich schwöre!«, wimmerte sie.

»Dein neuer Umgang gefällt mir nicht.«

Mist! Mario wusste von Luca. »Das ist nicht mein neuer Umgang. Er ist ein Arschloch, wie du«, keuchte sie.

»Tatsächlich? Sah vorhin gar nicht so aus. Dann komm doch zurück in die Familie, da bist du sicher«, raunte Mario in hoher Tonlage.

Ja klar!

»Ich kann das nicht!« Ela konnte seinen Anblick nicht mehr ertragen und schloss die Augen. Verzweifelt sandte sie ein Stoßgebet zum Himmel. Wann hatte der Albtraum ein Ende?

»Blödsinn. Natürlich kannst du das. Du bekommst auch das weiße Zauberpulver, das ich dir in den Kaffee gegeben habe ... Aber eigentlich brauchst du das gar nicht. Du musst nur zu deiner wahren Natur stehen«, höhnte Mario, bevor er seine Lippen auf ihre presste.

Er hatte sie heimlich unter Drogen gesetzt?! Deshalb hatte sie sich anfangs so euphorisch gefühlt!

Angewidert versuchte Ela, dem Kuss auszuweichen. Vergeblich. Marios Griff war wie ein Schraubstock. Gott sei Dank war sein Kuss nur flüchtig.

Als er abließ, sah er sie triumphierend an. »Siehst du, ich küsse dich sogar. So wie du wolltest. Dir bleibt nichts anderes übrig, du musst brav sein. Sonst bekommt meine Familie in Sizilien Ärger. Das würde auch für dich Ärger bedeuten. Denn das ist mir dein Leben definitiv nicht wert.«

»Bitte lass mich in Frieden. Ich bin keine Gefahr für dich«, hauchte sie kraftlos.

»Ich glaube nicht, dass du das beurteilen kannst.«

Ela sah sich um, ob irgendwo auf der Straße Hilfe zu sehen war. Wenn man mal neugierige Nachbarn brauchte, waren sie nicht da. »Warum bekommt deine Familie Ärger?«, keuchte sie.

»Frag nicht so blöd! So ist das nun mal!«

»Ich würde dir helfen, wenn ich es könnte. Ich kann es einfach nicht. Nicht so, wie du es willst«, versicherte sie. Es war das einzige Argument, das in ihrem leergefegten Hirn zu finden war.

»Willst du mich verarschen? Und wie du es kannst. Du willst es auch! Stell dich nicht prüde. Ich weiß zufällig genau, was für ein geiles Luder du bist.« Mario zerrte so an ihrem Kleid, dass die Knöpfe abrissen und ihr Oberkörper entblößt wurde.

»Soll ich dir das beweisen? Gleich hier, auf der Straße?«, zischte er.

Die eine Hand drückte sie weiter gegen die Wand, die andere schob einen BH-Träger von ihrer Schulter.

»Nein«, wimmerte sie.

»Ach, da ist sie ja wieder, die kleine Spießerin. Ich kann nicht sagen, dass ich sie vermisst habe«, spottete er und zwirbelte grob einen Nippel. »Das macht dich doch an, gib's zu.«

Ela rang um Luft. Ihre Kehle schwoll zu, Tränen stiegen ihr in die Augen.

»Gib es endlich zu, Heulsuse!«, zischte er gefährlich.

Mario kniff noch einmal so brutal in ihre empfindliche Brustwarze, dass der Schmerz zu Todesangst wurde, die in einer bedrohlichen Welle durch ihren Körper zog und sie bis in die letzte Zelle lähmte.

Ela wagte es nicht mehr, Widerworte zu geben. »Ja«, hauchte sie und senkte beschämt den Kopf. Es hatte keinen Sinn, zu widersprechen. Sie wollte überleben.

»Ja? Was genau, ja?«, säuselte er. »Gibst du es zu, dass du geil bist?«

»Ja«, wimmerte sie.

»Dir ist es doch egal, welcher Schwanz dich fickt. Nicht wahr?«

Ela zögerte mit der Antwort und Mario schlug ihren Kopf gegen die Hauswand. »Nicht wahr?!«, schnauzte er ungeduldig.

»Ja«, keuchte sie leise.

»Na siehst du! Ist doch gar nicht so schwer! Du willst es sogar jetzt. Du kannst es gar nicht erwarten, dass ich ihn dir reinschiebe«, murmelte er, während er ihre Brust knetete.

Ihr wurde schwindelig. »Nicht hier«, krächzte sie.

»Natürlich nicht.« Er packte sie grob am Arm und zerrte sie um die Hausecke. »Zieh den Slip aus. Ich werde dir deine wahren Vorlieben zeigen. Und du wirst erfahren, wie man in unserer Familie mit Verrätern umgeht.«

Ela war verzweifelt. Mit letzter Kraft versuchte sie, ihn umzustimmen. »Bitte Mario. Ich bin keine Verräterin. Lass mich einfach in Ruhe. Ich gehe auch ganz bestimmt nicht zur Polizei. Ich kenne dich gar nicht, hab dich nie gesehen. Ich schwöre! Du kannst dich auf mich verlassen«, schluchzte sie. Gleichzeitig tat sie zitternd, was er von ihr verlangte.

Als Ela danach aufblickte und seinen sadistischen Gesichtsausdruck sah, wusste sie, dass Mario kein Mitleid mit ihr haben würde. Sie sackte zusammen.

»Das kann ich leider, leider nicht. Ich brauch dich noch heute. Steh auf, du blöde Kuh!«, schnauzte Mario.

Sie hörte es wie durch Watte. Er zerrte sie grob wieder hoch.

Sie musste irgendwie fliehen! Sie durfte nicht in Ohnmacht fallen!

»Lass sie los!«, tönte es auf einmal scharf.

Ela öffnete die Augen und sah Luca, der mit wütend geballten Fäusten neben ihnen stand.

Das musste ein Traum sein!

Es war so unwirklich, als er auf Mario zusprang. Mit einem gezielten Haken aufs Kinn brachte er ihn ins Taumeln. Mario fasste sich ins Gesicht. Er starrte Luca wütend an, bevor er zum Gegenschlag ausholte.

Doch Luca wich ihm aus. Schlag auf Schlag prügelte er auf Mario ein, als hätte er schon einmal geboxt.

Es dauerte ein wenig, bis Ela realisierte, dass das alles wirklich passierte. Plötzlich war sie sich ihrer Blöße bewusst. Sie bedeckte sie mit den Händen und schaute wie hypnotisiert dem Kampf zu.

Ein Treffer landete mitten im Gesicht.

Ela hörte ein Knacken. Blut schoss aus Marios Nase.

Mario umfasste sie mit beiden Händen und taumelte, schien sich aber sofort wieder zu fangen. Seine Kiefermuskeln zuckten und er zog einen Revolver aus der Hose.

Luca wurde blass.

Ela stockte der Atem.

Doch noch bevor Mario die Waffe entsichern konnte, hatte Luca sie ihm schon aus der Hand gekickt.

Sie fiel direkt vor Elas Füße. Sie zögerte nur den Bruchteil einer Sekunde, bevor sie den Revolver geistesgegenwärtig aufhob und Luca gab.

Blitzschnell umfasste Luca die Waffe mit beiden Händen und zielte auf Mario. Sie hörte das Klacken des Sicherungshebels.

Ela staunte, wie routiniert Luca mit der Waffe umging. Das war sicher nicht das erste Mal, dass er eine in der Hand hatte.

»Stell dich hinter mich! Die Polizei müsste gleich da sein«, wies er Ela an.

Sie folgte eilig.

»Glaubst du wirklich, ich hab vor dir Waschlappen Angst und warte brav, bis die Polizei kommt?!«, höhnte Mario grinsend und ging seelenruhig auf Luca zu.

Mit einer spöttischen Fratze baute er sich vor ihm auf. »Du hast doch gar nicht die Eier, jemanden umzubringen!«

»Ich würde es nicht drauf ankommen lassen!«, erwiderte Luca mit bitterernstem Gesicht.

Seine entschlossene Stimme jagte Ela einen Schauer über den Rücken.

Oh ja, er hatte Eier – und war voller Hass auf Mario.

Dazu konnte er offensichtlich auch mit einer Pistole umgehen.

Doch Ela hatte Angst um ihn. Sie biss sich so fest auf die Unterlippe, bis sie Blut schmeckte.

Mario schien das nicht zu beeindrucken. So, wie er vor Luca stand, wirkte er fast, als wäre er lebensmüde.

»Buh!«, machte Mario grinsend.

Für die Länge eines Wimpernschlages war Luca irritiert.

Diese Zeit nutzte Mario und versuchte, ihm die Waffe aus den Händen zu schlagen.

Doch es gelang ihm nicht. Ein Schuss löste sich. Ein ohrenbetäubender Knall ertönte.

In Elas Ohren blieb ein dumpfes Pfeifen zurück.

Starr vor Schreck registrierte sie, dass offenbar keiner der beiden Männer getroffen worden war. Panisch sah sie zu, wie Mario an ihnen beiden vorbei, um die Ecke sprang.

Luca hatte die Waffe wieder entsichert und zielte auf Marios Beine. »Bleib stehen, Arschloch!«, rief er.

Mario dachte nicht daran, stehenzubleiben. Er winkte frech.

Luca drückte ab. Ein markerschütternder Knall hallte durch die Straße. Doch der Schuss traf nicht.

Mario saß schon fast im Auto, als Luca zum dritten Mal abdrückte. Diesmal war keine Patrone im Lauf.

Ela dröhnten die Ohren, ihre Beine sackten weg.

Luca sprang zu ihr und hielt sie fest. Mit gehetztem Blick sah er zu, wie Mario in seinen Wagen stieg. »Verdammt! Der Scheißkerl haut ab!«

Sie klammerte sich an ihn. Ihr Herz schlug bis zum Hals.

Luca zielte noch einmal und schoss – vermutlich auf die Reifen. Doch es löste sich wieder kein Schuss. Die Trommel schien leer zu sein.

»Fuck!«, fluchte er laut.

Ela klammerte sich noch fester an Luca. Hoffentlich kam er nicht auf die Idee, zu Mario zu laufen. Er durfte sie auf keinen Fall hier allein lassen.

Der Motor von Marios Sportwagen heulte laut auf, bevor er mit quietschenden Reifen davonbrauste.

Luca entließ eine wütend-erleichterte Mischung aus Seufzen und Fluchen. Dann nahm er Ela fest in den Arm.

»Ich hatte solche Angst um dich«, flüsterte er mit zitternder Stimme, während er beruhigend über ihren Rücken streichelte und ihr nebenbei das Kleid wieder über die Schultern zog.

Ela legte erleichtert den Kopf an seine starke Brust. Lucas vertrauter Duft beruhigte sie sofort. »Ich auch um dich«, flüsterte sie leise.

»Ich konnte nicht anders. Ich war so besorgt um dich und habe die ganze Zeit am Fenster gesessen und die Auffahrt beobachtet. Als ich gesehen habe, was Mario da in Begriff war zu tun, habe ich sofort die Polizei gerufen. Tut mir leid. Wenn du willst, verrate ich denen nicht, wer Mario ist.«

»Nein, nein. Du hattest recht. Es war dumm von mir, es allein regeln zu wollen. Dem ganzen Clan muss das Handwerk gelegt werden. Ich wollte sowieso zu dir kommen und dich fragen, ob du mich begleitest.«

»Dafür solltest du deinen Slip wieder anziehen«, raunte er.

Ela nickte.

Luca half ihr und stützte sie.

Aus der Ferne hörte sie Martinshörner. Das war hoffentlich die Einheit, die Luca gerufen hatte.

Es war vorbei – vorerst. So lange Luca in ihrer Nähe war, fühlte sie sich sicher.

Epilog (einige Wochen später)

»Du kannst mich dort ganz sicher allein lassen, wirklich«, sagte Ela und lächelte Luca nachsichtig an. Sie fand es süß, dass er immer noch Angst um sie hatte, obwohl es eigentlich gar nicht mehr nötig war. Ob auf dem Weg zur Uni, zum Einkaufen oder Lina abholen, Luca begleitete sie. Er hatte sich eine Auszeit vom Laden genommen, um sein neues Glück mit ihr zu genießen und auf sie aufzupassen, solange das Verbrechen noch nicht ganz aufgeklärt war.

Ciro war nicht böse darüber, eher erleichtert, und nahm die zusätzliche Arbeit gern auf sich. Er war froh, dass sein Bruder endlich bei sich angekommen war. Die Leichtigkeit des Lebens kam zurück.

Ela hatte sogar schon die Familie der Brüder kennengelernt und war herzlich aufgenommen worden. Auch wenn es nicht das eigene Enkelkind war, Lucas Eltern waren begeistert von Lina. Sie erfüllten voll das Klischee der bambiniliebenden Italiener.

Sicher würde sie mit Luca auch bald ein eigenes Kind haben. Diesen Herzenswunsch wollte sie ihm unbedingt erfüllen, denn sie liebten sich über alles. Ihr Freund hatte angeboten, sich für seinen Nachwuchs beruflich zurückzunehmen, damit Ela trotz Schwangerschaft ihr Studium zu Ende bringen konnte. Er unterstützte sie, wo er nur konnte. Es war einfach traumhaft.

Sie hatte einige Zeit gebraucht, um sich vom Schrecken zu erholen und ihre Ängste zu überwinden. Aber jetzt wollte sie langsam, Stück für Stück, wieder in den Alltag zurückkehren.

Nach einem Abschiedskuss öffnete sie die Autotür. »Es sind vier meiner Freundinnen da. Was soll da schon passieren? Komm doch mit, dann stelle ich sie dir vor.«

»Okay, aber wirklich nur kurz«, erwiderte Luca augenzwinkernd.

Ela lächelte. »Na, dann komm.«

Lina war mit ihrem Vater übers Wochenende in ein Fußballcamp gefahren. Ihre Tochter hatte sich unglaublich über Karls Geburtstagsgeschenk gefreut. Es war das erste Mal, dass sie länger als einen Nachmittag mit ihrem Vater zusammen war. Ela war überrascht, wie gut er sich in der Vaterrolle machte, und fragte sich, warum sie ihn nicht schon früher kontaktiert hatte. Lina hatte so oft nach ihrem Vater gefragt. Deshalb musste sie sich jetzt auch ständig vor ihrer Tochter rechtfertigen. Ela war Karl dankbar, dass er alle Schuld an den Geschehnissen von damals auf sich nahm.

»Einverstanden. Ich hole dich pünktlich um neun ab. Ich will schließlich auch noch was vom Abend mit dir haben Ich freue mich auch auf diesen kinderfreien Abend, dessen kannst du dir sicher sein«, versicherte sie Luca.

Elas Freundinnen hatten ihr aktuelles SatV-Treffen wegen der anhaltenden Hitze spontan zu Anne auf die Terrasse verlegt. Lea hatte den Eindruck, dass ihre Freundin Anne unter ihrem Singledasein litt, seit Lea bei ihr aus- und bei Tim eingezogen war. Sie hatte ihren Freundinnen berichtet, dass Anne oft niedergeschlagen wirkte. Verständlich, denn Anne wohnte allein mit ihrem kleinen Sohn in einer riesigen Gründerzeitvilla und hatte eine schwere Zeit hinter sich. Sie kannte Anne bisher nur von der dramatischen Babyparty, die diese damals für Lea gegeben hatte, und war ihr als sehr sympathisch in Erinnerung.

Anne brauchte mehr Freunde, deshalb sollte sie jetzt offiziell zu Clique dazugehören.

Ela war das nur recht, dass sie sich nicht in der Kneipe, sondern im privaten Rahmen trafen. Zu viel Öffentlichkeit machte sie immer noch nervös, da war ein Abend in der Kneipe für sie eine Herausforderung.

Anne hatte eine große Terrasse und einen riesigen, verwilderten Garten. Die Abendluft war mild, aber es kühlte schnell ab. Hand in Hand ging Ela mit Luca auf die fröhliche Gruppe zu. Das Gelächter der Frauen, die bereits alle um den großen Tisch versammelt waren, drang bis zur Straße. Die Schritte knirschten im Kies des Weges, doch je näher Ela und Luca kamen, desto mehr wurden sie vom fröhlichen Geplapper der Freundinnen übertönt.

»Hallo zusammen!«, begrüßte Ela strahlend die muntere Runde.

Sie war wahnsinnig glücklich, dass sie ihren Freundinnen endlich auch einmal einen vorzeigbaren Partner präsentieren konnte.

»Ich wollte euch meinen Freund Luca vorstellen. Wie ihr ja schon wisst, sind wir seit einiger Zeit fest zusammen. Luca, das sind Lea, Frauke, Karina und Anne«, führte sie ihn ein und zeigte auf ihre Freundinnen.

»Hallo!«, grüßte Luca mit erhobener Hand.

»Hallo Luca!«, erklang die Antwort im Chor.

»Das ist aber schön, dass wir dich kennenlernen dürfen«, fügte Lea an. »Ela hat uns schon so viel von dir vorgeschwärmt.«

»So, hat sie das?« Luca lächelte geschmeichelt und tauschte einen innigen Blick mit Ela.

»Kein Wunder, ihr beide strahlt ja vor Glück«, ergänzte Karina.

»Es ist wirklich schön, euch so zusammen zu sehen«, bestätigte Frauke.

»Setz dich doch zu uns, Luca«, forderte Anne ihn auf.

»Nein danke, ein andermal gerne. Heute Abend muss ich noch etwas erledigen«, lehnte Luca höflich ab, beugte sich zu Ela herunter und gab ihr einen Kuss auf die Wange. »Bis um neun.«

»Okay. Tschüss«, erwiderte Ela und streichelte zärtlich über seine Wange, bevor sie sich setzte. Sie tauschten noch einmal tiefe Blicke, dann drehte sich Luca um und ging.

Ihre Freundinnen sahen ihm hinterher.

»Wow. So einen heißen Nachbarn hätte ich mir aber auch geschnappt«, murmelte Karina ehrfürchtig.

Ela platzte fast vor Stolz.

»Du bist verheiratet, Karina«, ermahnte Lea ihre Freundin.

»Genau. Bei so vielen neuen Beziehungen muss doch wenigstens eine lang halten und glücklich bleiben«, bestätigte die geschiedene Frauke. »Jedenfalls statistisch gesehen.«

»Ist ja schon gut. Man darf sich doch wohl noch Appetit holen, gegessen wird selbstverständlich zu Hause. Die lange Leine ist das Geheimnis meiner glücklichen Ehe. Und Luca ist ein echtes Schnuckelchen. Der sieht ja aus wie die Protagonisten in meinen Romanen, die ich so gerne lese«, erklärte Karina augenzwinkernd.

»Er sieht irgendwie südländisch aus«, sagte Anne.

»Er ist Italiener und vor Kurzem mit seinem Bruder ins Nachbarhaus gezogen.«

»Das ging ja alles ziemlich flott. Du hast uns noch gar nicht so richtig erzählt, wie ihr zusammengekommen seid. Wann hat es eigentlich genau gefunkt?«, erkundigte sich Karina.

»Ich bin selbst überrumpelt. Schon auf seiner Einweihungsfeier haben wir uns das erste Mal geküsst ...« Ela stockte, denn ihre Freundinnen wussten nichts von den aufregenden Ereignissen drumherum und das sollte auch so bleiben.

»Der erste Kuss gleich auf der Hauseinweihung. Ordentliches Tempo, Respekt«, ließ Karina verlauten.

»Da hat es ja ganz schön gefunkt«, vermutete Lea.

»Zumal du sonst nur Flirtweltmeisterin bist«, ergänzte Frauke.

Ela hatte keine Lust, sich am Gespräch zu beteiligen. Um sich abzulenken, schenkte sie sich ein Altbier aus der Literflasche ein, die vor ihr auf dem Tisch stand. Altbiertrinken hatte Tradition in der Runde. Ela hatte Durst und nahm einen großen Schluck von dem würzigen Getränk, das kühl und erfrischend die Kehle hinunterrann. Ein wohliges Gefühl machte sich in ihr breit.

Sie wollte nicht so viel von ihrem Innersten nach außen kehren, auch wenn ihre Freundinnen sicher Verständnis gehabt hätten. Vielleicht konnte sie das irgendwann einmal, wenn sie selbst alles verarbeitet hatte. Im Moment gingen noch viel zu viele Dinge in ihrem Kopf herum. Sie hatte sich verändert, seit sie wusste, wie viel Mut in ihr steckte – und dass sie ihn herausholen konnte, wenn er nötig war. Ihr Selbstbewusstsein wuchs jeden Tag, auch dank der liebevollen Unterstützung durch Luca.

Sie war froh, dass Luca die Polizei gerufen hatte. So war bisher nichts im Ort herumgetratscht worden. Die Nachbarn hatten nichts mitbekommen. Zu dieser Tageszeit waren sie auf der Arbeit oder beim Einkaufen.

Die Polizei steckte noch mitten in den Ermittlungen und musste einen tiefen Sumpf aus Verbrechen, Korruption und Geldwäsche trockenlegen, in dem wohl nicht nur Mafialeute, sondern auch Beamte und Bauunternehmer verwickelt waren. Die Öffentlichkeit hatte nichts von ihrer, ihr immer noch peinlichen, Geschichte erfahren. Wie die Polizei ihr versichert hatte, sollte das auch so bleiben. Um die Ergebnisse nicht zu gefährden, war überhaupt noch nicht viel an die Öffentlichkeit gedrungen.

»Wie war es denn, als ihr euch das erste Mal gesehen habt ... und wann«, holte Karina sie aus den Gedanken.

Ela atmete tief durch. Neben ihrer sozialen Ader zeichnete Karina sich noch durch ihre ausgesprochene Neugier aus.

»Wann? Als ich Brot und Salz zu den neuen Nachbarn gebracht habe ... glaube ich. Ja, eigentlich hat es gleich da gefunkt.«

»Hm, das nenn ich mal Liebe auf den ersten Blick«, murmelte Lea verzückt.

»Kann aber auch ein Griff ins Klo sein«, erwiderte Ela, der plötzlich die ganze Geschichte mit Mario im Eiltempo vorm inneren Auge vorbeizog. »Das zeigt erst die Zeit.«

»Stimmt.« Die Freundinnen nickten.

»Er könnte ein mieser Narzisst sein, nicht wahr Anne?«, warf Lea ein und zwinkerte ihrer Freundin zu. Beide waren auf denselben Mann hereingefallen.

»Oder ein egoistisches Muttersöhnchen«, ergänzte Frauke, die dabei wohl an ihren geschiedenen Mann dachte.

»Dieb, Verbrecher, Zuhälter, psychopathischer Massenmörder nicht zu vergessen«, amüsierte sich Karina.

Ela verschluckte sich und hustete. Wenn Karina wüsste, wie nah sie sich an der Wahrheit befand.

»Aber so einer ist Luca bestimmt nicht«, tröstete Lea und klopfte Ela auf den Rücken. »Der ist richtig nett.«

»Mal was anderes. Hat eigentlich jemand etwas Neues von dem Mord an diesem Mario T. gehört? Man munkelt, dass die Mafia darin verstrickt ist«, erkundigte sich Karina.

Ela wurde heiß und kalt, als sie an den Mord erinnert wurde. Nachdem Mario von Luca verjagt worden war, war er kurze Zeit später in seiner Wohnung erschossen aufgefunden worden. Anscheinend hatte er wirklich in größeren Schwierigkeiten gesteckt. Von Dario fehlte zunächst jede Spur. Zwei Wochen später wurde auch er erschossen aufgefunden, in Italien. Gott sei Dank hatte es bereits einige weitere Festnahmen gegeben und Ela war außer Gefahr.

»Nein. Aber ich finde es so krass, dass in unserem verschlafenen Ort so etwas passiert ist«, erwiderte Anne.

»Die Pizzeria ist gar nicht weit von unserem Fitnessstudio entfernt. Da hat man schon ein mulmiges Gefühl«, bestätigte Lea.

»Gut, dass du nicht mehr in dem Supermarkt arbeitest, Ela. Stell dir mal vor, du wärst zu der Zeit gerade auf der Straße gewesen«, bemerkte Frauke.

»Ja, wirklich gut«, antwortete Ela abwesend und nahm einen Schluck Bier. Sie wusste bis heute nicht, wie sie das alles so abgeklärt hatte durchstehen können. Sie staunte immer noch über sich selbst, dass sie so über sich hinausgewachsen war. Rückblickend war sie gerade dadurch sogar mutiger und selbstbewusster geworden.

»Es wären ja nicht die ersten Morde, die die Mafia hier in der Gegend verübt hätte«, überlegte Frauke laut und holte Elas Aufmerksamkeit damit wieder ins Gespräch zurück.

»Du meinst damit sicher die Mafiamorde von Duisburg?«, erkundigte sich Karina.

»Ja, die meine ich. So viele Tote ... Und wofür? Wegen eines Karnevalscherzes. Toller Verein«, antwortete Frauke kopfschüttelnd.

»Vorstellbar ist das schon. Man sagt ja, dass die Mafia besonders gerne in Deutschland Geld wäscht, weil es hier einfacher ist als in Italien«, warf Anne ein.

Karina nickte. »Unfassbar, oder? Ela, was meinst du dazu? Du bist schon wieder so ruhig.«

Ela sah auf und lächelte schief. »Mafia? Wer weiß ... Die Welt ist schlecht.«

»Wie läuft eigentlich dein Studium, Ela?«, wechselte Frauke glücklicherweise das Thema.

»Super. Ich bin echt glücklich über die Entscheidung«, antwortete Ela erleichtert.

»Ja, erzähl mal ein bisschen«, forderte Karina sie auf.

Liebend gern verriet Ela mehr von ihrem Studium, das war ruhigeres Fahrwasser.

»Hast du noch Hunger?«, fragte Luca, als Ela wieder bei ihm zu Hause war.

»Nein, ich bin pappsatt. Anne hatte jede Menge Knabberkram auf dem Tisch – hast du ja gesehen.«

Luca grinste verschwörerisch. »Dann können wir ja jetzt zum gemütlichen Teil des Abends übergehen«, murmelte er und nahm sie auf seine starken Arme. Als wäre sie ein Federgewicht, trug er sie die Treppe hoch. Ela schlang lachend die Arme um seinen Hals und schmiegte ihr Gesicht an seine Halsbeuge. Sie liebte seinen Duft über alles.

Als wäre sie ein wertvoller Schatz, legte Luca sie auf sein Bett.

»Habe ich zur Feier des Tages extra frisch bezogen«, erwähnte er stolz. Gleich darauf begann er, seine Geliebte langsam auszuziehen.

Tiefenentspannt ließ Ela sich zärtlich verwöhnen. Gleich würde sie ihm dieselbe Aufmerksamkeit zukommen lassen, wenn sie ihn auszog. Ihr Liebesleben war unglaublich harmonisch und wurde immer besser. Nicht nur im Leben, auch im Bett war sie mit Luca auf einer Wellenlänge. Sie genoss es sogar, wenn Luca sie von hinten nahm. Wer weiß, vielleicht würde sie ihn irgendwann einmal mit Deep Throat überraschen. Durch ihre tiefen Gefühle war Sex

Ausdruck ihrer Verbundenheit, da empfand sie vieles anders. Vor allem empfand sie Liebe.

Echte, innige Liebe. So sicher, wie niemals zuvor.

Er hatte ihr Vertrauen voll und ganz wiedergewonnen und auch Luca bewies seins immer wieder. Ela war dem Schicksal so dankbar, dass es ihr nun doch noch so etwas Schönes geschenkt hatte. Und wer weiß, ob sie es so zu schätzen gewusst hätte, wenn sie nicht vorher so viele schlechte Erfahrungen gemacht hätte.

Splitternackt lag sie vor Luca und sah ihm beim Entkleiden zu. Wie liebte sie es, in seinem göttlichen Anblick zu schwelgen. Konnte es noch perfekter werden? Seit sie zusammen waren, war kein Tag vergangen, an dem sie nicht miteinander geschlafen hatten. Es kam ihr vor, als würden sie mit jedem Mal intensiver Liebe machen.

Nachdem Luca ihren Körper ausführlich vorbereitet, und ihn dabei geradezu angebetet hatte, verschmolzen sie auf einzigartige Weise. Teils genoss Ela es mit geschlossenen Augen, teils tauschen sie tiefe Blicke, die ihr durch und durch gingen.

Der Höhepunkt, den sie gleichzeitig erreichten, war aufregend, warm und einfach nur wunderbar. Ela schwebte auf Wolken und hatte ausnahmsweise überhaupt keine Angst, dass sie wieder herausfallen könnte. Sie war vollkommen sicher im Siebten Himmel angekommen.

Sie küssten sich noch einmal lange und innig, bevor Luca sich von ihr rollte. Zufrieden kuschelte sie sich an seine Schulter.

»Ich liebe dich«, entfuhr es ihr spontan.

Das war nicht nur die volle Wahrheit, sondern auch das erste Mal, dass sie sich traute, es zu sagen. Ihr Geliebter hingegen hatte da nicht solche Hemmungen. Er machte keinen Hehl mehr aus seinen Gefühlen und hatte es ihr bisher jeden Tag gesagt.

Auf Lucas Gesicht erschien ein strahlendes Lächeln.

»Du kannst dir nicht vorstellen, wie sehr ich auf diese Worte gewartet habe … Und ich wollte vorbereitet sein«, antwortete er und löste sich aus der Umarmung. Er öffnete die Nachttischschublade.

Ela sah sprachlos zu, wie er ein kleines samtenes Schächtelchen öffnete und ein breiter goldener Ring mit einem nicht gerade kleinen Diamanten zum Vorschein kam. Ihr Herz fing vor Aufregung an zu hüpfen.

»Ich weiß, es ist früh, aber ich bin mir einfach bombensicher, dass du die Liebe meines Lebens bist. Deshalb möchte ich dich fragen, ob du meine Frau werden willst?« Sein Atem ging schnell, während er gespannt auf die Antwort wartete. »Wenn es dir zu früh ist, nimm ihn einfach als Freundschaftsring.«

Ela kamen die Tränen.

»Nein … Ich meine Ja.«

Luca krauste die Stirn.

»Also, natürlich ist es früh, aber wir können uns mit der Hochzeit ja Zeit lassen«, brachte sie überglücklich hervor und ließ sich von Luca den Ring anstecken ...

Weitere Bücher der Autorin

Bücher der "Liebe passiert" Reihe:

"Liebe passiert" ist die überarbeitete Düsseldorf-Reihe YOLO. Jeder Roman ist in sich abgeschlossen, in jedem gibt es ein Wiedersehen mit den Freundinnen.

Liebe wagt sich (Bittersüßer Kaffee)
Liebe will nicht (Liebe lieber ungefährlich)
Liebe kämpft nicht (Eine neue Geschichte von)
Liebe stirbt nicht (Verfahren)
Es sind noch zwei Bände in Planung.

Liebe wagt sich

Nie wieder in so einem Aufzug zum Feiern gehen! Das schwört sich Frauke, als sie mit ihren Freundinnen aufbricht, ihre Scheidung zu vergessen. Die vier Frauen lenken die Blicke auf sich, doch Frauke wäre am liebsten unsichtbar. Bis sie Elias begegnet. Lässig, sexy und unverschämt gutaussehend verschafft er ihr ein aufregendes Kribbeln, das sie zögernd anfängt zu genießen. Schon bald schwelgt sie in nie gekannten Gefühlen. An diesem Abend interessiert es sie nicht, wer Elias wirklich ist und die beiden vergessen die Zeit.

Für Elias steht fest, dass es mehr ist und er offenbart sich. Noch ahnt er nicht, dass für Frauke der siebte Himmel und die Hölle verdammt nah beieinander liegen...

Slow Food fürs Herz. Romantisch, poetisch, berührend.

Liebe will nicht
Mein Körper ist ein Verräter, bemerkt Lea erschrocken, als sie Tim begegnet. Der atemberaubende Coach flirtet ungeniert mit ihr, während sie mit ihren Freundinnen ein Fitnessstudio besucht. Doch Lea ist bereits verlobt. Den Traum von der eigenen kleinen Familie möchte sie um alles in der Welt bewahren. Leider scheint auch das Schicksal ein Verräter zu sein, da sich der geheimnisvolle Tim kurz darauf als ihr Chef entpuppt. Auf einer Dienstreise lässt er Lea hinter seine Fassade blicken. Leas Gefühle sind kaum noch zu beherrschen, genauso wie ihre Angst, denn Tim ist ein Frauenjäger und behauptet von sich, er kann nicht lieben ...

Herzerwärmend und bewegend, mit einem Schuss Humor.